阅读之前 没有真相

午 夜 文 库

鲁斯·伦德尔
韦克斯福德警官系列

鲁斯·伦德尔
Ruth Rendell（1930— ）

英国作家鲁斯·伦德尔在欧美文坛是一位家喻户晓的人物，也是一位出色的多产作家，迄今已有七十多部作品问世。她尤其擅长创作犯罪心理小说，其中很多作品都在国际上获得了很高声誉，被誉为"犯罪小说女王"。在为数不少的推理评论家心目中，她是当今英语系最重要的女作家。

鲁斯·伦德尔生于一九三〇年，父母都是教师。父亲出身于朴利茅斯的贫寒之家。母亲生于瑞典，长于丹麦。从诺顿公立中学毕业后，她进入当地报社担任记者，后来也做过助理编辑的工作。一九五〇年，二十岁的她与记者同事唐纳·伦德尔结为连理，两年后她辞掉工作，专心在家抚育刚出生的儿子。就这样，她当了十年家庭主妇，平常在家以写小说打发时间，而且对各种类型小说都跃跃欲试。说也奇怪，鲁斯刚开始创作时并未试图接洽出版商，直到写完六本小说之后才寻求出版机会。一九六四年，她的第一部推理小说《杜恩来的死讯》(From Doon with Death) 问世，而她笔下最著名的韦克斯福德督察就此与读者见面。这本处女作一开始就有不错的销量，而且舆论也看好她是极具才华的新锐作家。从那时候起，她的名声随着作品的陆续发表而逐渐累积，至今在欧美各国已拥有大批忠实读者。

她的小说以惊悚、恐怖、令人震惊著称。其创作大致可以分为三大部分：一、以韦克斯福德警官为中心形象的警察程序小说；二、重在对罪犯的变态心理予以研究的小说，如《黑暗之湖》(*The Lake of Darkness*)、《女管家的心事》(*A Judgement in Stone*)；三、二十世纪八十年代以芭芭拉·薇安为笔名发表的作品。发表于八十年代的作品给她带来了莫大的声誉。鲁斯·伦德尔认为，作家要是将自己固定在一种类型小说当中，创作灵感就会日渐干涸。所以，她的创作并不止步于侦探小说。可以说，鲁斯缩小了侦探小说与纯文学之间的界限。她非凡的想象力、对城市与乡村生活的敏锐洞察力，是无与伦比的。

二〇〇九年，英国卫报请一群专业人士选出了一千本"死前必读小说"，鲁斯·伦德尔创作的《女管家的心事》、《活色生香》和《黑暗深处的眼睛》均入选其中。

鲁斯曾四次获得犯罪小说作家协会的金匕首奖，并被授予英国最高级巴思爵士，一九九七年被封为终身贵族。她的作品在其他国家和地区也享有很高的声誉，并被翻译成二十二种语言，畅销全球。

鲁斯·伦德尔 主要作品年表

非系列小说

To Fear a Painted Devil (1965)

Vanity Dies Hard (1965)

The Secret House of Death (1968)

One Across, Two Down (1971)

The Face of Trespass (1974)

A Demon in My View (1976)

A Judgement in Stone (1977)

Make Death Love Me (1979)

The Lake of Darkness (1980)

Master of the Moor (1982)

The Killing Doll (1984)

The Tree of Hands (1984)

Live Flesh (1986)

Talking to Strange Men (1987)

The Bridesmaid (1989)

Going Wrong (1990)

The Crocodile Bird (1993)

The Keys to the Street (1996)

A Sight for Sore Eyes (1998)

Adam and Eve and Pinch Me (2001)

The Rottweiler (2003)

Thirteen Steps Down (2004)

The Water's Lovely (2006)

Portobello (2008)

Tigerlily's Orchids (2010)

The St Zita Society (2012)

鲁斯·伦德尔 主要作品年表

韦克斯福德警官系列

From Doon with Death (1964)

A New Lease of Death (1967)

Wolf to the Slaughter (1967)

The Best Man to Die (1969)

A Guilty Thing Surprised (1970)

No More Dying Then (1971)

Murder Being Done Once (1972)

Some Lie and Some Die (1973)

Shake Hands Forever (1975)

A Sleeping Life (1979)

Put on by Cunning (1981)

The Speaker of Mandarin (1983)

An Unkindness of Ravens (1985)

The Veiled One (1988)

Kissing the Gunner's Daughter (1991)

Simisola (1994)

Road Rage (1997)

Harm Done (1999)

The Babes in the Wood (2002)

End in Tears (2005)

Not in the Flesh (2007)

The Monster in the Box (2009)

The Vault (2011)

夏娃的苦果
End In Tears

（英）鲁斯·伦德尔 著
赵文伟 译

新星出版社 NEW STAR PRESS

1

把背包从车座上提起来时，他感觉它比刚放到车上的时候沉了。接着，他把背包放在长满羊齿类植物的柔软的地面上，然后回到驾驶座，把车挪进一个由山楂灌木、荆棘和在林中随处攀爬的啤酒花藤构成的洞穴深处。现在是六月下旬，草木郁郁葱葱。

他再次从车上下来，往后站一些，仔细看了看，几乎看不见车了。他还能看见那辆车，极有可能是因为他知道车就在那里，其他人不会注意到它。他蹲下身，把背包挂在肩上，然后慢慢地挺直身子。这个动作似乎让他想起了什么，过了一会儿，他才明白：他把小儿子举起来，让他坐在自己的肩上。仿佛是一百年前的事了。背包比儿子轻，但他感觉更重。

他担心如果站得太直，背包会猛地将他向后拉，甚至折断他的脊梁骨。当然不会这样。只是他的感觉罢了。即便如此，他还是不会站直，甚至不愿去尝试。相反，他俯下身，几乎将身体对折。那个地方不远。他可以就这样走两百码到桥边。光线非常暗淡，任何一个人从远处看到他，都会以为他是个驼背。

四下看不到一个人影。弯弯曲曲的乡间小路绕过约斯通树林延伸至桥上。他本可以直接把车开到桥上去，但那么做很容易被人发现，于是，他将车驶离那条小路，沿着一条林中骑马道，穿过一块空地，找到了那个开满啤酒花的洞穴。他似乎远远地听到一辆轿车开了过来，接着是一辆装有柴油发动机的更大型的车辆。这些车应该就在下面那条路上——布瑞姆赫斯特路从迈福利特通向布瑞姆赫斯特普利多——正从他前方的约斯通桥下穿过去。已经离得不远了，但仿佛还有好几英里的路要走。如果他两腿发软，就再也站不起来了。拖着背包走会不会轻松一点？万一他碰到什么人怎么办？拖着东西比扛着东西更容易让人起疑心。他稍微向后挺了一下肩膀，奇怪的是，感觉好点了。不会遇到什么人的。透过树木的缝隙，他能看见那条小路，还有那座小石桥，桥身没有用钢材加固过，也没刷成鲜亮颜色的木质结构替换。

根据当地报纸的说法，桥的护栏很低，甚至成了一个大的安全隐患。报纸上总是报道这座桥，还说这条小路和过低的护栏有多么的危险。他走出树林，来到桥上，蹲下身子，让背包从肩上滑落在地。他打开背包盖，拉开拉链，里面露出一块混凝土，大致呈球形，比足球大那么一点。包里还装了一副手套。为以防万一，他戴上了手套。尽管不会有人检查他的手，但把手划伤或者擦伤总归是愚蠢的。

剩下的天光迅速消失，随着黑暗降临，空气也越发地凉了起来。他看了一下表，现在的时间是九点一刻。快了。他用戴着手套的手抱起那块混凝土，寻思着如何把它放在护栏上立稳。准备就绪，但接下来他又想了想，或许有人会沿着他走过的那条小路过来，再过桥——

并不是完全没有这种可能。他想，还是等电话吧。不会太久。

自从上了这座桥，他就没看见一辆车从下边那条路上经过，但现在来了一辆车，那辆车向布瑞姆赫斯特普利多的方向驶去，很有可能会一路开到金斯马克海姆。他握住兜里的手机，手机一直没响，他很焦虑。这时，手机响了。

"喂？"

"她已经出发了。你还想再要一遍那个号吗？"

"我已经有了。一辆银白色的本田车。"

"对。"

"银白色的本田车。再过四分钟左右就应该到了。"

他听对方挂断了电话。天已经黑下来了。一辆车从桥下经过，朝布瑞姆赫斯特圣玛丽和迈福利特的方向驶去。桥下那段路是下坡，然后向左转，形成一个近乎直角的转弯。急转弯处生长着树干粗壮的参天古树，对面立着一块路牌，黑白相间的箭头指示车辆向左转。一分钟过去了。

他拖着那个背包移到桥的另一侧，然后弯下腰，使出浑身的力气抬起那块混凝土，把它放在护栏上。幸好要搬的距离不远。又过去了一分钟。一辆开着远光灯的白色货车从迈福利特方向开过来，后面跟着一辆轿车，货车超过了他身后的一辆从金斯马克海姆开过来的摩托车。前灯发出的强光很刺眼，他突然什么也看不见了，他忍不住骂了一句。应该没有人看见他。他已将那辆银白色本田车的车号牢记于心，车很快就要开过来了，马上就要开过来了。三分钟过去了。四分钟。

他讨厌扫兴的事。那辆银白色的本田车可能走了另外一条路。说从来没出现过这种情况当然容易，但千万别这么说，尤其是在关乎人的行为方式的时候。他面向迈福利特，车即将开来的方向。车会从桥下经过,但在它到达左转弯处之前……他看到远处有灯光闪烁。树篱或树干挡住他的视线时,灯光忽隐忽现。他看到两组灯光,不是一辆车,而是两辆车,两辆车都是银白色的,而且靠得非常近。肯定有一辆是本田车,但从他现在所站的位置,再加上昏暗的光线,他不可能分辨哪一辆才是他要等的车,不过,他能看见车牌号,至少能看见车牌的后三位数。

他刚一用力把那块混凝土推下护栏,感觉它掉了下去,立刻就知道自己瞄错了目标。只听砰的一声巨响,犹如炸弹爆炸了一般。第一辆车——也就是他砸中的那辆——猛地撞到一棵树上,发动机盖突然打开,挡风玻璃不见了,车顶塌陷了一半。车身似乎裂开并且爆炸了。直到这时,后面那辆车依旧完好无损,但紧接着它撞向了前面那辆车的尾部,后备箱盖一下子弹开了。这才是应该成为他的猎物的那辆银白色的本田车。当司机从车里出来,尖叫着,双手举向空中时,他知道自己失败了。

他没有再等下去,而是拎起背包就走,走之前他回头看了一眼那辆突然起火的领头的车。耀眼的火光照亮了周围的一切,火光中,他第一次看见了那个他企图杀死的女人。

2

乔治·马歇尔森睡得很不好。只要她出门他就这样。她离开家不久他就上了床，约莫睡了一两个小时就醒了，睁着眼睛躺在那儿，身边的戴安娜再也无法给他带来安慰。现在是八月，尽管窗户大开，但空气依然潮湿黏热。他躺在床上听夜晚的声音，潺潺的河水缓缓地流过，一只说不出名字的小鸟发出阴森怪诞的哀鸣。

他按了一下闹钟上的按钮，灯光照亮显示屏，他发现才十一点四十一分。一阵刺痛提醒他该上厕所了，到了他这个年纪，大部分男人的前列腺运转状况都没有以前那么好了。他将垂至地板的窗帘撩开一英寸，顿时，一丝微风拂面而来。天上没有云彩，月亮也已升起来了。树枝在小径上搭起一座拱门，连续数周的炎热烘干了树叶，繁枝茂叶一动不动地悬垂在闷热的空气中。他想，如果碰巧有什么事能让安柏早点回家该有多好啊，比如，那个可恨的俱乐部关门了，或者警察突击检查，尽管他并不认为安柏会做出什么吸引警方注意的事，也许她做过？如今的年轻人哪，很难说。不过，拉上窗帘，等再次拉开时看见她沿着小巷走过来也是很美好的……

他也曾大半夜跑到街上去找过她。徒劳之举，愚蠢至极，难以言表。就连戴安娜都不知道。他曾经走到拐角处——走了有两三百码远——向迈福利特到金斯马克海姆的那条路上张望，然后再步行回家。这么做没有意义，从来就没有任何意义，但心急如焚的父母或情人还是会这么做。即使今晚他考虑这么做，现在也为时过早。她应该还在那个俱乐部里——他认为那个地方大概是个地下室——正和她的朋友们做着他们所做的事。他放下窗帘，站在那儿凝视戴安娜。她睡得很安静，头枕着一只抬起的手。她睡着的时候似乎又恢复了青春，据说，刚死的人也是这样。他想，不知道她是不是有人了，俗话说，有"外人"了。他突然觉得，如果一个女人有了情人还和丈夫睡在同一张床上是件很下流的事。不过，她可能没有情人，很可能没有。她只是对他漠不关心，他对她也是如此。不管怎样，他不在乎。他偶尔会想这个问题，但每次想到这个，他都意识到，其实，他真的谁也不在乎，什么都不在乎，他心里只有安柏。

他又睡着了，但睡得很不踏实。一个动静惊醒了他。有车开进小巷了？那个小伙子可能把她送回家了。通常，他会让她在拐角处下车，但也有可能把她送到家门口。他再次按亮闹钟的显示屏。一点五十六分。她基本上都是这个时间到家。她总是轻手轻脚地进门，既害怕吵醒孩子，又唯恐打扰他和戴安娜。也许她就在家里。也许他听到的那个动静是她关大门的声音。他躺在床上竖着耳朵听。寂静。接着，那只鸟，也不知道是什么鸟，凄厉地叫了一声。两点、两点半、两点五十分……他起身，下床，走到楼梯口。如果她已经到家了，她会关上卧室的门，但那扇门敞开着。

走进她的房间,他就要面对一片凌乱不堪、没有整理的床,衣服扔得到处都是,然而皓月当空的夜色缓和了这种不愉快的感觉。她不在家。三点就已经很晚了,现在已经三点多了。他光着脚走下楼,穿过铺着木地板的宽敞的客厅——这块地面是这个家唯一凉快的地方,他告诉自己可以在起居室或厨房里找到她,她正在那儿吃东西,喝着他们都爱喝的苏打水。她不在那儿。他心想,回到床上去又有什么用,反正也睡不着。但如果不回去,又能做什么呢?黑夜里,什么也做不了,晚上这段时间本来就是用来睡觉的。上楼时他听到了哭声,这次不是鸟叫,而是婴儿的啼哭。如果交给乔治处理,他会任凭孩子哭下去,尽管他从来没有让安柏流过泪。他走进卧室,看见戴安娜一丝不挂地坐在床边。她睡觉的时候不穿衣服。向来如此。当然,他们刚认识的时候,刚结婚的时候,他喜欢她裸睡,但现在他认为这么做……不得体。他都这个岁数了,她也不年轻了。她站起身,没和他说话,匆忙穿上那件睡觉前脱下来的蓝色的丝绸睡袍,去照看孩子了。

她用了大约十分钟才让婴儿安静下来。她回来的时候,他已经把灯打开了,正端坐在床上。

"她还没回来。"她说。

"我知道。"

"你要坚决反对她这么做,知道吗?你得告诉她,这种行为是完全不能接受的。如果她想住在我们的屋檐下,享受住在这里的各种好处,至少要在半夜之前回来。她才十八岁,看在上帝的分上。"

"她不是要走了吗,十一月份?"

她没有吭声。到了那个时候,她就解脱了,他想。他关了灯,在重又降临的黑暗中,他听到蓝色的丝绸从她赤裸的身体上滑落。她光滑温热的大腿蹭了他一下。这么热的天,他竟然打了一个冷战。

月亮不见了,黎明尚未到来。他在床上躺了一个小时,没睡着,接着,他下了床,走进浴室,穿上衣服。安柏说老男人才这么打扮——法兰绒裤子、带领子和袖口的衬衫、短袜,还有系带的布洛克鞋[①],但除此之外,他真的不知道穿什么。戴安娜回到床上后他很可能也跟着睡了一小觉。即使你确信自己没睡着,别人也会说你睡着了,打了个盹儿。她可能在他迷迷糊糊睡着的那会儿进来了。他站在卧室的窗前等,心想,再等五分钟,十分钟吧,然后再去楼梯口,推迟终于看到她房门紧闭的喜悦,或者发现那扇门依然开着的惊恐。

那扇门开着。

他把压抑在心头许久的恐惧用语言表达出来了,他心里嘀咕,她一定是出事了,那种夜间独自出门的十八岁女孩会遇到的事。现在是差十分五点,天光开始放亮。天空是浅色的,发着光,那是一种没有名字、无法形容的颜色,如果非说不可的话,就说它像珍珠吧。外面,厚重闷热了好几个小时的空气此刻给人清新凉爽的感觉。他想,我要走到街角去,我要沿着这条路一直走,哪怕走上几英里也要找到她。即使找不到她,至少也不用待在那个家里,躺在那个女人身边,听那个孩子哭。

米尔巷只有他的家,还有离他家一百码远、马路对面那三幢联成一排的小别墅。一百五十年前为什么有人会把别墅建在那里,究竟为谁而建,似乎没有人知道。中间那幢别墅外的草坪边停着一辆车。长话短说,乔治纳闷了那么一小会儿,为什么车道上明明有地方停车,约翰·布鲁克斯却要把车整夜停在那里。这个疑问转瞬即逝,他的思绪不可避免地回到安柏身上,他记得,安柏努力学习使用戴安娜的电

[①] 布洛克鞋(Brogue),源于英伦,最早是十六世纪时苏格兰人和爱尔兰人在高地工作时穿的鞋,几百年后慢慢演变成欧美男士经典的尖头内耳式平底粗皮鞋。

脑时，布鲁克斯曾经帮过她的忙。为什么不向戴安娜请教呢？她们讨厌彼此，那两个人从一开始就是。怎么会有人不喜欢他的小安柏呢？

可是，她在哪儿呢？她到底出了什么事？他沿着珠宝别墅那边的马路向前走，走到米尔巷尽头时，他朝着迈福利特路张望。这是一条又长又直的路，只有一条车道，路两旁是田野和树林，路中央有反光道钉，除了一个写着"通往布瑞姆赫斯特圣约翰"并指向米尔巷的路标，几乎没有任何交通标志或者道路标识。顺着这条路走下去没有任何意义。最好回去取车。要不就给那个男孩，那个本·米勒打个电话。当然，凌晨五点钟给任何人打电话都是很没有礼貌的，况且，米勒不是安柏的男朋友，她没有男朋友，但他根本不在乎。哦，如果她在迈福利特，在米勒的家，他就放心了——只是，她不可能在米勒家。她怎么会在那儿呢？

他转过身，沿着马路的另一侧往回走。她也许留宿在金斯马克海姆哪个朋友家里了，比如，拉莱，或者……那个女孩是不是叫梅根？或者萨曼莎、克里斯那儿。他正抱着一根救命稻草，他自己也知道。他感觉稻草顺流而下，从他的身边飘走了。太阳慢慢升起来了，带来了一丝热气。他迈步踏上路边的草坪——他喜欢脚下这种柔软的感觉——向左侧的树荫处望去，他看到有个白色的东西闪着微光，稀疏的高草将它遮住一半。一把锤子敲击着他的心脏，一股恐惧的浪潮迅速贯穿他的全身。一时间，他感觉自己动弹不得，只能站在那里，眼前一片漆黑。他朝着那个白色的东西迈了一步，想看一看那个东西究竟是什么是他这辈子做过的最痛苦的事，但他不得不这么做，他必须去看一眼。他看见她张开的手，那只印着咕噜姆[①]的脸的可笑的白色

[①]《指环王》里的怪物，在得到魔戒后嗓子里经常发出古怪的声音，他的族人随之这样称呼他。

手表，他向前扑倒在地。可能是晕过去了，他不知道，或许横卧在她的尸体上才是他唯一应该待的地方。

他不清楚自己在那儿躺了多久。他想过死。他想，如果他的意志再坚定一点，他就死了，人们会发现他们在一起。然而，事实并非如此。那个给他家和珠宝别墅送报纸的送货员把厢式货车停在街角，沿着米尔巷走过来，发现了他和她。由于他拒绝移动，送货员给警察局打了电话，等警察过来处理此事。

3

他们沿着车道靠近那座房子时,一个女人从屋里走出来,怀里抱着一个一岁左右的孩子。韦克斯福德和汉娜·戈德史密斯探长向她做了自我介绍,那个女人说:"他睡着了。我们的医生给他打了一针镇静剂。"

"我想和您谈一谈。"韦克斯福德说,"您是马歇尔森太太吗?"

她点了点头。韦克斯福德从来没遇到过这种案子——父亲找到了遇害女儿的尸体——他也从来没认为自己会看到一个刚刚失去亲人的家长趴在孩子的尸体上。他也是一个有女儿的人,但他几乎无法想象自己处在乔治·马歇尔森的位置上。

那个男人刚被说服回家就被送了回去,病理学家来了,摄影师来了,负责勘察犯罪现场的警官也来了,所有需要出现在命案现场的人已经全部到齐。至于韦克斯福德,他只负责记录如下内容:死者是个女孩,很年轻,还不到二十岁,非常漂亮,因头部遭受猛烈击打致死,凶器可能是一块砖，也可能是石块。

他问了那个发现他们父女俩的送货员几个问题，然后和汉娜沿着小径向克利夫顿——马歇尔森的家——走去。他们已经习惯了炎热的天气，乃至炎热逼近时，他们仍然觉得很正常。你几乎能感觉到气温在上升。空气像正午时一样凝滞沉闷。米尔巷树木繁茂，一束束强光穿过枝叶间的缝隙。

克利夫顿的前花园里没种花，灌木在烈日下开始枯萎，草是黄色的。房子的前门开着，还没走到可以谈话的距离，那个女人就出来了。社交礼仪正确到了让韦克斯福德觉得荒谬的程度，汉娜用她惯有的亲切且宽容的口气对他说："那应该就是他的伴侣。"

"很可能是他的妻子。"

汉娜用那种看一个仍旧称呼自己娶回家的女人为妻子的中年男人的眼神瞥了他一眼。他们跟着马歇尔森太太进了屋。那个孩子——小男孩——看样子挺沉，马歇尔森太太抱不动他，把他放了下来，还不会走路的小孩在擦得很亮的木地板上快速地爬行，嘴里说着："妈妈，妈妈。"

戴安娜·马歇尔森对他置之不理。"进来吧。我不知道该跟你们说什么。回家后，他就一言不发。他完全崩溃了。"他们俩的表情一定是在告诉她两个人都产生了误解。"哦，我不是她的母亲。我是乔治的第二任太太。"

韦克斯福德已经学会了从戈德史密斯探长的脸上和她所谓的肢体语言中察觉到满意的迹象。他现在就看到了这些迹象，那双赞同的嘴唇以及通常很紧张但此刻放松下来的肩膀。这可能是因为戴安娜·马歇尔森透露她是死了的那个女孩的继母。汉娜喜欢复杂的家庭关系。在她的世界里，这意味着选择的自由和自作主张。韦克斯福德心想，一大群孩子，每个孩子的父亲都不一样，有的孩子的母亲也不是同一个，所有的人都生活在同一个屋檐下，还有四五个成年人没有亲戚关系，这或许就是她理想中的家庭生活。

他们走进一间宽敞的起居室，落地窗敞开着。他知道马歇尔森夫妇是室内设计师，他们在金斯马克海姆的金斯布鲁克中心开了一个马歇尔森设计与修复工作室，就算没有人告诉他，他也看得出来。这种人的家一看就知道——漂亮，品位无可挑剔，装饰品不会太多，恰到好处，至于用色嘛，是那种只有在这方面有天赋的人才会选择的颜色，与此同时，家庭的氛围和温暖舒适正好颠倒过来。进了这种人的家，你绝对不想蜷着身子看本书，喝杯红酒。韦克斯福德坐在一张深灰色的沙发上，汉娜坐在一把浅灰色的扶手椅上，戴安娜·马歇尔森坐在另一把扶手椅上，那把椅子仿佛是从曼德勒①的宫殿里搬来的。椅子的拱形高背上雕刻着面目狰狞、怒目圆睁的神灵。

"为什么您的丈夫今天一大早就去街上了，马歇尔森太太？具体是几点钟？"

"我不知道，"她说，"我在睡觉。只要她晚上出去，他就担心得不得了。我想，他可能是发现她一直没回来。"

"他出去找她去了？"汉娜好像不太相信。

"我想是这样。他一定知道——呃，她要么没回家，要么就是出了什么可怕的事。但究竟是什么原因，我也不清楚。反正，他出去了。我是被孩子的哭声吵醒的。那个时候是六点半。"她竖起耳朵听，似乎在等待这样一声啼哭，"我得去看一下乔治。你们不介意稍等片刻吧？我尽快回来。"

---

①曼德勒（Mandalay），缅甸城市。

她出去后,那个小男孩进来了,还是手脚并用在地上爬,但后来,他抓着嵌花装饰的桌角站了起来,那张桌子好像是用乌木和浅金色的木头做成的。这是一个模样俊俏的小朋友,橄榄色的皮肤,红红的小脸蛋,一头深色的鬈发,那种藕节胳膊只有在特别小的孩子身上才能见到。

"你好啊,"韦克斯福德说,"你叫什么名字呀?我来猜一猜,好不好,詹姆斯?杰克?他们说现在最流行的名字是阿彻。"

"他太小了,不知道你说的是什么,老爸。"

他忍着没说他知道,他是两个孩子的父亲,四个外孙的外公,他语气温和地说,小孩子喜欢人们跟他讲话,他们喜欢听到声音,也喜欢被关注。你具体说的是什么其实没那么重要。汉娜微微耸了耸肩,这是她最喜欢做的动作。他想,戴安娜·马歇尔森还算年轻,可以做这个孩子的母亲,但也只是刚好够。估摸着她有个四十五六岁,第二任太太也许结婚前是老姑娘,想抓紧时间生个孩子。他非常喜欢她的外表。高个、端庄、丰满的黑发女人是他的菜。他老婆就是这个样子。

她回来了。"他睡得很香。这对他来说再好不过了,但不知道他醒过来以后会怎么样。他得醒一阵子。他特别喜爱安柏。她只有十八岁。到底发生了什么事?"

"现在说什么都太早。"汉娜说,"她死了。她遭到了袭击。真的,我们只知道这么多。"

小男孩努力想要爬到戴安娜·马歇尔森的腿上。韦克斯福德看到她好像很厌烦地把他拉起来,态度冷冰冰的。"安柏昨天晚上出去了?大概是几点,去了什么地方?"

安柏的继母措辞谨慎。"她去俱乐部玩了。金斯马克海姆一个叫

'亮闪闪'的地方。大概是在八点半到九点之间。我知道，听起来很糟糕，但他们都这样。那个送她回来的朋友会在米尔巷的尽头把她放下来。以前有过这种事，她定期去俱乐部玩，一直都挺好的。"小男孩抓住她戴的珍珠项链使劲地扯。"不，布兰德，不要这样，求求你。"她强行把他的手指掰开，"安柏正在等她的高考成绩。她刚离开学校。听我说，我丈夫在睡觉，我想，我应该和他在一起，陪在他的身边，你知道。以免他醒过来后发现我不在。我再也不能丢下他一个人不管了。"

"我们只是想……"汉娜刚开口就被韦克斯福德拦住了。

"我们今天晚些时候再来，马歇尔森太太。到了那个时候，也许您和您的丈夫可以把那个朋友的名字告诉我们，再多跟我们讲讲安柏的情况。我们现在就走。"

戴安娜·马歇尔森等了好一会儿才给他们开门，小男孩坐在她的胯上。

"我们可以搞到那个朋友的名字，你知道，老爸，"汉娜说，"她又不是那个女孩的母亲。"

尽管他知道这是在全国警察队伍里通用的叫法，但他还是非常讨厌人家叫他"老爸"。如今他已经不盼望有人叫他"长官"了，但他宁可她对他直呼其名，也不愿意听到这个可恶的称呼。她刚加入他的团队的时候，他曾经温和地请求她不要这么称呼她，但说了跟没说一样。如果她有任何失礼之处，他就有理由责备她了，但她从未失礼过。他确信她喜欢他，甚至钦佩他，除了他老派的讲话模式和术语的用法。

她又把说过的话重复了一遍，因为他没有回答她。"她可能很喜欢这个女孩，"他说，"我们还不知道她做了多长时间的继母。也许从安柏很小的时候就开始了。"

回犯罪现场的路上，汉娜没再说什么。她很烦韦克斯福德用"女孩"这个词,安柏是个女人,她已经十八岁了。她想,他应该学习正确的用语,否则,这个瞬息万变的社会就会把他抛在身后。前几天她还听他谈论"人民",其实他指的是"社区"。

尸体被抬走了。几个便衣警察站在草地上,六七辆车堵住了这个巷子的入口,勘察犯罪现场的警官正用蓝白双色的警用带将安柏·马歇尔森躺过的地方围起来。凯伦·玛拉海德警官身边站着一个大约四十岁、身穿白T恤和蓝牛仔裤的女人。

"长官,这位是伯顿小姐。她就住在对面的一幢房子里。她昨天晚上出去过,半夜回的家。"

"我是莉迪亚·伯顿。"那个女人说,"住在珠宝别墅三号。昨天晚上我跟一个朋友出去了,他开车把我送回家,他走了以后,我出来遛狗。时间不长,你知道,但必须遛它们,不然的话,它们会小题大做。"

她算不上美丽,只能说漂亮,粉白的肤色很健康,金色的鬈发,素面朝天,只在长长的睫毛上刷了一层睫毛膏。睫毛膏和那对晃来晃去的狗脸图案的银耳环为她朴素的外表增添了一点轻浮的味道。

"是啊,当然认识了,"他问她是否认识安柏·马歇尔森时,她这样回答,"我是布瑞姆赫斯特小学的校长。她父亲刚把家搬到布瑞姆赫斯特的时候,她在我们学校读过两三年书。"

"昨天晚上您看见她了?"

"我多么希望看见她。"

"发生了什么事?"

"恐怕我不是一个非常善于观察的人。"

汉娜·戈德史密斯不喜欢听别人、特别是女人贬低自己。或许这是一种自卑的表现。每个人和其他所有人一样都是有价值的，如今这已经是一个众所周知的事实。所有人都有技能和天赋，每个女人（可能男人也是）都是独一无二的自己。"您是——几点出去遛狗的？十二点半？"

"我想是的。差不多就是那个时间。路上很黑，因为有树，而且我没带手电筒。有一点月光，我沿着另外一条路到了迈福利特路，又沿着那条路走了差不多两百码。"米，汉娜想，应该是二百米。为什么这些人学一样东西需要花这么长的时间？"我回来的时候——回到米尔巷拐角处的时候，我的意思是说——看见了一个男人。他站在树丛里，就在那儿。"莉迪亚·伯顿指着发现安柏·马歇尔森尸体的那片林地，"我吓了一大跳。他背对着我。我觉得他没看见我。我穿过马路，急忙赶回家——我的意思是，看见他在那儿让我想回家。"

"您能描述一下这个男人的样貌吗，伯顿小姐？"

汉娜不耐烦地摇了摇头。为什么韦克斯福德总也不记得用女士这个词？"我没看见他的脸，他戴着一个兜帽。我的意思是，他穿了一件有连帽衫的抓绒衣。一般年轻人爱这么打扮。我不觉得他有那么年轻。他不是男孩。"

"高个，还是矮个？胖子，还是瘦子？多大岁数？"

"个子挺高的。"她说，"也很瘦，我觉得。我希望可以注意到更多的情况。但人们总说'我希望'，不是吗？我不认为他有那么年轻，但我也说不清为什么。他大概四十岁吧，我想。至少四十岁。"

"可惜您不能说得更确切一些。"汉娜说，"您没看见安柏？没有，我猜您没看见。她是不是经常去俱乐部玩，您知道吗？"

韦克斯福德希望汉娜可以让自己的语气听起来不这么吹毛求疵。

在任何一个男人的眼中,她都是美女,高个、苗条,长了一张格列柯①画中圣女的脸,渡鸦翅膀般乌亮的头发,但他怀疑她从来没去过俱乐部,也没在晚上十一点之后上床睡过觉,除非那天她执行任务。

"我真的不知道。"莉迪亚·伯顿说,"我跟安柏的关系从来就没近过,也就是见面打声招呼。"韦克斯福德问她珠宝别墅另两幢房子里住的是什么人。"住在一号的老人是纳什先生;布鲁克斯夫妇住在二号,先生的名字是约翰,太太叫格温达。"

他们目送她走进珠宝别墅的第一幢房子,那是一座整洁的小房子,每座房子都很整洁,红色的砖墙,石板瓦的屋顶。她家的前花园是一块方形的草坪,四周被一丛丛的薰衣草围绕。纳什先生家的院子简直是一个巨大的向日葵种植园,向日葵有十英尺高,太阳形状的脸朝向天空。布鲁克斯夫妇则在修剪得很密的长方形的树篱中铺了一条石子路。虽然是早晨,但天已经很热了,那种古怪的英国式的炎热,空气沉重潮湿,阳光只要照到一个地方,就会把那里烫热。在韦克斯福德看来,汉娜·戈德史密斯一如既往地从容不迫,光滑的皮肤还像冬天那么白,头发纹丝不乱。

"你可以从珠宝别墅查起,汉娜。"他说,"趁这些住户上班之前。你带巴比尔去吧。"

汉娜和巴塔查亚探员过马路时,韦克斯福德心想,这两个漂亮的人倒是很登对,女的身材很苗条,黑瀑布一般的长发垂在背后;男的大高个、身形挺拔,瘦得不可思议,一头短发倒是把她的头发衬成棕色的了,因为巴塔查亚的发色是漆黑的。他们的外形多少有点相似,匀称、经典,百分之百的白种人。他们长得像一对兄妹,父亲来自伊

---

① 格列柯(El Greco, 1541—1614),西班牙画家,他的肖像画和宗教画以扭曲的透视图、拉长的人物造型和鲜亮刺目的颜色为特点。

朗,母亲来自伊比利亚半岛。自从西米索拉案发生之后,很短的时间内,这个地方发生了很大的变化,当时生活在这里的少数族裔还不超过十二个人。他和凯伦·玛拉海德回到车上,唐纳德森正坐在方向盘后等他。

"今天肯定是个大热天,吉姆。"

"是啊,长官。"唐纳德森的语气很冷淡,他用蔑视来对待这个乏味至极的问题,这个话题就该得到这种待遇。

"你知道吗,我好像从来没来过这儿。我说的是布瑞姆赫斯特。"

"除非你认识什么人,否则不会到这种地方来。这里只有一个村政厅和一座教堂,牧师走了以后,教堂就一直锁着。商店十年前就关门了。"

"你是怎么知道这些事的?"

"我妈住在这儿。"唐纳德森说,"喜欢这里的人只是图个清静,什么事都没发生过——当然,是在出这个事之前。"

"是啊。你能把空调打开吗?"

验尸对他没有任何吸引力,但他还是去了,他尽量扭过头去不看。波顿警探不像他这样难以取悦,波顿对法医学很着迷。他们坐在那儿看,韦克斯福德假装在看,病理学家剖开安柏·马歇尔森的尸体,检查因重物击打而遭受重创的头部。他询问了死亡时间,医生告诉他在半夜到凌晨三点之间。更准确地说,她不可能是自杀。

"我认为凶器是砖头。"卡瑞娜·拉克斯顿说,"不过,你们当然不会相信我的话。"

"当然不信。"波顿说,他不喜欢拉克斯顿。他对韦克斯福德说过,除了有个女人的名字,没有喉结之外,她和男人没什么两样,可能她以前就是个男人。现在的人可说不准。她没胸,没屁股,剃了个平头,老处女的脸上粉黛不施。不过,他不得不承认她很能干,不像马弗里奇安那么尖酸刻薄没礼貌,也和希拉里·特雷姆莱特爵士的自高自大相去甚远。

"她因头部遭受击打而死,不用我说你们也知道。"她说,"当然,不该由我来——"她的语气老派拘谨,几乎掩饰不住傲慢,"辨认凶器。你们很可能需要找一个砖石学家来鉴定一下。"

"一个什么?"

"一个研究砖头的专家。"卡瑞娜的语速很慢,发音清晰,而且小心翼翼的,免得波顿难以理解浅白的英文。

"毫无疑问。"波顿说。

"因为一块砖并不只是一块砖,你知道吗?"等他们理解了那个词的含义后,卡瑞娜说,"没有性侵犯的迹象。这些内容将全部写进验尸报告。她生过孩子,我想,你们知道吧。"

"不知道。"韦克斯福德惊愕地说,"她才十八岁。"

"你这么说是什么意思,雷格?"卡瑞娜·拉克斯顿对他摇了摇头,撅起嘴巴,"如果她十二岁,或许还可以评论两句,勉强可以。"

布兰德,他想。我很惊讶。布兰德是安柏的孩子,不是戴安娜的?布兰德是易卜生①戏剧里的布兰德,还是马龙·白兰度的布兰德?他对波顿说:"到我的办公室来,麦克,过一会儿我们回米尔巷,一起去见马歇尔森夫妇。"

只要有可能,韦克斯福德和波顿就以团队的形式工作,尤其是在

---

① 易卜生(Henrik Ibsen, 1828—1906),挪威戏剧家,被认为是首位以散文体描写普通人悲剧的主要戏剧家、现代现实主义戏剧的创始人。

目前这种情况下，韦克斯福德担心再和汉娜·戈德史密斯待一两个小时，他会说出让自己后悔的话。他们俩很合得来——他和麦克。如果他们不能向对方说出自己脑子里所想的一切，也会尽量朝着这个方向努力。在他认识的所有人里，他最喜欢的是麦克，当然，麦克要排在他的妻子、孩子和外孙的后面，但也不一定。他爱的七个人里，没有一个人比麦克更了解他，喜欢和爱是两码事。即使在天主教廷最严苛的时候，也从未命令过信徒一定要喜欢彼此。

他的办公室里新铺了一块灰色的地毯，那是金斯马克海姆心存感激的家庭税纳税人送给他的礼物，此外，这个房间的两把黄色的扶手椅也是他的私有财产，波顿坐在那张玫瑰木办公桌的桌角上，这是他的招牌动作。这个大家具也属于韦克斯福德个人所有，他把这张办公桌和那两把扶手椅摆在这里是给当地的媒体看的，有时候会有记者来他的办公室打探消息，寻找警方行为不检和腐败的证据。波顿总是打扮得很帅气，最近，他迷上了那种被业内人士称做"时尚休闲"的风格。漂亮的西装压了箱底，旧的衣服送给了慈善商店，这位警探出现时穿的是牛仔裤、白色的开领衬衫，外套一件山羊皮夹克。他的朋友过了穿牛仔裤的年纪，韦克斯福德想到了这一点，但不能说出来，不过，他只是稍微有点老而已，还好，波顿比较瘦，穿牛仔裤的样子还是很优雅的。

他已经把从安柏·马歇尔森的外衣口袋里找到的东西摊在桌子上。那件沾满血迹的白色棉布衣服已经送到实验室去了，一同送去的还有那条粉红色的迷你裙、黑色的背心和胸罩，以及粉色和黑色相间的三角内裤。她口袋里的东西全都放在深红色的皮质桌面上。

"女人现在都不拎包了。"韦克斯福德说。

波顿看着眼前的东西——挂在一个有咕噜姆脸的金属环上的门钥

匙，这倒是和她的手表很相配；一个装有亮粉色物质的透明塑料管，大概是口红；一个装着两支烟的小包；一块化了一半但仍用锡纸包着的巧克力，还有避孕套。他在性方面还是有点大惊小怪，看着最后这样东西，他绷紧了嘴唇。

"当然，有总比没有强。"韦克斯福德说。

"这取决于你晚上打算怎么过。她没带钱吗？"

韦克斯福德打开抽屉，从里面取出一个透明的塑料包，包里装着纸币，数量可不少，面额全是五十镑的。

"还得检查一下指纹。"他说，"包里装了一千英镑。钱就这么随随便便地放在夹克的右口袋里，和钥匙，以及那个管子——我觉得是唇彩——放在一起。安全套、烟和巧克力放在另一个口袋里。"

"她从哪儿搞到的这一千英镑？"

"这一点等待我们去发现。"韦克斯福德说。

4

汽车拐进了米尔巷。穿制服的警察——没穿警用外套,也没戴警帽——正沿着路旁的草坪在水沟和树篱另一侧的空地上寻找凶器。人行道边拉起的警戒线将这个区域与外界隔开。马路对面,一个老人站在向日葵丛中,手里拄着拐杖,眼睛盯着这些搜索者。

"这么干燥的天气已经持续很长时间了,"韦克斯福德说,"凶手把车停在草地边的任何一个地方都不会留下什么记号。"

那幢名叫克利夫顿的房子仿佛掩映在异常静止、冷漠的树林和灌木丛中,看上去像是在休憩,也好像关闭了,总之是大热天建筑物应该有的样子。警报是留给隆冬的严寒的。窗户敞开着,但不见一个人影。尽管已经是傍晚时分,但从凉快的车里下来时,他们还是感觉一股热浪迎面而来。

"去希腊度假,刚走出机舱就是这个感觉。"韦克斯福德说,"你可能不信,但这种感觉好极了。很可能是在半夜。我们那儿晚上就没怎么热过。为什么我们那儿不热？"

"我可不知道。可能和湾流有关吧。气候上的事儿大都和这个有关。"

"湾流会让气候变暖，而不是变冷。"

这次没有人来门口迎接他们。韦克斯福德按响门铃，开门的是戴安娜·马歇尔森。小男孩又和她在一起，如果抓紧她宽松的裤腿，小家伙能勉强站着。

"今天早上我想当然地以为这个孩子是您的，"韦克斯福德说，"但安柏才是他的母亲，对不对？"

"我想我本该告诉您的。"

韦克斯福德和波顿未做任何评论。"布兰德是哪个名字的简称，还是他就叫这个名字？"

她做了个鬼脸，皱起鼻子，拉下嘴角。"恐怕这就是他的名字。不过，想到现如今的名字，这个名字也不赖，不是吗？我丈夫已经起来了。他愿意和你们谈话。不过，你们可不可以慢慢来？他受了很大的刺激。"

她把他们带进那间很大的起居室，她丈夫正躺在一张灰色的沙发上，身下垫着黑白相间的垫子。韦克斯福德发现他还不到六十岁。几绺白发横过来试图掩盖他的秃顶，他的脸上刻着深深的皱纹，肚子松软下垂，看起来比实际年龄老很多。当然，应该体谅他。他刚刚经历了可怕的丧亲之痛。警察进门时，他回过头来，目光落在那个孩子身上。

"哦，上帝啊。他跟她长得一模一样，"他说，"她这么大的时候就是这个样。"

他手里握着一个相框。他把相框塞给韦克斯福德。"他是不是……他母亲的翻版？"

韦克斯福德看着照片中那张年轻的仿佛圣人看到异象的脸。"是啊，是啊，他的确很像他的母亲。他是个可爱的小男孩。"他又补充了一句，"她很漂亮。"戴安娜·马歇尔森脸上的表情几乎吓了他一跳。如果非要描述一下的话，可以用恼怒这个词来形容。也许最近类似的话她听得太多了，比如，安柏有多么漂亮，布兰德真好看之类的。

他自我介绍了一遍，又说了几句同情的话。"您能回答我几个问题吗，马歇尔森先生？"

"哦，可以。我必须回答。我知道。"

"这位是波顿警探，是我这个团队里的高级警官。马歇尔森太太，您介意我们单独聊，呃，十五分钟吗，如果可以的话，我过一会儿再去找您谈。"

她抱起布兰德，又一次把他卡在右胯上。韦克斯福德心想，女人抱孩子就是方便，身材直上直下的男人可就费劲了，不过，和抱着或背着不一样，这个动作很难表露情感。骑在她胯上的小男孩不能把脸贴在她的脸上，也不能紧紧挨着她的乳房。他想妈妈吗？肯定想。在他的能力范围内，他肯定问过妈妈去哪儿了。接着，韦克斯福德想起来了，今天早上他叫过两声妈妈。

"干吗不坐下来？"马歇尔森用空洞的语气说。

"谢谢。很抱歉在这个时候还要问您问题，但恐怕这是不可避免的。昨天晚上您预计女儿几点能到家，马歇尔森先生？"

"我没有预计她具体几点钟会回来，我知道有人送她。呃，我想，两点之前她应该能到家吧。"

韦克斯福德强忍着，没有表示强烈的反对。波顿根本没有挣扎，而是直截了当地表现出来了。"经常发生这种事吗？"

"安柏已经离开学校了——哦，高中毕业了。她是在参加完文凭考试后离开学校的。布兰德出生后她又回到了学校。"他的声音颤抖沙哑,他清了一下嗓子,说,"她的考试成绩已经下来了。今天上午刚寄到的,三个 A,一个 B。她本来可以去牛津大学深造。"泪水充满了他的眼眶,在那里闪着光。"我觉得……她经历了那么多事,如果我还不允许她出去玩未免对她太苛刻了。"

"经历?"

韦克斯福德飞快地给他的朋友使了一个警告的眼色,但波顿尽量不去看。

"我的意思是说,她怀了孕,生了孩子,又和男朋友分了手。我管他叫玩弄女性的骗子。腐蚀者。"

"您说的是布兰德的父亲,马歇尔森先生?"

"是啊,除了他,还能有谁。"马歇尔森说,他在维护死了的女儿,"我相信他强奸了她。呃,至少第一次是——如果还有后面几次的话,不过,我很怀疑。"

好像父母知道似的……"您能告诉我们他的名字吗?"韦克斯福德看得出来,这次波顿在挣扎,尽量不让语气中流露出清教徒对这种事的反感,"他是本地人吗?"

"他叫丹尼尔·希尔兰德,是爱丁堡大学的学生。当然,他现在不在那儿,学校放长假了。他的父母就住在本地,住在小苏英伯里。我有他们的电话号码,在什么地方放着我记不太清了。"

"不必费心,我们能查出来。安柏昨天晚上见过的那些朋友呢?还有把他送到这条路尽头的那个人。只要我们知道了他们的名字,您就可以清净了。"

"清净!"马歇尔森说,话语的闸门打开了,眼泪扑簌簌地往下掉,声音也跟着颤抖起来,"清净!我都不记得什么是清净了。那是很久以前的事。也许是在我娶戴安娜之前。我没说这是她的错,根本不是她的错。安柏——怀孕了,这很可怕,可怕的打击。她生了孩子,把他带回家交给我们照看。由戴安娜照看。这就是最终的结果。"他的嘴唇在颤抖,"戴安娜不得不放弃设计室的工作。但所有这一切和这件事比起来都不算什么,什么都不是。现在我怎么忍心看他呢?他和她长得太像了,和她小时候一模一样。"

韦克斯福德以为他要抽泣,但他强忍住了,深深地吸了一口气,把头放在灰白相间的垫子上。他闭上眼睛,说:"对不起。我会控制住自己的情绪。那些朋友——你们去问戴安娜吧。戴安娜应该知道。"

"您出门去找安柏,先生,"波顿说,"为什么要这么做?"

马歇尔森摇了摇头,他不是在否认,可能是因为伤心。"只要她出门我就睡不好觉,一直都是这样。我不睡就对了,不是吗?就像戴安娜说的那样,担心不是多余的,不是吗?事实已经证明了。"

"也许是这样吧,先生,不过,您五点钟——是不是五点钟——您凌晨五点钟出门希望达到什么目的呢?"

"我不知道。那个时间做的事都是不理性的。我以为我能看着她从那个男孩的车上下来。时间对于他们这个年龄的孩子而言一文不值。他们不知疲倦。我以为可以和她一起走回家,挎着她的胳膊,我的公主,我可怜的小天使……"

波顿说了韦克斯福德以为他不敢说、或者现阶段不会说的话,然而,他是那么的无情,又是那么的诚实。"您是不是在那之前也到街上去过?您是不是在两点或者三点钟出去过?"

不知道乔治·马歇尔森是否领会了波顿这个问题的含义,反正,他没表现出来。"我就出去了一次,只在五点钟出去过。之前我在家里转了一圈,发现她的床是空的,但是我只在五点钟出过门……"一声啜泣切断了后面的话。

韦克斯福德在外面的过道里东张西望，寻找生命的迹象。他看到一扇浅木色带不锈钢球形把手的门虚掩着。韦克斯福德突然听到门后传出那个小孩的声音："妈妈，妈妈。"

"刺穿了我的心"这几个字浮现在他的脑海里，但他告诉自己不要做多愁善感的傻瓜。他推开门，走了进去。波顿跟在他后面。布兰德和他同龄的小孩一样，好像每个小时都能获得更多的走路技能，站在窗前的他转过身来，似乎很失望，重复着那句悲伤的咒语："妈妈，妈妈。"

戴安娜·马歇尔森坐在地上，身边摆了一圈玩具，有木头的玩具、有一只装在轮子上的毛绒狗和一堆彩色砖块。"希望不要再这样继续下去了。我是说，我希望他能忘掉她，这是为了他自己好。"

韦克斯福德期望能听她说几句对这个小男孩表示同情、为他母亲的离世感到悲痛的话，但她什么也没说。布兰德跪在地上，手脚并用地向她爬去，一脸的困惑。她好像要把他抱在怀里安慰一下，但是她没有。相反，她站了起来。

"快坐下。我能为你们做什么呢？"

他们在一个类似书房的房间里。这里摆着一张书桌、一个档案柜，工作台上放着一台电脑，此外，还有用浅灰和橙红色的粗花呢软包的家具。一扇玻璃落地窗朝向一座大花园，园子里主要种的是草和灌木，布兰德刚才一直盯着那扇门，希望看到自己的母亲。持续好几个星期的超高温已经把花园里的草变成了加利福尼亚山的那种黄色。波顿问了戴安娜·马歇尔森一个问题，因为他不想再反复问她那个悲痛欲绝的丈夫。

"我只知道她那些朋友们的名字，不知道他们姓什么，哦，除了那个把她送到小路尽头的人。他叫本·米勒，我想，他住在迈福利特。对，他就住在那儿，没错。这会对你们有帮助吗？"

"非常有帮助。"韦克斯福德说，"也许您能把您知道的安柏的那些朋友的名字告诉我们。"

"我说过，我不知道他们姓什么。有一个克里斯，一个梅根，还有一个维尔妍。她来过这儿一两次。对了，还有一个山姆——我不知道到底是塞缪尔（Samuel），还是萨曼莎（Samantha）[①]——和拉莱。我想，拉莱和梅根是姐妹俩。当然，我不知道她昨天晚上有没有见过他们。不，布兰德，现在不行，迪正忙着呢。"她并没有把他推开，而是把手放在他的肩上，弯下腰，摇了几次头。"不，布兰德，你听见我说的话了吗？和你的狗狗玩吧。带着它在屋子里遛遛弯。"她的语气很冷淡，听起来更像韦克斯福德年轻时的小学老师，而不是现在托儿所里的保育员。"我不知道我要如何应对。"她对警察说，"每天要抽出一部分时间对付安柏已经够难的了。她又不是我女儿。这对我来说不公平，不是吗？"

韦克斯福德很少语塞，但此刻他说不出话来。他站起身，波顿也跟着站了起来。布兰德拽着那条装着轮子的玩具狗在屋子里走来走去。这次，他没喊"妈妈"，而是念叨着"迪，迪，迪，迪。"

他很可能不是第一次这么说，但韦克斯福德还是盼望戴安娜·马歇尔森的脸上露出喜悦之色。听到小男孩重复她的昵称，不苟言笑的她只是瞥了他一眼就把脸扭过去了。

"自从这个孩子出生，大部分时间都是我在照顾他。"她说，"这真的不公平，不是吗？安柏从一开始就恨我。无论她父亲娶的是谁她

[①] 塞缪尔（Samuel）和萨曼莎（Samantha）的昵称都是山姆（Sam）。

都会恨那个女人。哦，我并不是说她一直心怀仇恨，她习惯了有我这么一个人，或多或少地接受了这个现实，但她一直都不喜欢我。但是，自从这个孩子出生以后，她上学的时候都把他留给我来照看。过了一段时间，我就把工作给辞了。本来我和乔治合伙经营公司，但我不得不放弃工作。她从来没问过我，她认为这是理所当然的。因为我没有自己的孩子，所以我就肯定想照顾她的孩子。她每次晚上出去，只要孩子哭，我就得跑过去哄，有时候孩子一闹就是半宿。但是，发牢骚毫无意义，不是吗？比无用更糟糕。你们还想知道什么？"

波顿扫了一眼韦克斯福德后说："暂时没有了，谢谢您，马歇尔森太太。不过，我们肯定还想再见到您。"

他们默默地从温暖的密闭空间走进令人精疲力竭的高温中，这个八月很快就要成为有记录以来最热的一个月了。有那么几个月，在天气变得闷热之前，韦克斯福德感觉这种热很舒服。波顿发怒时，他扬起脸来对着太阳。

"上帝救救我吧，那个孩子会让我晚上睡不着觉的。可怜的小男孩！他外公不忍心看他，因为会想起死去的女儿。他的继外婆毫不掩饰对他的厌恶。他的母亲死了，听他们那意思，她在养育孩子上没有获得任何褒奖。他们不是穷人，请得起像样的保姆，没准那个保姆还会爱他。真让我恶心。"

"冷静点儿，麦克。我才是那个容易激动的人，记得吗？我们今天互换角色了。"

他们上了车。停了这么久，车里已经热了。唐纳德森发动引擎，打开空调。那些警察还在草坪里搜寻。

"我真想过去看看他们找到什么东西没有，"韦克斯福德说，"只是六点半我还有一个记者招待会。哦，顺便说一句，我完全同意你关于马歇尔森一家和那个小男孩的说法。"

"那个女孩为什么要留下他？不喜欢的话可以送人嘛。很多人会——会把他当成宝贝。错得这么离谱。整件事都是错的。女孩刚走出校门，就在夜总会玩到后半夜才回家。真不明白现在的人都怎么了。这个世界变化得太快。短短二十年，整个生活态度就变了。"

"也许我们需要对他们多了解一点再去评判。"韦克斯福德感觉汗水顺着胸脯向下淌，他多么希望在见到记者之前能换上一件干净的衬衫。"这大概是他们这辈子遭受的最沉重的打击。你知道最让我难受的是什么吗？布兰德喊着要妈妈。"

"戴安娜似乎丝毫不为之所动，旁观者的心都碎了，却根本没有打动她。"他几乎在用怀疑的眼神看着韦克斯福德，"你在想什么呢？"

韦克斯福德并不经常撒谎，但他觉得没有必要把自己真实的想法说出来。"我只是在想，我宁可随时面对伦敦的媒体，也不愿意见到《信使报》新来的那个家伙。"

他继续想那个真正盘踞在他心头的人——他的女儿。

5

记者招待会的时间很短。韦克斯福德和韦恩警官没有什么消息可以告诉媒体的,《信使报》新来的那个小子达伦·拉夫雷斯破天荒地第一次没有惹人厌。韦克斯福德对英国广播公司一台的地区晚间新闻说了两分钟,又对中苏塞克斯广播电台说了三分钟,然后记者会就结束了。

"你打算让马歇尔森上电视呼吁一下吗?"波顿问他。

"你知道,我想我再也不会让任何人这么干了。一则,最近这种事发生的频率太高,都是老一套,观众都看腻了。观众只要看到受害人的父母、情人或者妻子上电视恳求杀害他们所爱之人——我们应该称之为亲人——的凶手主动站出来就很可能会把电视关掉。结果事实真相往往令人尴尬,原来丧亲之人就是杀人的凶手。"

"你不会怀疑马歇尔森吧?"

"麦克,目前我没有怀疑对象。"

波顿极力鼓动他去橄榄与白鸽酒吧喝两杯,韦克斯福德抵制住了这个诱惑,决定回家,他想着先前他说两个人互换了角色,平时都是他劝波顿出去吃点夜宵,喝上几杯,反过来的情况很少。他很想听听妻子怎么说西尔维娅。

她怀孕了,但她没有丈夫,据他所知也没有男朋友,肯定是出了什么问题。朵拉已经把这件事告诉他了,把她知道的全告诉他了,但她知道的也不多。究竟是她自己的身体有问题,还是孩子有问题,他们谁也不知道,但西尔维娅答应那天会来见她的母亲,并把"整件事的来龙去脉"都告诉她。

"这是什么意思?"他问。

"我不知道,雷格。真希望她没有告诉我那么多事。我一直在想,她发现孩子有一种染色体太多,或者不够。我只是希望自己永远蒙在鼓里。"

"我也是。"

和所有的邻居家一样,韦克斯福德家也没装空调,但所有的窗户都开着,包括起居室的落地窗,除了普劳曼街,金斯马克海姆几乎所有的私人住宅都是这样。外面的花园背阴了几个小时,屋子里和当下的温度相比凉快多了。一阵微风吹起,拂动丁香花沉甸甸的叶子。

"我打算喝一杯。"韦克斯福德说。

他从来没听过妻子这样回答:"是,我想你是该喝一杯。给我也倒一杯,好吗?冰箱里有一瓶苏维翁红酒,现在应该冰凉了。"

丰富的想象力制造的烦恼比价值多。过去他常这么想,现在他一边把葡萄酒倒进两个大杯子,一边想象着一个残疾的孩子,他会比他的兄弟们得到更多的怜爱,一个漂亮的脑残儿,一个注定生下来就死,却永远不会被遗忘的孩子……他摇着头仿佛要否定这些想法。他抓起一把热量很高、吃了容易发胖的腰果放进一个碗里。他特别喜欢吃腰果，有时候他甚至认为这是一种病态的迷恋。现在没工夫搞他老爸所谓的"节食减肥疗法"。

"这没什么错，"他回到房间时，朵拉说，"如果你一直想的是这个。我知道，因为我也想过。没事的。西尔维娅有四个月的身孕，孩子的父亲是尼尔。"

"什么？"

"对，就是他，你听见我说的话了。我就是那么说的。尼尔是孩子的父亲。不过，将来还会发生更多的事。很多很多的事。"

朵拉很没有淑女风范地喝了一大口酒，然后叹了一口气。"我希望他们能重归于好，她和尼尔。我一直都希望这样，你也知道。可惜，事与愿违。显然，他对他的新女朋友很满意——她叫什么来着？"

"娜奥米。"

"他和娜奥米很幸福，不过，有一个问题。她不能生孩子，一次次尝试，一次次失败，这可不是一个简单的事。她永远也不会有孩子。"

"我知道是怎么回事了，"韦克斯福德说，"太恐怖了。西尔维娅是为他们俩怀的孩子，她会把孩子送给他们。"屋子里突然热了起来，外面的阴凉也不起什么作用了。闷热得叫人透不过气来。他又开始出汗，豆大的汗珠从他的脸上冒出来。"她心里过意不去，觉得对不住尼尔，因为她认为，或者他们俩都认为，她无缘无故地离开了他。只是因为她厌倦了，腻烦了。所以，她在补偿他，把这个孩子作为礼物送给他和他的女朋友。我了解她，了解她的思维方式。为什么她不能把社会工作者的善心只献给自己的客户呢？"

"每个血压值都显示在你的脸上。"朵拉说，"冷静点儿。你居然比我还糟糕。"

* * *

　　汉娜·戈德史密斯正在写报告，或者说，她那台二十厘米乘十二厘米的新电脑正在写报告，而她负责思考、回忆和誊写笔记。这份报告的主题是布瑞姆赫斯特的珠宝别墅。她和巴比尔·巴塔查亚在那里待了大半天，快到傍晚的时候才回来。幸运的是，那个别墅里一共住着四户人家，其中有两个人受雇全职工作，只有一个人出去上班了。约翰·布鲁克斯六点半就早早地走了，开车去了斯道尔顿工业园区，他在一个大型的制造联合体做保安员。

　　住在一号的是个讨厌鬼。汉娜知道不该歧视老年人，但是说真的，凡事都要有个限度。她意识到自己对老男人有一种非理性的反感。她并不是讨厌所有的老人，而是老男人。不应该允许这种偏见继续下去了，也许她应该就这个问题找个人咨询一下。她把手从键盘上抬起来了一会儿，琢磨着是不是该找以前那个心理顾问，还是找个研究如何处理与老年人关系的专家。不过，眼下她要把这份报告写完。

　　这个讨厌鬼的名字是亨利·纳什。他家的客厅又闷又热，除了饭菜的味道，还飘着一股难闻的化学品的气味。如果换了韦克斯福德，他肯定知道这是樟脑丸散发的气味，但汉娜太年轻了。亨利穿了一条条纹裤，显然，这条裤子是全套西装的一部分，磨破了的蓝色吊裤带，无领的条纹衬衫，领口勒得紧紧的。汉娜觉得男人下巴上的胡子楂儿很诱人，尤其是巴比尔·巴塔查亚的胡子楂儿，但是她很厌恶亨利·纳什脸上那半英寸长的白胡子。

　　然而，这一切和亨利·纳什对她这个高级警官的态度比起来就显得无足轻重了。每次他都对着巴塔查亚回答问题，根本不管提问的人是谁。她看得很明白，亨利在种族主义和大男子主义之间左右为难，但最后他还是决定，宁可和一个亚裔男子说话，也不愿正面回答一个白种女人提出的问题。她问他前一天晚上是几点睡的，他的态度好像这个问题里包含了性意味，他沉下脸，对巴比尔说："你想知道我几点上床睡的觉？"

"没错，纳什先生。"

"我不明白这和你们有什么关系，不过，我可以告诉你，十点。我总是十点钟上床。非常准时。"

巴比尔说，众所周知，上了年纪的人睡觉轻，（"你说谁上了年纪？"）问他晚上有没有听到什么响动。尽管看上去至少有八十岁了，但纳什先生说他还没有老到晚上睡不好觉。有时候，他的邻居约翰·布鲁克斯会打扰到他，早上六点半，他会摔车门，发动汽车引擎，但今天早上没有。他睡得很香，什么也没听见，什么也没看见，直到快八点的时候，他朝窗外面看，发现一群人正在踩踏对面路边的草坪。他不认识安柏·马歇尔森，没和她说过话，也不认识她的父母，他也不想认识他们。

"她就是那个生了一个私生子的黄毛丫头。我年轻那阵儿，她这种人都不敢出来露面。有人说过去的想法比我们现在的糟糕吗？"

汉娜就是这么想的，但她还不至于笨到大声说出来。汉娜可以泰然自若地听人谈论性变态，比如乱伦、兽交、极端施虐狂，但听到有人嘴里吐出"私生"这个词则令她非常震惊。尤其是当这两个字从这张被白胡子楂儿围绕的皱巴巴的嘴里吐出来的时候就更令她惊愕了。私生！真是令人难以置信！

巴比尔告诉这个可怕的老头，安柏被人谋杀了，但这似乎并没有让这个老头为自己刚才的那番话感到羞愧或尴尬。他只是点了点头，好像残忍地杀害一个年轻的姑娘是件寻常事，或者做过她那种事的人就该有这样的下场,这是她罪有应得。汉娜几乎没在报告中提到他,至于住在二号的约翰和格温达·布鲁克斯,她谈论得也不多。

格温达是个年轻的女人,和汉娜年龄相仿,但除此之外,两个人很不一样。她穿了一条棕色和米色相间、长及小腿肚的格子裙,上身穿了一件米黄色的衬衫,领口处别着一枚胸针。汉娜想,她最后一次见到电烫的头发是在她祖母去世的时候,格温达·布鲁克斯不仅烫了发,而且头发还乱蓬蓬的。她不满地讲述了她是如何看到丈夫六点半开车走的。显然,她既没有工作,也没有孩子。汉娜搞不懂她整天都在做什么。但这和她手头要处理的事扯不上任何关系。布鲁克斯太太一直睡到早上六点闹钟响了才醒。她骄傲地宣称自己睡得很沉,什么动静都吵不醒她。有一条出乎意料的信息引起了汉娜的兴趣,有必要进一步调查下去。

"我丈夫是在客房睡的。"格温达·布鲁克斯说,"这是,呃,这是因为他打呼噜。他还不到三十岁,但打起呼噜来就像……"她本想把他比作某种动物,但怎么也想不出哪个动物发出来的声音可以和约翰·布鲁克斯的鼾声相比,"哎呀,我不知道,总之,只要他打呼噜,我就睡不着。"

"我们想和您的丈夫谈一谈,"巴比尔说,"他什么时候能到家?"

看来,七点半之前他是回不来了。约翰·布鲁克斯每天工作很长时间。他的妻子认识马歇尔森一家,但也只是为了"打发白天的时间"。她和安柏说过一次话,那天安柏抱着孩子出来,小布兰德"特别可爱,一直在笑,很开心"。她特别喜欢小孩,也渴望有一个自己的孩子。她丈夫去过克利夫顿一两次,教安柏电脑方面的知识。格温达不清楚他具体教的是什么。她没有掌握电脑操作的技巧。

"笨手笨脚的。"她用汉娜很反感的语气说,"真希望我有诵读困难。总有人拿这个当借口，不是吗？"

汉娜把这个写进了报告里。既然马歇尔森家有电脑，为什么安柏还要向布鲁克斯请教怎么用呢？她继母不能教她吗？不管怎么说，无法想象一个十八岁的人竟然不会用电脑。所有人都会用电脑，至少从五岁就开始学着用了。也许约翰·布鲁克斯和安柏有私情。这一点值得调查一下。

总的来说，住在三号的莉迪亚·伯顿表现得比较好，汉娜不虚此行，她思考了一下自己为什么会有这种想法，她意识到波顿女士和她是一类人，单身、独立，有一份责任重大的工作。安柏·马歇尔森的父亲和她当时已经病重的母亲搬到米尔巷后，她曾经在伯顿女士当校长的那所学校上过几年学。第一任马歇尔森太太是在安柏七岁那年去世的，一年后，马歇尔森先生娶了一个在他的室内装饰公司担任主管的女同事为妻。

"可怜的安柏变得很难相处。她从来没真正和她的继母和解过。真可惜，其实，戴安娜是个挺不错的女人。她对那个小孩好极了。"

一条西部高地小白梗犬跑进屋，跳到伯顿女士的腿上。巴比尔又问了她昨晚十二点半遛狗时看到的情况，她把先前说过的话又重复了一遍，她看见一个穿连帽夹克衫的男人站在树林里。不，她不认为那个人手里拿了什么，不过，他可能背了一个背包。对，她很肯定地说，他确实背了个包。她闭上眼睛就能看见他后背上的那个鼓包。

"也有可能他在肩上挂了一个口袋或者包什么的。你知道，我有点害怕。当时已经快夜里一点了，外面就我一个人，还有我的狗。你们也看见了，显然它不是护卫犬，可怜的小家伙。我用最快的速度穿过马路，跑回了家。当时我应该报警，对不对？等我想起来的时候已经太晚了……"

＊　＊　＊

第二天依旧是高温天气，警察继续寻找凶器，他们只知道要找的可能是混凝土块、煤渣砌块、砖头，甚至是一根铁棒。尽管韦克斯福德知道不可能这么快就出结果，但他还是迫不及待地想要知道砖石学家的鉴定意见。

汉娜把报告放在韦克斯福德的桌子上，并把她认为一直找不到凶器的原因告诉了他。到了这时，他们已经知道卡瑞娜·拉克斯顿认定的死亡时间是在凌晨两点左右，而不是一点。

"因为，无论凶器是什么，都会放在他的背包里，老爸。莉迪亚·伯顿看见的那个人背了个背包。除了砖头或混凝土块，他的包里还能装什么杀害安柏的凶器呢？"

"也许吧。在那个研究砖石的男人得出确切的结论之前，我是不会让他们停止搜寻的。他从伤口处提取了一个需要检查的样本——可怜的人。"

汉娜认为，说这种情感暗涌的话不符合韦克斯福德的级别，实际上，她认为任何级别的警察说这种话都是不合身份的。这是砖石学家的职责。看在上帝的分上，她已经习惯了。这是她的职业。汉娜强烈反对韦克斯福德用"男人"这个词。他怎么知道那个专家不是女的呢？别忘了，那个病理学家和明天要给安柏验尸的法医都是女性。

"不管他拿的是砖头，还是别的什么东西，老爸，"她说，"他……用完了以后肯定会随身带走。"

"也有可能是'她'，探长。"韦克斯福德的语气不褒也不贬。

6

　　有大门的小区在苏塞克斯一带并不常见，但在韦克斯福德看来，每开发出一片中高档住宅区，如果入口处没有大门，没有可以用钥匙锁定操控的屏障，门房没有英国式的公寓管理员，住在里面就不算是安全的。今天在苏英伯里的河岸院当班的保安是个非洲裔，他身高六英尺五英寸，穿着一条黑色的牛仔裤，T恤衫的前胸上印着两个黄色的字——"河岸"。他们前面那个司机把车开进大门时，保安热情地对他说了声"早上好，先生"，一副笑容可掬、亲切友善的模样，然而，迎接唐纳德森的却是冷漠的轻蔑，他还要求车上的所有人出示身份证件。

　　"我想，"他们进门后，波顿说，"如果我住在这儿，如果我是那种想住在这儿的人，我会很喜欢那个家伙，他当班的时候，我也会感觉很安全。只不过……"

　　韦克斯福德点了点头。"我第一次见到这种安全设施是在加州，当时我就希望这种事千万别发生在我们这儿。"

"我们这儿非这样不可吗?"

"我不知道,麦克。对了,那个河岸在哪儿?"

"离这儿大约半英里,那条河算是金斯布鲁克河的支流,如果现在还没有完全干涸的话。"

显然,四号住宅正在施工。前花园里立着一块牌子,显示承建者是苏哲瑞-桑菲尔专业装修公司,但按照营造商们的惯常做法,尽管大厅里好像在镶嵌装饰板,板条、熬胶锅、刷子、纸片和防尘罩胡乱地堆放在各处,但这座房子里并没有什么装潢师或修复工人,"可是这儿没有砖块。"韦克斯福德后来对波顿说。

虽然事先约好了,但他们还是按了两次门铃才有人来给他们开门。开门的是一个十几岁的女孩,她穿了一条超级迷你的牛仔裙,无吊带的紧身胸衣将她的前胸和背部肆无忌惮地袒露在他们面前,让韦克斯福德觉得好笑的是,波顿看到她这身打扮赶忙把目光转向了别处,到底是大惊小怪,还是压抑内心的欲望,他不得而知。

"什么事?"

"我们和希尔兰德太太约好了。"韦克斯福德说着,不等她邀请就抬脚进门,走到了建筑材料中间,"你是?"

有那么一刻,他以为她会说不关你的事,但她的态度温和了一些,说:"克斯玛·希尔兰德。"

"丹尼尔是你哥哥?"

她的表情好像在说,所有人都知道,这个问题不值得回答。她绕过瓶瓶罐罐和一堆板条,领着他们走到一个双扇门前。"在里面。"听她的语气好像她重新考虑了一下,放弃了推他们一把的想法。

这个母亲和戴安娜·马歇尔森年龄相仿,身材消瘦,神情倦怠,一头金发,美人迟暮。她一直伏在案上写着些什么,看到他们进来,她从椅子上站了起来。韦克斯福德刚一进门就注意到这家安了高效空调,这个街区总共也没几家有空调,河岸院很有多住户,但是装了高效空调的可能唯此一家。没有一扇窗开着,但房间里凉爽如秋日。屋外,烈日照在干透了的草坪和垂头丧气的树叶上。

这个女人什么也没说,既没有微笑,也没有伸出手,只是把眉毛挑到令人惊恐的程度,以至于那两条用眉笔描出来的弧线消失在刘海儿里。韦克斯福德把她的这种反应理解为询问他们来她家有何贵干,就像她女儿那句"什么事?"她并没有请他们坐下,但波顿不顾她的疏忽,一屁股先坐下了,韦克斯福德则等到女主人回到自己的座位上才坐下来。登门拜访之前,他们打过电话,但她没有表现出任何她知道此事的迹象。她默默地坐在那里,先是凝视窗外,接着把目光转向韦克斯福德。

作为回应,韦克斯福德问她,他认为她就是希尔兰德太太,对不对?

"对,我是薇薇安·希尔兰德。"她回答说,她的口吻比她住的这幢房子要高好几个社会等级。也许她更适合住在小庄园里。

"您可能已经听说安柏·马歇尔森死了。"

"我猜这就是你们来这里的原因。"

"您的儿子是安柏孩子的父亲,我认为。"

"我也这么认为。"她说,"就我所听到的和读到的来看,在所有认为自己是孩子父亲的男人当中,大约有三分之一的人不是孩子的亲生父亲。我们家也可能是这种情况,不过,我和我先生宁愿相信丹尼尔就是布兰德的父亲。"

"确实如此,"韦克斯福德嘴上虽然这么说,心里却叹了一口气,

"现在您的儿子在哪里？"

"他是爱丁堡大学的本科生。"她停顿了一下，仿佛是在等待其中一个警察问她什么是本科生。"不过现在，"她继续说，"他和他的朋友去芬兰了。可能在某个湖边。"

"他知道安柏死了吗？"波顿问。

"我先生给他的手机发了一条短信。他还没有回复。他和安柏已经不……呃，在一起了。孩子出生六个月前他们就不在一起了。"

"请把他的手机号告诉我们，希尔兰德太太。"

看样子她想反对，结果，她只是耸了耸肩，从桌子上的一个活页本上撕下一张纸，把他的电话号码写在了上面。那个叫克斯玛的女孩走进来，手里拿着罐可乐喝着。她从他们身旁走过去，都没朝他们那边看一眼。她打开一扇落地窗，出去了也不关上，她溜达到花园里，趴在草地上。希尔兰德太太的眉毛又扬起来了。

门厅里响起一阵脚步声，一个男人从门外探进头来。"我只是过来告诉您一声我要进城去买串珠饰，"他说，"很快就会回来。"

他相貌英俊，蓝眼睛，笑意盈盈。她的脸色一下子柔和了。她近乎傻笑地说："好的，罗斯，没问题。"

"您上次见到安柏是什么时候？"等那个男人走了，薇薇安·希尔兰德脸上的绯红退去后，韦克斯福德问。

"哦，两三个星期前吧。她过去经常带布兰德过来。毕竟，他是我的孙子。"

"是的。"

"我和她上次见面，如果你想知道的话，应该是在——我想想啊——七月二十号。之所以记得这个日子是因为工人们就是从那天开始施工的。是戴安娜·马歇尔森向我推荐的罗斯·桑菲尔。他通过他们的工作室的介绍过一些工程。我记得她和布兰德到的时候，我正在和他说话。"薇薇安·希尔兰德一点也不像个做了奶奶的人，但是谈到布兰德，她的言谈话语里还是不知不觉间流露出兴奋。没等警察问，她就主动说。"他长得很像丹尼尔，也本该如此。"她没有解释这句话中暗藏的玄机，"其实，我和我先生都希望他和安柏能解决彼此之间的分歧，希望学校放假的时候，他可以和她住在一起。这就是为什么我们要把那套公寓给她住。你们知道公寓的事吧？"

"不，我们不知道。"

"我还以为戴安娜·马歇尔森告诉你们了呢。你们当然知道，我的先生，也就是斯图尔特·希尔兰德是保守党员，他曾经在下院代表南克兰哲选区。"韦克斯福德想，这大概是说一个人是保守党下院议员最委婉的方式了，"他进下议院的时候，我们在克兰索恩西斯购置了一套公寓，可惜的是，一九九七年，可恶的工党政府一上台，他就失去了这个席位。从那时起，我们就把那套公寓租了出去，但租约十一月就到期了，所以，我们提议让安柏住进去。"

"她和布兰德要搬到伦敦去？"

"哦，伦敦远郊。她没有反对，相反，即将拥有一个属于自己的住处让她欣喜若狂。金斯马克海姆市议会不会为她做任何事。我们能指望他们什么呢？"

"你们让安柏住在那儿，"波顿说，"是不是有条件的，有可能的话，丹尼尔是不是也得住进去？"

"坦率地说，应该这样，但我先生不同意。不，那套公寓就是给她的。真是搞不懂你们为什么要问这么多不相干的问题。肯定是哪个恋童癖或者精神病人杀了她，难道不是吗？"

"我不这样认为。"韦克斯福德说，"我还想问一个您可能认为不相干的问题，希尔兰德太太。星期三的凌晨，大概，一点到三点之间，您在什么地方？"

"我？"她的口气好像屋子里挤满了人。"我？当然是在床上。"这句话还没说出口，她好像就改变了主意，"不，不是。当然不是。"她变得有点人情味了，"那天，我和我先生进城——去伦敦——看了一场很长的话剧，看完戏，我们去吃了晚饭，吃完饭，我们开车回家。进家门的时间大概是两点半左右。"

"明白了。谢谢您。当时就您女儿一个人在家吗？"

她认为这是在批评她。"克斯玛虽然只有十六岁，但她是一个很有责任心的人，比她的实际年龄成熟得多。"恰恰就在这时，俯卧在草坪上的克斯玛突然站了起来，晃晃悠悠地走进来，一进门就把可乐罐丢在了地上。

"我和爸爸是昨天早上两点半左右到的家，是不是？"

"不知道，"克斯玛说，"我晚上睡觉。"

"你听见我们回来了。我知道你听见了。你还冲我们喊了句什么。"

"'滚开'，我想我说的是这个。"

薇薇安·希尔兰德对她尖叫道："你怎么敢这样跟我说话，你这个满嘴脏话的小荡妇！把那个可乐罐捡起来。把它捡起来，快去。"

她慢悠悠地摇着头，她妈妈很乐观地认为她是个成熟的人，在这个短暂的瞬间，她确实看起来挺成熟的。克斯玛穿过房间，刚走到外边，楼梯上就传来一声声巨响，比她胖三倍的人才会发出如此沉重的脚步声。希尔兰德太太在他们面前强装笑脸。"你们是不是问完了？"

"暂时是。"韦克斯福德说。

尽管屋子里很凉快，出门后，波顿还是用一块洁白的手帕擦了几下额头。"现在她肯定在捡可乐罐。"

"大声责骂孩子纯属浪费精力，可惜已经晚了十年了。为什么戴安娜·马歇尔森没和我们提公寓的事？"

"可能她认为不相干吧？"

"不知道。"韦克斯福德说。他尖叫了一声，正在拉车门的手缩了回来，那块金属很烫手。"天哪，真疼！即使戴安娜的丈夫不希望女儿离开家，戴安娜也巴不得安柏早点走，如果知道可以就此摆脱安柏，她一定会喜出望外，她从来就没和安柏真正友好相处过，显然，在她看来，那个小男孩也很讨厌。"

"你是说，这样就排除了她的嫌疑，她不可能有任何杀害安柏的动机？并不是我怀疑她，但她确实不喜欢那个女孩，她也没有不在现场的证明。"

"如果她离开过家，她的丈夫肯定会发现。不管怎么说，她没有离开过家。她有充分的理由让安柏活着。让她去克兰索恩西斯，把布兰德一起带走，也许将来他们就见不到她了。"

"我不知道，"他们上车时，他说，"这两个家庭之间是否存在某种程度的妒忌和竞争。自从戴安娜离开公司后，马歇尔森夫妇手头上可能就没从前那么宽裕。他们在伦敦没有房产。如果有的话，安柏和布兰德可能已经搬进去一年了。"

"而且她现在还活着。"

"也许吧。但'如果'是没有意义的，不是吗？我们读不懂命运之书，谢天谢地。可能性和偶然性主宰着一切。比方说，唐纳德森可以走斯道尔顿支路，也可以穿过弗兰姆赫斯特，沿B号公路送我们回去。如果选择后者，我们可能会从那座桥下经过，六月份，那个地方曾经发生过一起撞车事故，可能会有人朝我们头上扔混凝土块。如果我们走那条支路，可能会赶上一辆大卡车，司机看也不看就冲出高速公路的出口，把我们所有人送上西天。谁知道呢？"

"我一直走的是那条支路，先生。"唐纳德森一脸严肃地说，"但如果您坚持要走弗兰姆赫斯特……"

"哦，不，不，"韦克斯福德笑着说，"平时你怎么走就怎么走吧。"

本·米勒是个英俊的男孩，高个子，金色头发，瘦瘦的。汉娜和巴比尔发现就本一个人在家，他妈妈的这所小房子位于迈福利特街一组排屋的尽头。他妈妈在上班，同样住在这里的姐姐也出去工作了。本一直坐在电脑前，起初，汉娜以为他在玩在线游戏，其实，他在写论文，六个星期后，他要重返大学。

"你好像是最后一个见到安柏活着的人。"他给每个人递上一杯水，这么热的天，喝水是开始任何一段谈话的前提，今天的气温已经攀升至三十三度了。接过那杯水，汉娜问他："你能不能和我们讲讲当时的情况？越详细越好。"

"我和安柏是同学，"本·米勒说，"我们已经认识很多很多年了。太可怕了，居然会有这种事发生在她的身上。我还是不太敢相信。"他看起来确实很难过。"那天晚上发生了什么？嗯，九点钟左右的时候，我和我女朋友去了亮闪闪俱乐部。她住在金斯马克海姆。她叫萨曼莎·科林斯。"啊，那个萨姆就是她，原来是个女的，汉娜想。"过了一会儿，又有几个我们认识的人加入进来。这些人里有拉莱，拉莱·巴特罗。还有，克里斯·威廉姆森，他也是带了女朋友。他女朋友叫什么来着？——哦，对了，夏洛特，夏洛特·普罗宾。后来，又来了两个女孩，维尔妍和莉兹。不知道她们是不是还有别的名字。

"我不喝酒，安柏也不喝酒，我是说，她生前不喝酒。太可怕了，不是吗？你在谈论一个人的时候不得不改变时态，因为她已经死了。我先开车送萨姆回家，再送安柏回布瑞姆赫斯特。上帝啊，我多么希望那天我把她一直送到家门口。只是我们经常在金斯马克海姆碰面，几乎每次我都送她回家——哦，自从她出了那次车祸。发生那次车祸后，她就再没自己开过车。但我向来都是把她送到米尔巷的尽头。我万万也没有想到，我不知道她会……"

"那起车祸是怎么回事，本？"巴比尔问。

"她在布瑞姆赫斯特路和前面的那辆车追尾了。"

"她的车头撞到了前面那辆车的车尾？"

"你们肯定知道这个事。"本·米勒和很多人一样，想当然地以为刑事调查局了解每一起交通事故的细节，"当时有个浑蛋从约斯通桥上扔下一大块混凝土。那块石头没击中安柏，砸在前面那辆车上了，所以就发生了追尾。遇到这种情况，不管是谁都会撞上去的。她受到了很大的惊吓，从此再也不开车了。我是说，我希望最终她还能开车，但为时过早，车祸是六月份刚刚发生的。"

"这就是你为什么要开车送她回家？"

"你们是不是认为造成这起车祸的原因是她喝了酒？她从来就不碰酒。反正，我没见过她喝酒。她以前喝，但是她说，布兰德出生前她就不喝酒了，把烟也戒了。"

汉娜知道，巴比尔的点头和微笑是在表示赞同。他对吸烟近乎病态的憎恨是出了名的。"你记得安柏是几点下的车吗？"他问。

"我记得很清楚，可以精确到分。我们沿着迈福利特路开，安柏注意到我从来不把车上的时钟往前拨。你知道，三月份和十月份我们应该做什么。'现在不是十二点四十分，'她说，'应该比这个时间晚。'我说：'现在是一点四十分，我总是忘了把时钟拨快一个小时，现在我也不打算费这个心了。再过两个月又得拨回去。'就是在那个时候,我在米尔巷的转弯处停了车。"

"她有没有在车里逗留,跟你聊会儿天什么的?"

本·米勒有点不高兴。"没有。而且没有'什么的'。从来就没有过。我有女朋友。她下了车,跟我说回头见,这就是我见她的最后一面。永远的最后一面,我的上帝。"

"她要和你回头见?"汉娜说,她不了解当下怎么用这个词。她是个年轻人,但在这方面落伍了。

"她指的是下个星期。"

"然后你就直接开车回家了?"

"大概过了十分钟我就到家了。"

"有人能证明这一点吗?"

"暂时想不起来什么人。"

回到金斯马克海姆后,汉娜在韦克斯福德的办公室里找到了他和波顿。"我们正要离开,米勒的姐姐下班回来了。她是个美发师。很可怜吧?弟弟是个大学生,她却是个美发师。"

"你是个势利眼,汉娜。"波顿说。

"如果你是个教育势利眼,我希望我也是,但我不是阶层势利眼。这个女人无法确定本到家的时间。她睡着了。她说,他每次回家,她都听不见动静。我和他母亲通了一个电话,她和她女儿说的完全一样。我想不出他有什么理由拿砖头拍安柏的脑袋,老爸。"

"是啊,但是我们还不太了解他,不是吗?"波顿说。

"不过,我们已经掌握了她的很多情况。布瑞姆赫斯特路发生的那起撞车事故中有一辆车是她开的,当时有个暴徒从桥上扔下一大块混凝土。"

"安柏·马歇尔森开了一辆车?"韦克斯福德从椅子上站了起来,绕到桌子的另一边说,"麦克,今天早上我还跟你说这个事来着,你还记得吗?汉娜,你去网上查一查,看看能不能找到什么线索。"

和往常一样,韦克斯福德很佩服汉娜可以熟练地操作电脑。要是换成他,肯定会搞得一团糟。他会进入一个超链接,或者无意中发出一封带附件的电子邮件。汉娜把她找到的资料描述了一下,有选择性地给他们读了部分的内容。

"这起交通事故涉及两辆车,一辆银白色的本田车和一辆灰色的本田车,两辆车属于同一个型号。驾驶银白色本田车的是安柏·马歇尔森,十七岁;驾驶那辆灰色的本田车的是詹姆斯·安德鲁·安布罗斯,六十二岁,车上还有他的妻子梅维斯,六十岁,她坐在副驾驶的位置上。"

"那辆灰色的本田车朝迈福利特的方向开,后面跟着的那辆银白色的本田也是。当两辆车开到桥下时,一块重约二十二公斤的混凝土块被什么人从桥上扔下来,正好砸中安布罗斯那辆车的挡风玻璃和发动机盖,导致驾驶员失去控制,撞在了一棵树上。银白色的本田车也随即撞上了那辆灰色车的尾部。安柏·马歇尔森没有受伤,但安布罗斯受了重伤——具体受的是什么伤,这里没有细说——梅维斯·安布罗斯也受了重伤,断了好几根骨头,肺部被刺穿了。"

"梅维斯·安布罗斯死于这场车祸。"波顿沮丧地说,"肇事者一直逍遥法外,我们只能找到那块混凝土的来源。我猜很可能来自斯道尔顿的某个建筑工地。线索到这儿就断了。"

"那个时候,"韦克斯福德若有所思地说,"我们还以为这只是一起随机发生的暴力事件,某个生活困苦的人在报复社会。"汉娜张开嘴刚想要反驳,但他没有理会,"但事实并非如此,不是吗?这起事故并不是随机发生的,针对的也不是詹姆斯·安布罗斯,凶手真正想攻击的对象是安柏·马歇尔森。只不过两辆丰田车挨得太近,他搞混了。加上天色已晚,光线太暗,看不清车牌号,他本来想砸那辆银白色的本田,结果事与愿违,砸中了那辆灰色的。"

"那个女人的死是他造成的。"汉娜说。

"她做了安柏的替死鬼。六月份他就想害死安柏,可惜没有成功,于是,八月份他又试了一次,而这次,"韦克斯福德严肃地说,"他得手了。"

7

她和妹妹小的时候，父亲曾教给她们怎么换算温标，学校里没有人提过这种有用的公式。那个时候，人们总是想把华氏度换算成摄氏度——当时叫百分度。算法大概是乘以九，除以五，再减去三十二。西尔维娅觉得她应该把这个知识教给她的儿子们。但不是现在。他们让她生这么大的气，至少一个小时之内她不想见到罗宾和本。他们正在花园里玩外婆和外公送给他们的充气游泳池，她希望他们能在那儿待到喝下午茶的时候。

她已经把自己怀宝宝的消息告诉他们了。她开始显怀了，用不了多久他们就会发现。她想起很多年前母亲告诉她自己怀上了希拉，所以，既然她怀孕了，也就告诉了孩子。她当年是怎么回答的？她依稀记得自己好像说了一句"你会最爱我吗？"然而，罗宾却是一副警察的口吻，"孩子的父亲是谁？"

她像罗宾这么大的时候，没有一个孩子能说出这种话。听他这么说,她的脸一下子红了。"当然是爸爸的孩子呀。"她说。她像罗宾这么大的时候也没有一个孩子能听到这种回答。他们当然希望她和尼尔重归于好。尽管她有过两个情人,也不管那个娜奥米,他们希望母亲和父亲重新和他们生活在一起。所有的孩子都希望这样。

"这么说,爸爸要回来和我们一起住了。"本说。他是在陈述事实,而不是提出问题。

"不,"她说,"不。"

他们很难接受这个回答。他们看着她。过了一会儿,本掏出游戏机,把它攥在手心里,盯着它看。现在,到了关键时刻,她害怕了,畏缩了。她不能告诉他们——现在不能,不能让他们知道这个小孩将来不是"他们的",他将和尼尔、娜奥米生活在一起,趁着她还没在情感上对孩子产生依恋就得把他交到娜奥米怀里,免得让自己痛苦。

"好了,就是这样。"她说,"这就是我要告诉你们的消息。现在你们知道了。"

他们什么也没说。她对自己说,孩子们让她生气到底是什么意思?他们几乎一句话也没说。让她生气的是自己内心越来越深的愧疚感。这种愧疚感每天、甚至每个小时都在折磨着她。今晚,她的父母要来。她不知道父亲会怎么说。父亲永远令她捉摸不透。

巴里·韦恩和琳恩·范考特找过的那几个年轻人讲的差不多是同一个故事。十点钟左右,安柏一个人来到亮闪闪俱乐部,然后在那儿待到夜里一点多一点儿。克里斯·威廉姆森说他没注意到底是几点,夏洛特·普罗宾说还要晚一点,因为安柏、萨曼莎和本·米勒要走的时候,她和克里斯也正打算离开。那个时候,拉莱·巴特罗已经和詹姆斯·萨森一起走了。她不是他的女朋友，但他们两家住得很近，都在穆里尔坎普登小区。对韦恩警官来说，他们为什么会去那个俱乐部是个谜。本、安柏和维尔妍·科尔盖特没喝酒，莉兹·贝拉米喝了一杯葡萄酒，其他人喝的是啤酒。没有一个人跳舞，那几个男生似乎不愿意跳。琳恩·范考特不理解韦恩的态度，不过，她和他们差不多大，比巴里和他们的年龄接近得多。

"他们不是和伙伴们在一起吗？他们可以聊聊天，说说笑话，除了这个，还有音乐。"

"音乐。"巴里偏爱贝里尼①的歌剧，这一点人所共知。

萨曼莎·科林斯更有意思。她对安柏的反感——也许是嫉妒——从一开始就表露无余。她主动站在道德高地上说了起来。"我一直认为她不该泡夜店。我跟本说了无数次，但他就是不像我这样看问题。她家里有个一岁大的孩子，看在上帝的分上。先不管什么才十七岁该不该怀孕的前因后果，她既然怀了孩子，又生了下来，就应当更有责任心，你们不这么认为吗？"

巴里和琳恩根本无意说出自己的想法，巴里认为，当潜在的证人滔滔不绝的时候千万不要打断他们。

"我知道不该说死人的坏话，但我现在说的话没有一句没当着她的面说过。我是那种有什么就说什么的人。她的父母——哦，她父亲。她告诉他们自己怀孕的时候，他装出一副心碎的样子。其实，他根本不喜欢布兰德。我不是说他们对那个孩子不好，可是，你会把一个婴儿留给一个不喜欢他的人照看，自己出去泡吧吗？不是千载难逢的那

---

① 贝里尼（Vincenzo Bellini，1801-1835），意大利歌剧作曲家。作有歌剧《海盗》、《凯普特永与蒙泰古》、《梦游女》、《诺尔玛》、《清教徒》等十一部，其中以《诺尔玛》最为著名。

么一次，而是每个星期。有的人就是事事如意，不是吗？你不得不承认这一点。我的意思是，有人主动送她一套公寓住！还在伦敦！我怎么就没这么走运。我巴不得离开家，住到别的地方去。如果我和本也能找到一个地方，我们也想搬进去一起住，可是，门儿都没有。房价一年比一年高。"

琳恩抓住一两秒钟沉默的间隙插了一句嘴，让她告诉他们那天晚上的情况。

"有什么好说的？本接上我，我们一起去了亮闪闪。半个小时后，也许再晚一点，她也来了。她那天比平时来得晚，我也不知道为什么。我们三个是一起离开的。说实在的，我一直不喜欢这样。我的意思是，我知道本是她的朋友，但他也是我的男朋友，当你和男朋友道晚安的时候总不希望有个电灯泡在那儿竖着耳朵听吧？"

"那是几点钟？"

"一点一刻，要么就是一点二十。其实没多远的路，你们也知道。我可以走着回去，但那个时间段不行，不，谢谢。况且，我为什么要让他们俩单独在一起呢？我这么跟你们说吧，我不得不去布兰德赫斯特，但我不喜欢这样。其实，说老实话，我巴不得她赶快搬进希尔兰德夫妇给她的那套房子。"

"还没等她搬进去，她就死了。"巴里说，他才不在乎自己的语气里是否有警告的意味。这次谈话给他一种强烈的感觉，杀害安柏·马歇尔森的动机和克兰索恩西斯的那套公寓有关。

韦克斯福德一个人在办公室，他也有非常类似的想法。她给薇薇安·希尔兰德打了一个电话。鉴于他了解到了一些关于六月二十四日那起交通事故的情况，他问希尔兰德太太，第一次对她提起那套公寓是在什么时候。

"我忘了具体的时间了。哦,稍等一下,对了,我想起来了。大概是在六月份,再过两三个星期就是安柏的生日。七月份安柏就十八周岁了。您知道,现在的孩子到了十八岁要开一个派对,到了二十一岁可能还要搞一个聚会。我们正在讨论这个事的时候,我先生进来了,他伏在我耳边说了几句。我和他一起走出了房间,他对我说,克莱恩夫妇十月份就要搬走了,我们干吗不让安柏住进来。于是,我径直回到房间把这个决定告诉了她,她听了这个消息欣喜若狂,说我不可能送给她更好的生日礼物了。"

"她生日是哪天,希尔兰德太太?"

"我想想啊。我想是,七月一号。不,是七月二号。"

"这么说,你们是在六月中旬谈到的那套公寓?"

"应该是。"

"在安柏出车祸之前?"

她明白了。"哦,是啊,当然了!差不多是一个星期以前。"

看来,凶手企图在六月二十四号杀死她是为了阻止她得到那套公寓,或者确保她活不到十八岁?结果失败了。他必须查清安柏十八岁生日那些天到底发生了什么事。她是不是继承了一笔财产,万一她死了,就有人会继承这笔钱?不太可能,因为,如果她财力雄厚的话,就没有必要趁机接受希尔兰德夫妇的馈赠了。应该尽快再去一趟马歇尔森家,不能耽搁太久。与此同时,他必须仔细阅读一下有关那块从桥上扔下来的混凝土块和安布罗斯太太之死的卷宗。

他最早发现的问题之一是缺少证人。詹姆斯·安布罗斯差不多把那天发生的事忘光了。梅维斯·安布罗斯死了,现在安柏·马歇尔森也死了。安布罗斯只记得靠近约斯通桥下的坑洼处时,他看见桥上站着一个人,轮廓很模糊,是男是女说不清。他想,那个他只看到轮廓的人穿了一件连帽夹克。韦克斯福德从档案上抬起头。最初他觉得这个消息好得令人难以置信。杀害安柏·马歇尔森未遂之前，有人看见一名穿连帽衫的男子出现在约斯通桥上，杀人成功之前，又有人在米尔巷的树林里见过一个穿连帽衫的男人。几乎可以确定他们是同一个人？他接着往下读。

约斯通桥两边的林木都很茂密。南边，如果不想在约斯通街绕一个大圈，可以抄近道穿过林间小路，而且，这条小路在到达这座桥之前和约斯通街再次会合，从金斯马克海姆路到这座桥的距离远远不足一英里。在那个差不多喜欢哪儿就可以把房子盖在哪儿的年代，有一个樵夫或者猎场看守人在这条小路几乎正中间的地方建了一座小屋。一个名叫格蕾丝·摩根的女人住在这里，她今年九十三岁了。太阳落山了，但天还没有完全黑下来，她站在前室的窗前向外望，希望能看见那对獾，有时候，它们会在这个时间出现，但那天晚上，她什么也没看见。

那块混凝土好像是从斯道尔顿的某个建筑工地上找来的，案子似乎有所进展，直到他们在金斯马克海姆、苏英伯里和波姆弗雷特也看到了类似的工地，更别说村子了。正像波顿所说的那样，整个中苏塞克斯就像是一个大工地，古代的道路拆了又建，刚刚翻修过一条街或半条街，下一个工程又开始了。煤渣块、混凝土块、碎石块随处可见。即便他们能够确定是哪个工地，也不能就此推断是住在附近的什么人拿的。现在几乎人人都有车。可以等天黑后开车去斯道尔顿或约克街，金斯马克海姆或波姆弗雷特的老奶酪市场或苏英伯里大教堂的管辖区捡一块混凝土，然后开车回家，简单极了。

韦克斯福德正想了解一下那个凶手第二次企图并成功杀死安柏·马歇尔森所用的凶器，这时他接到了一个电话，说有一个克兰斯菲尔德博士来了,请求见他。"他是谁?"韦克斯福德问那个打电话的值班警察。

"他说他是个砖石专家,长官,我也不知道是什么意思。"

"让他上来,好吗?"

砖石专家的报告已经摆在韦克斯福德的办公桌上了,只是他还没来得及扫上一眼,这个人进门后,韦克斯福德赶忙向他解释了一下。

"您这么做没有任何真正的意义。"克兰斯菲尔德博士说,"我正要回家,顺路过来向你口头汇报一下,免得您认为我的工作干得不彻底。"

"坐下吧。"

"我就坐一会儿,不能久留。我答应要带女儿去看郡网球决赛……"

我答应要去批评我的女儿,韦克斯福德心想。至少我是这么对妻子说的。

"我不知道您对砖了解多少……"

"砖可以用来盖房子。"韦克斯福德说,"就这么多。"

"是,呃,我不想谈太多的技术细节,不过,砖有很多种,近些年发生了很大变化。过去有一种罗马砖,更像瓦片,还有都铎砖,比罗马砖大,但也是又小又平那种。东部郡县用的主要是白色的砖,其实是黄色的,但制砖的材料是那个颜色的,因为那个地方有砂岩,也就是说,没有铁。"

"我明白了。"

"现在有几千种砖。挤压多孔丝切砖有光面的、砂面的、轧制的、粗琢的。后来又出现了光滑的砂砖和压制的砖。"

"压制的砖?"韦克斯福德说。

"只是个术语。"砖石专家的脸上没有一丝笑容,他说,"就像水湿模砖和凹槽砖，只是术语而已。"

"我喜欢压制的砖。你能给我一块吗？"

这次克兰斯菲尔德的嘴稍微咧开了一点。"就是最普通的那种砖，其实，你手头的这块就是压制的砖。这种砖英国有成百万上千万块，甚至几亿块。"

没有私家车的人不可能住在格雷特萨托，那里不通公交车。从迈福利特开过来，快到的时候有一条小路特别窄，很长一段路无法超车。那里没有商店。教堂只在每个月的第一个星期日打开门锁，因为梅兰德圣玛丽的郊区牧师会过来主持早祷会。格雷特萨托总共有居民六十一人，如果没有一个人参加礼拜仪式，牧师就会锁上门回家。

这个地方虽然偏僻，但优美的风景挽回了它的声誉。一路上，南唐斯丘陵一直在你的右手边，一座郁郁葱葱的圆锥形的叫克拉斯特维尔灵的小山在你的左手边，高大的山毛榉树随处可见，绿色的树枝伸展开来，几乎交织在狭窄的小路上方，每到晚上，这里就黑得像掉进了一个黑天鹅绒的袋子，但星星出来的时候，这里是看星星的最佳位置，比在苏塞克斯的任何一个地方看得都清楚。

韦克斯福德很晚才离开金斯马克海姆，他怀着一种还不如留下来继续研究砖头报告的心情驱车前往格雷特萨托，只要有车靠近他，他就会不耐烦地把车开进路边的停车带，一路上都是大车，那种底盘很高的四轮驱动车，咧着大嘴的发动机盖犹如一张张原始面具。

"我很累。"他对朵拉说，"一点儿胃口都没有。"

她摇了摇头。"我气得吃不下饭。"

韦克斯福德把车开上老郊区路时，他忍不住再一次纳闷西尔维娅和尼尔到底是着了什么魔才决定买下这个地方。房子很大倒是真的，而且位于偏远的乡下，对孩子们来说是天堂，但他从来没见过比这更丑的房子。这种将新哥特和工艺美术结合起来的建筑风格玷污了他的眼睛。至于周遭的环境，很多年没人在萨托老教区干过园艺活了，所谓的庭院已经回归成一片荒地。

当朵拉闪到一边摇着头拒绝亲吻自己的女儿时，她就明白麻烦来了。他亲了她一下。为什么不呢？那又不是他的孩子。他不会尽力争取，为此辩论，也不会威胁像所罗门王那样下令将婴儿劈成两半。他看出来了，西尔维娅很紧张。如果朵拉很难对付，开车送他们回家的人可能就是她，他打算喝杯葡萄酒。

他们坐在敞开的落地窗前，朵拉执意不去外面坐，因为外面有蚊子。成群的蚊子聚集在阴凉处，开始跳奇怪的舞蹈。他们谈论被蚊子咬了以后西尔维娅母亲粗暴的反应，以及她和她父亲的无动于衷。他们谈论西尔维娅睡着了的儿子们，以及他们是否会去度假。接着，再也忍耐不下去的西尔维娅说，"我为娜奥米怀孩子这事，你们到底是怎么想的，不妨直截了当地告诉我吧。"

"我是怎么想的并不重要。"韦克斯福德说。

"也许不重要，但我还是想知道你们的看法。好吧，这件事与你们无关，但我还是无法忍受这么重要的事却从来没有人提起过。"

韦克斯福德等了几秒钟。"你这么想是错的。你是这个家的一分子，无论你做什么，势必在一定程度上和其他人脱不了干系。"

"所以你是怎么想的？你肯定觉得我疯了吧。"

"我认为你会让自己很不幸福。"

"我也这么认为。"朵拉一改往日低沉温和的嗓音，"可能你的儿子们也是这么想的。试管婴儿、克隆、六十岁的女人生孩子，这一切都是错误的。这都将导致痛苦和混乱。"

"我想，知道尼尔是孩子的父亲，你至少会很开心。我认为我父亲不会在乎，但我知道你不同意我……和别人交往。"

"对，我不同意。你跟孩子们住在一起的时候不行。如果你不知道的话，那就让我来告诉你，我不喜欢你。至少目前不喜欢。"

韦克斯福德问她预产期是什么时候。

"十二月十五号。"

"在你做这件事之前，"朵拉恨恨地说，"你应该想到，你送出去的不只是你自己的孩子，他还是我们的外孙子。"

"你这样想想，"西尔维娅提高嗓门，"如果我不打算把他交给尼尔和娜奥米，我根本就不会要这个孩子。我找到了一份新工作，根本没时间照看孩子，你现在就得把他当成他们的孩子。我就是这样想的。"

韦克斯福德评价她的时候毫无同情之心。"我希望能相信你，但你的性格不够强悍，应付不了这种事，西尔维娅。你最喜欢说某人'拒绝接受现实'。哦，我想，你就是拒绝接受现实。你把自己的真实情感隐藏在一堆社会工作者的官样文章背后。"

他看见泪水涌入了她的眼眶，接着溢了出来。她母亲说了一句话，他从来没听她用这种口气说过话。"好啊，这样好多了，哭吧。这才是你的真实情感，想要痛哭一场。为我们所有人哭一次吧。我想提醒你一句，免得你不知道，你在破坏这个家庭。"

他什么也没说，而是抓住妻子的手，握在手心里。"如果你准备好了，我们就回家吧。"

韦克斯福德亲了一下他的女儿。朵拉没亲。朵拉只是站在那儿，手里拿着车钥匙，眼泪汪汪的西尔维娅转过脸去。韦克斯福德渴望把她拉进怀里，拥抱她，但他什么也没做。他跟着朵拉走出那幢房子，脑子里想着一个年轻的母亲，她只有西尔维娅一半的年龄，死得很惨，抛下一个没妈的小男孩。

8

今天早上，光是看到这个孩子就让韦克斯福德很痛苦，他不得不立刻将注意力转向乔治·马歇尔森。他不希望孩子在那里，不希望他在外面草坪上的毯子上，由他外公那个冷漠的后妻照看。他不希望天真无邪和对既定事实的无知无觉暴露在他眼前，他唯恐不经意中再次瞥向窗外。迟早会有人把真相告诉布兰德，早晚得向他解释为什么母亲不在身边，为什么她永远也回不来了。

波顿一身时尚休闲打扮，亚麻裤配纯棉条纹夹克，他已经问过马歇尔森六月二十四号那天的事了。"上回您没提到安柏出过一次车祸。"

"这很重要吗？"他似乎真的很惊讶。韦克斯福德等了一会儿，给他一点时间考虑一下。但他似乎什么都没想。"我是不是应该明白点什么，却没有明白？"

"马歇尔森先生，桥上掉下来的那块混凝土击中了安柏前面的那辆车。一辆是灰色的本田车，一辆是银白色的本田车，傍晚的时候，这两辆车看起来完全一样。您已经很痛苦了，我不希望雪上加霜，但您没觉得这件事是在暗示，那个时候就有人蓄谋杀害安柏吗？"

"我的上帝。哦，我的上帝。"马歇尔森似乎真的很震惊。

"是啊，想起来不是什么愉快的事，但我非常肯定情况就是这样。那辆车是安柏自己的吗？"

马歇尔森用茫然的口吻慢条斯理地说："那辆车是她满十七岁的时候我送给她的生日礼物。那个时候孩子还没出生。在那之后——"他的声音颤抖起来，"她上了驾驶课，通过了考试……你们确定吗？"

"是的，马歇尔森先生，我确定。不管是谁扔的那块混凝土，他真正想砸的是安柏的车，只是他搞错了，砸中了安布罗斯夫妇的车。安布罗斯太太还因此丧了命。所有这一切都说明了一个问题，那就是，杀害您女儿的凶手认识她，而且这是一起有预谋的事故，为的就是夺去她的性命。很抱歉我用这么残忍的字眼，但我不想让您继续蒙在鼓里。"

"不，不。谢谢你。不过，我很震惊，非常震惊。怎么会有人与安柏为敌呢？她只是个小姑娘，从来没有伤害过任何人，她是无辜的。"他的声音开始颤抖沙哑起来，"她做过什么事？什么也没有，我确信，她肯定什么也没做过。"

"我们不知道，马歇尔森先生。"波顿说，"不过，我可以肯定地说，绝对不能怪她。"他看了一眼韦克斯福德，"还有一件事。"

"安柏的外衣口袋里装着一千英镑的钞票。"韦克斯福德说。

即使有多年舞台经验的大演员也不可能表现出这种怀疑。马歇尔森先生先是说："你们确定吗？"当他们向他保证确定无疑后，他又说："太不可思议了。安柏只有零花钱，很少的一点零花钱，只有我能给她的一点零花钱。她不可能把那些钱存起来，况且，她也不是一个节俭的人。钱是从哪儿来的呢？"

"我们只能再说一遍不知道。"

"为什么没……我的意思是说，做那个事的人为什么没把钱拿走？"显然他是在回避'杀手'或'凶手'这样的字眼，"但他们这么做肯定是为了钱。"

"但他们没拿钱，马歇尔森先生。"韦克斯福德轻声说，"安柏有银行账户吗？"

"有，但里面没多少钱。"

"我们还想问您一件事，马歇尔森先生。"波顿说，"问完这个问题，我们就不打扰您了。安柏满十八岁的时候是不是继承了什么东西？"

他不相信的样子又表现得很真实。"安柏这个可怜的孩子？没有，她什么也没继承。"尽管他送给她一辆车，但他似乎需要为他给她的那点零花钱辩护，"我并不富有，总督察。我承认近来公司的生意不太好做。我太太有钱，但那钱是她的。"

花园里的小男孩醒了。和同龄的孩子一样，他是哭着醒过来的，与其说他伤心，不如说是沮丧或者暴躁。那个被他称做迪的女人从椅子上站起来，把他抱在怀里，韦克斯福德心想，就像有的人觉得购物袋太沉，怕把拎手拎坏了那样抱着。当他们向后门走去，靠近窗户时，他听见布兰德充满渴望地叫着："妈妈，妈妈。"

随着时间的推移，最终他会接受戴安娜这个妈妈。当然，社会服务机构会介入，毋庸置疑，他肯定会留在外祖父和他年轻力壮的后妻身边，她会尽职尽责，做一个能干的看护者，负责把他养育成人，保证他吃得健康，监督他只偶尔看看电视。很多亲生母亲都比她做得少，他想。

他发现，关于那一千英镑的来源，她并不比她丈夫知道得多。布兰德坐在一把高脚椅上，抱着一个瓶子吸橙汁，吃着切成片的香蕉，戴安娜·马歇尔森流露出几乎同等程度的惊讶。

"六月份那块混凝土从桥上掉下来以后，安柏开的那辆车怎么样了？"

"报废了。"

"我明白了。马歇尔森太太，我想看一下安柏的卧室。这个案子不涉及失踪人员，所以没有必要彻底搜查，但我还是应该看一眼。波顿警官会和我一起去。"

除了床铺得很整洁，其余的地方杂乱不堪，安柏虽然做了母亲，但这个身份似乎与她毫不相干，而且母性并非她天性的一部分，这种十几岁女孩的卧室就该是这个样子。衣服丢得到处都是。两把椅子被一摞衣服覆盖、包裹，甚至消失在衣服下面，挂在洗衣店的铁丝衣架上的衣服又挂在衣橱的门把手上。当韦克斯福德打开一扇衣橱时，发现很难理解这些衣服是怎么收进去的，超短裙、长裙、牛仔服、裤子、上衣、夹克、连衣裙和大衣把衣橱塞得满满当当。衣服的件数和化妆品的数量相配，所有家具的表面摆满了化妆品。梳妆台有个抽屉怎么也关不上了，里面塞满了瓶瓶罐罐、化妆刷和化妆棉。另一个抽屉里垂下一条粉红色的雪纺围巾的边和渔网袜的一条腿。

"你想象一下，如果布兰德进来得乱成什么样。"韦克斯福德说。

波顿耸了耸肩。"如果他曾经进来过的话。这个孩子在她的生活中好像并不重要。"

"我们还不知道是不是这样。也许我们不需要知道。"韦克斯福德的意思是，就保持这种状态吧，这样我也不用晚上醒过来，为这件事操心了。西尔维娅的困境已经糟糕到难以应付了。让我也对生活的某个方面抱有逃避现实的鸵鸟心态吧。

波顿拉开一个又一个抽屉。任何一个地方都没有条理二字可言。有个抽屉里堆着一些白色的物质——波顿说那是爽身粉——用过的化妆棉，棉球和用了一半的化妆品。其余的抽屉里塞满了各种各样用来穿和读的东西，杂志剪报（更确切地说是从杂志上撕下来的一页页纸）、圆珠笔、单只的袜子、太阳镜、卷发器、吹风机，几把发刷和梳子。护照也和这些东西混放在一起。他打开护照，首先看的是安柏的照片，头一次有人把护照照片拍得这么漂亮，接着，他在内页里发现她去过泰国，护照上盖着前一年十二月七日的入境章和十二月二十一日的出境章。他把护照递给韦克斯福德，然后把注意力转向那些带口袋的衣服，经过一番搜看，他找到两只压扁的香烟，几枚小面额的硬币，用过的纸巾，一只避孕套，接着，他扬扬得意地抽出一个装满纸币的信封。

"我数一下。"他说，"至少又有一千，你不觉得吗？"

"很有可能。我糊涂了。这是她偷来的，还是自己赚的？"

"如果是她自己赚的，"波顿拉着长脸说，"她肯定卖过淫。没有其他方法可以赚到这么多的钱。"

"身为一名清教徒，"韦克斯福德说，"你的思维正沿着骇人听闻的通道全速前进。"

金斯马克海姆高街上的金斯布鲁克购物中心外面挂着一面数字时钟，上面显示的时间是十一点一刻，温度是三十三摄氏度。

"这对你来说是九十华氏度。"波顿好心地说。

"好吧，我能算出来。我教给过我的女儿们怎么算。不过，心算还是需要点时间。"

警察局的停车场里有一个长得很好看的小伙子,他有一头稍长的金发,正靠在一辆车的后备箱上。他把他的奥迪车停在注明"警察局局长专用"的停车位上。韦克斯福德向他走过去,两个人的目光接触,他的眼睛是深蓝色的,眼白部分很白,韦克斯福德厉声问:"我能为你做什么吗?"

"实际上,是我能为你做什么,或者不能做什么。"一只棕色的长手伸出来,"丹尼尔·希尔兰德。你好吗?"

这个问题无法回答,韦克斯福德也就没有回答。他也没和丹尼尔握手。"你不能把车停在这儿。不管你们那儿怎么处理,我们这儿会把违章乱停的车锁起来。"

"我以为你们想见我。可以进去了吗?"

"如果你把车停在这儿,我们就不能进去。用不了很长时间,然后你就可以把车挪走了。你知道你前女友出事了吧?"

希尔兰德点了点头。"当然。"

"我去芬兰度假了吧。"

他又点了点头。

"我想看一下你的护照,希尔兰德先生,还有其他可以证实你那段时间在芬兰的证明文件。"

希尔兰德瞪着他。"证明文件是什么意思?"

"比如,买机票的时候,人家可能给了你一张收据,那个看起来和机票几乎一样,但不能用来乘坐交通工具的东西。"

希尔兰德感觉受到了威胁,他气恼地看着韦克斯福德,接着又看了一眼波顿,"谁会留那种东西。"

"不留着太不明智了。也许你还留着酒店的住宿收据?"

"如果我住了酒店可能会留着,可我们去露营了。听着,你不会真的认为我和安柏遇害有关吧?这也太离谱了,我的意思是,我为什么要这么做呢?"

"法律并不负责寻找动机,希尔兰德先生。不过,目前我们正在努力把一些人的名字从调查名单上删掉。如果你说你去了那个地方,却给不出任何可以证明你确实去过的证据,我就不能排除你有作案的可能。和你在一起的那些朋友中总会有人告诉我的。"

"看来我得问一下他们了。"希尔兰德用到目前为止最不礼貌的口气说,"真烦人,但我想他们会这么做的。他们不喜欢这种事。"

"哪种事?"

"哦,就是警察、杀人案、嫌疑人之类的事,特别是所有人都知道,袭击这些女孩的是沉迷网络色情的变态杀人狂。"

韦克斯福德不需要提醒自己"这些女孩"里就有丹尼尔·希尔兰德的儿子的母亲。即使他不是从来没碰到过这么讨厌的年轻人,至少也是很少碰到。迄今为止,他在金斯马克海姆警察局被归类为"下流胚",其实,说他是一个来自上流社会的游手好闲的小流氓更合适。"好吧。"他说,"把你某个朋友的名字和住址给我,现在就要。"

听到韦克斯福德的口气变了,希尔兰德很惊讶,他看起来闷闷不乐,但还是把两个朋友的名字告诉了这位总督察,其中一个人住在威尔士,另一个人住得近一些,在刘易斯。

"她的尸体被发现时,她的外衣口袋里装着一千英镑。你知道她是怎么得到这么一大笔钱的吗?"

希尔兰德挑起眉毛,把头歪向一边,似乎并不认为这是一大笔钱。"不知道。我后来就再也没见过她,你知道。孩子还没出生我们就分开了。其实也没什么好分的。"

韦克斯福德提醒自己，无论如何不能发脾气，他试着问希尔兰德她为什么需要钱，尽管他很清楚，那个需求不是与偷盗或其他用正当或非法的方式获取钱财有关的动机。

"她打算搬到我爸爸的公寓里住。"希尔兰德说，"她需要钱来维持生活。这跟住在她爸爸和那个女人的家里不一样。那个女人叫什么名字来着？戴安娜。安柏一无所有。在你每个音节都带着批评的语气问我之前，我想讲清楚，我什么都没给过她。我也没有什么可给的。我还在读书呢。"

"好。就到这儿吧。"韦克斯福德立刻说，他很高兴这个人感受到了热度，汗水顺着他的脸颊直淌，胳肢窝也被汗水浸湿了。"希望明天上午你再过来一趟，带着你的护照或者任何其他这里有的证明文件。现在你可以走了，请不要再把车停在这里了。"

9

全球变暖迫使橄榄与白鸽酒店的管理部门装上了空调,这个金斯马克海姆的稀罕物。由于酒店的大门经常开关,空调只安在了沙发吧,而没有扩展到大众吧和沙龙吧。韦克斯福德和波顿坐在沙发吧里,电视开着,晚间新闻说气温是三十二度。

"这儿可真冷。"波顿说着按下了遥控器上的"关闭"钮,"他们总也调不好温度,是不是?"

"待一个来小时还行。"韦克斯福德接过酒吧招待端来的两杯酒,并把其中的一杯递给波顿。付账时,他对酒吧招待说:"你也来一杯吧。杯子已经够凉的了,哪天你们再往啤酒里加冰我就不来了。"

"太好了,"酒吧招待说,"永远不会有那么一天的。"

酒吧招待走后,韦克斯福德说:"那个希尔兰德纯粹是坨小狗屎。我知道你不喜欢这个词,但是用这个词形容他再合适不过了。他竟然连一次都没提过自己的孩子,听他谈论安柏的口气,好像她是一夜情的对象。"

波顿耸了耸肩,并没有感到惊讶。"接触过他的母亲和妹妹,我已经能大概猜出来他什么样了。我突然有了一个主意,我们应该就这一点做些什么。安柏口袋里的钱肯定是在她出门后装进去的,对不对?她不是个追求享乐到处转悠的人,不会成天兜里揣着一千块钱走来走去。"

"我想不会。我的意思是,你说得对。"

"那笔钱是那天晚上她去亮闪闪俱乐部之前有人给她的,不是到了俱乐部以后发生的事,后来她身边一直有人,如果有人给她钱,肯定会被发现。我的意思是说,这跟有人塞给她几枚硬币可不一样。我们知道她是几点离开家去俱乐部的,但不知道她是几点到的。没有人说过具体的时间,尽管萨曼莎·科林斯说她那天比平时来得晚。"

"你的意思是说,不管她那笔钱是怎么得来的,肯定是有人在她离开家到俱乐部中间的那段时间给的。这中间的时间可不多啊,麦克。"

"为什么不多?戴安娜·马歇尔森说她是在八点半到九点之间离开家的。走到汽车站需要五分钟,坐二十分钟的车就到金斯马克海姆了。即使考虑到汽车晚点,她步行到车站需要十分钟,九点差十分她才出门,九点半也能到金斯马克海姆。加上半个小时的交易时间,十点钟也到俱乐部了。"

"有点晚,不是吗?"

"对你我而言是,雷格。"波顿说,"对我们来说是,那个时间去哪儿都太晚了。十点应该是离开别的地方准备回家的时间。但对年轻人来说不是。快到半夜的时候,那些地方才真正热闹起来。"

"好吧,我们必须查清楚公交车的运行时间,是否准点到站,看看能不能了解她离开乔治·马歇尔森家的更确切的时间。恐怕我认为小希尔兰德理应支付孩子的抚养费。有了这笔钱,再加上她可能领取的求职津贴和儿童津贴,她应该过得还行。我开始有点明白她为什么需要钱了。"

"我想她希望继续接受高等教育?"

"麦克,我开始相信这只是乔治·马歇尔森的一相情愿。她怎么可能呢?如果她去上学,布兰德怎么办?"

"既然说到这儿了,"波顿说,"她去泰国的时候是谁照顾的布兰德?"

"她可能把孩子丢给她父亲和戴安娜了吧。我们必须了解更多有关泰国之行的情况。当然,也有可能他们一家人都去了,那是一次家庭旅行。我们还要查一下安柏的银行账户,如果她有账户的话。我们找到的那两千英镑可能不是她全部的钱。我们还能再找到一千块钱吗?"

"为什么不呢?"波顿说。

韦克斯福德起身拿饮料时,波顿坐在原地没动。他想到了一个主意,一个显而易见的想法,他想,为什么没有抓住上次那个机会好好搜查一下安柏的房间呢。她会冒这种风险吗?她有那么蠢吗?韦克斯福德一只手端着一个杯子回来了,他说:"你好像受到了惊吓。"

"即使真的这样,也是被我自己吓的。雷格,我觉得我们得回一趟布瑞姆赫斯特,再去马歇尔森家看看,而且得尽快回去。现在几点了?"

"八点二十。你突然想到什么了?"

"在安柏的卧室搜她的抽屉的时候,"波顿说,"我们看到了一样东西,我们说那是洒出来的爽身粉。当时我没想起来什么,也就当它是爽身粉了,但后来把它和我们找到的其他东西结合在一起,我似乎明白了点什么。她这个年龄的女孩不会用爽身粉,她们从来没听说过,也不知道是干什么用的。这个东西就像一英镑的纸币、电话亭和唱片一样都是过了时的玩意儿。"

"那是什么？哦，我明白了……我给马歇尔森打个电话，然后叫唐纳德森十分钟后来这儿接咱们。"

"我很怀疑安柏的账户余额会超过，比如，五十英镑。"乔治·马歇尔森说，"那个户头是我给她开的。"他重重地叹了口气，"那年她十六岁，那是我送给她的生日礼物。我在里面存了一百英镑。我怀疑她是否往里面添过钱。如果银行在你们查她的账户信息时制造麻烦，我很愿意授权给你们。"

韦克斯福德向他表示了感谢。这个家静得让人压抑。现在是九点，布兰德已经上床睡觉了。虽然此时的温度不能用"夜晚的凉爽"来形容，但也比不太英国的炎热中午凉快多了。虽然所有的窗户仍然大开着，但一只大黄蜂还是悄悄爬上了窗玻璃，无望地寻觅着逃生之路。蚊虫在草坪上的阴影里跳舞。

戴安娜·马歇尔森在花园里走来走去，手里拿着一个罐子给垂死的植物浇水。她对着一棵叶子已经变黄的灌木摇了摇头，然后丢下那只空罐子，朝房子这边走来，她穿过敞开的落地窗，迈步走了进来。"没希望了。"说着她躺靠在椅子上，"半罐水根本不管用，得下一整夜的瓢泼大雨才行。而且，"她看着她的丈夫，说，"这很重要吗？现在有什么是真正重要的？"

没有人知道这个问题的答案。"我看了安柏的护照，"韦克斯福德说，"她去年十二月份去过泰国？"

"我们都去了。"戴安娜说，"哦，布兰德没去。我们把他交给我妹妹照看了。"

把三个月大的婴儿交给一个相对陌生的人照看，韦克斯福德愤愤地想。接着，他严厉地告诉自己，别想了，这不关你的事。他对这个男孩着了迷，只要有任何可能的忽视或冷漠的迹象，他都能敏感地觉察到。不能再这样继续下去了，要抓住关键问题。"也就是说，您、您的丈夫和安柏一起去的？"

"布兰德出生前一个月我们商量好的。"安柏的父亲说，"当时，安柏一心想带他去，可是，到了时候，她的想法就变了。戴安娜的妹妹劳拉主动提出带他，安柏立刻抓住了这个机会。"

"我想再去安柏的卧室看看。"韦克斯福德说。

他们正要走，在没有明显理由的情况下，戴安娜说："如果你们对安柏的生活方式感兴趣，也许你们愿意知道五月份她去法兰克福旅游过。"

"她是一个人去的吗？"波顿问。

"一个朋友跟她一起去的。是个女孩——我不记得她的名字。"

韦克斯福德讨厌自己问这个问题，但他还是问了，"这次是谁照看布兰德？您的妹妹？"

"第一次刚过去不久，她不打算再次承担这个责任。当然是我照看的。那天是五月二十二号，我本来有个重要的约会，算了不说这个了。其实那次当我知道免除了我当保姆的职责，允许我去泰国的时候，我真的很惊讶。"

"戴安娜，"乔治·马歇尔森说，"求求你别说了。"他听起来筋疲力尽，"可怜的安柏已经死了。"

"我知道，乔治。我很难过。我们都很烦躁不安。"

到了楼上，韦克斯福德对波顿说，这个界定丧亲之痛的方式很奇怪。

"她恨那个女孩。"波顿说。

"是这样，但我怀疑安柏活着的时候，她对她的感觉不是更接近冷漠，也许是不耐烦。安柏的死倒是把她心里的恨意勾出来了，因为她这么一死，相当于用孩子牵累了马歇尔森太太。"

波顿刮了一点白色的粉末装进一个塑料袋，封上口，然后用吐沫润湿食指，轻轻地沾了一点剩下的粉末，放在鼻子下面闻。"不是你以为的那个东西，和我想得也不一样，"他说，"也不是爽身粉。我以前闻过这个味儿，很多年前，我儿子约翰上学那会儿，但天知道这是什么。"

乔治和戴安娜在楼下的客厅里，乔治闭着眼睛仰靠在扶手椅上，戴安娜的膝头放着一台笔记本电脑。电脑的屏幕基本上被绿松石蓝占满了，她打开了一个搜索引擎。他们进门时，她转过身。

波顿说："马歇尔森太太，也许您能告诉我们。安柏有脚气吗？"

"你们是怎么知道的？她说是在金斯马克海姆的新游泳池传染上的，她觉得很丢人。"

"我敢肯定那不是可卡因。"再次走出马歇尔森家时，波顿说，"不过，当然了，我们暂时没有找到任何毒品的证据并不意味着她没有贩过毒。也许她确实做过这个买卖，那些钱可能就是这么弄来的。对了，另一个女孩是谁？"

"亮闪闪俱乐部的那群人中的一个，我估计，不过，我们得弄清楚这件事。"

10

金斯马克海姆高街上的那家银行并没有在授予查看安柏·马歇尔森的银行账户权限时故意刁难他们。"毕竟,这个小姑娘已经死了。"正如银行经理所言。乔治·马歇尔森说错了,但错得并不过分。安柏的账户余额已经增至七十五英镑。两年多以来,她既没往这个账户里存过钱,也没从这个账户里取过钱。

"她要么不相信银行,"韦克斯福德说,"要么还没来得及把那两千块钱存进去,第二种情况的可能性更大。她肯定是最近才拿到那笔钱的。"

"她去了一趟泰国,如果她真的贩毒,但没有拿到钱,只能说明她是纯粹度假。"

"你的意思是,她没把人家付给她的钱存进银行。也许对方是现金付款,钱到手后,她就直接花掉了。看样子,她,可能还有她那个朋友把什么东西运到法兰克福去了——法兰克福是欧洲最重要的枢纽城市之一——她们在那儿和某个人接上头,那个人再把货运到最终的目的地。她是回到家以后才领到的报酬。"

韦克斯福德对毒品的了解并不比他这个岗位上的其他警察多,他们都不是专门从事缉毒工作的,然而,波顿却成了这方面的专家,这在很大程度上归因于前一年那个在金斯马克海姆地区和周边村庄展开的滥用药物大清洗活动是他策划的。"她携带过毒品?"他说,"她把毒品放在行李箱里,还是人体藏毒?"

想到有人将一包硬性毒品吞进肚子里,到了目的地再把毒品排出来,韦克斯福德就想吐。"上帝啊,但愿不是这样。"

"我们在这方面有很多工作要做。查出另一个女孩是谁。可能还得带一只嗅探犬去马歇尔森家。再向她所有的朋友了解一下情况。"

亨利·纳什家的小客厅又闷又热,汉娜和巴比尔正在和他进行被巴比尔亲切地称为"聊天"的活动。在她的眼中,这个房间好似古董博物馆的一个展区。这里所有的东西,包括房子的主人在内,都差不多有一百岁了,很多东西的年代更久远。他家的书不多,《圣经》和《古今圣诗》是黑皮封面的,边角磨损得很严重,和这几本书摆在一起的还有一些深绿和深红封面的书,书名晦涩难懂。纳什先生头顶上方的墙上挂着两幅着色石版画,画中有两个丰满的少女,她们身穿维多利亚时代的人概念中的古希腊裙装,裙角垂在用布帘覆盖的瓮上。地毯是土耳其生产的,磨损得非常厉害。椅子则是平时人们摆放在"壁炉边"的那种。一架立式钢琴占据了房间的一角,谱架上放着苏格兰民歌《风铃草》的乐谱。

当然,那部电话机远不及那架钢琴或那两个希腊少女年代久远,但在汉娜看来，至少也要追溯到上世纪五十年代。电话机是黑色的，不是按键的，她从来没有见过的拨盘电话机。纳什先生正是用这个工具给金斯马克海姆刑事调查局打了电话，告诉警察他有重要的信息。但是现在汉娜和巴比尔来了，他却好像不打算向他们透露消息，而是先对现代生活的方方面面进行了一番猛烈的抨击。单身父母、治疗不孕不育症、把失业者称做"求职者"、救济金欺诈，还有外国人，尤其是那些外貌特征、肤色和他不一样的人，通通成为他辱骂的对象。汉娜越来越讨厌这个老家伙了，她尤其同情巴比尔，然而，巴比尔面带微笑，心平气和地听他说话，仿佛对"黑鬼"和"斜眼"这样的词无动于衷。

愤慨令她比任何时候都燥热，她感觉汗水刺痛了脸上的皮肤，结果，一颗温温咸咸的汗珠真的滴落在她的嘴唇上。作为一名后女性主义者，她深知应该泰然处之。难道她不应该和男人享有同等的流汗权利吗？但她也知道，我们的想法和感受之间横着一道不可逾越的鸿沟。作为一个人，她确实有权利流汗，但她害怕被巴比尔看到，如果雪白整洁的衬衫上湿了一大片该有多可怕啊。过了九点这个分水岭，她突然愤怒地打断了纳什先生关于电视的高论。"您说有信息要告诉我们。"

他不满地对她皱起了眉头。"我正和这个小伙子说话呢。"他不顾她的狂怒，"你们这些人根本不懂得忍耐的含义。"

巴比尔说："忍耐是个奢侈品，纳什先生。我们的时间不多。"

尽管五分钟前他还在辱骂巴比尔的族群，建议他这个族裔的所有人回到"有寺庙、大象和诸如此类属于他们的地方去"，此刻，亨利·纳什却满怀敬意地看着他。"好吧，"他说，"你们必须做好本职工作。我知道什么是工作，不像我说的那些人。"他尽量把目光从汉娜身上移开，仿佛自己是个禁欲主义者，而汉娜是个肚皮舞娘。"我想说的是，住在隔壁的那个家伙，他叫布鲁克斯，约翰·布鲁克斯，肯定有好几百个人叫约翰·布鲁克斯这个名字，但我说的就是他。"

他突然沉默了，汉娜说："他怎么了，纳什先生？"

他回答了她的问题，但说话时，他的眼睛一直看着巴比尔，好像这个问题是这个男人提出来的，而不是这个女人。"他有夜间外出的习惯。"他用胜利者的腔调说。

"外出？"巴比尔说，"您所说的'外出'具体指的是什么？什么时间？您看见他了？"

"我听到他车的声音了。他把车停在路边。你可能会问，既然他有水泥车道，为什么还要把车停在那儿。让我来告诉你吧。这是因为他的妻子睡在后面的一间屋子里。他们俩各有各的房间，如果你听说过这种事。我的卧室在前面，他发动汽车的时候会把我吵醒。"

"什么时间，纳什先生？"

"什么时间都有，凌晨一点、两点、三点，但基本上是在一点钟左右。她睡在后面的房间，所以听不见。她不会知道他出去了，这就是分房睡的结果，怪不得她没孩子。她说他睡觉的时候打呼噜。是啊，他肯定打呼噜。我猜，他是故意的，好让他有一个属于自己的房间。"

"安柏·马歇尔森遇害的那个晚上他出去了吗？"

"不知道。我也不总是在夜里醒过来，心里不装事的时候就睡得很沉。如果我不辗转反侧地思考世界的现状，就会睡得很死。"

想到辗转反侧，而不是一动不动地躺在那里，汉娜的脸上又冒出一层汗。她现在感觉身上在流汗，一条汗水顺着乳沟流了下去。她站起身，感觉再在这个又热又不通风的屋子里待上一分钟，她就要晕倒了。外面的阴凉地会凉快一点，至少那边的空气更新鲜。

"我们得找这个布鲁克斯谈一谈。"她说，"晚上他才能回家。如果那天晚上他出去了,可能会看到什么,但我并不认为他是本案的凶手。如果他想杀死安柏,就不可能开车去别的地方。"

"是,"巴比尔说,"但开车离开会给他提供不在场证明,他可以偷偷摸摸走回来作案。"

"有这个可能。"

他定定地看着她,突然,她觉得那些被她称之为"南亚次大陆血统"的人——她不反对别人将她描述成"高加索—凯尔特人"——总是那么完美无瑕,似乎他们的衣服都是新的。她的肚子上肯定湿了一大片。

"你好像热坏了,汉娜。"这是他第一次直呼其名,平时他都叫她"探长"。"来吧,车里的冷藏袋里有苏打水。喝了你就精神了。"

和丹尼尔·希尔兰德一起去芬兰度假的那帮朋友还没有找到。看来,用丹尼尔的话说,他们又去"冰岛、拉脱维亚,或者类似的地方"了,目前为止,寻找他们的努力算是白费了。本·米勒说,一点四十分的时候,他把安柏放在迈福利特路,自己则在十分钟后到了家,没有人能证明他当时不在犯罪现场,全凭他的一面之词。他的母亲和姐姐都没听见他进家门。他经常回来得很晚,于是学会了蹑手蹑脚,即使在楼梯下面脱鞋都不会发出任何声音。米勒太太那句"我知道他进来了——他还能做什么呢?"有害而无益。

乔治和戴安娜·马歇尔森互相证明对方不在现场,情势不尽如人意,鉴于戴安娜有充足的理由让安柏活下去,她没有犯罪动机,这条线索没有追查下去的必要了。此外,韦克斯福德确信乔治对女儿的爱远远比他对妻子的爱强烈,在女儿遇害这件事上,他绝对不会包庇他的妻子。这段婚姻和马歇尔森夫妇之间的感情引起了韦克斯福德的兴趣。他开始相信乔治对戴安娜的爱由浓转淡肯定是有原因的，戴安娜可能做过什么事，但肯定不是杀死他的独生女。

他们把从安柏的卧室抽屉里刮取的那个东西拿去化验了，结果和波顿想的一样。这是一种被广泛应用的治疗脚气的药。他是否应该放弃那个安柏为什么一年内两次出国的理论？还没到时候。现在流行喝瓶装水，但这种时尚基本上对韦克斯福德没有产生任何影响，随着气温再次升至三十多度，此刻，他正一杯接着一杯咕嘟咕嘟往肚子里灌水。他和汉娜·戈德史密斯面对面坐着，他们中间的桌子上放着一瓶苏打水和一摞文件，他听她谈论约翰·布鲁克斯和亨利·纳什的恶毒。

"我要回去一趟，"她说，"等他差不多到家的时候。"

"如果他妻子也在场，你说话的时候要小心一点。"

"当然她知道最好，老爸。如果伴侣之间做不到彼此坦诚相待，那么两个人的关系无非是一场骗局。"

"'彼此'是这句话里的关键词。"韦克斯福德说，"不该由你来坦诚地对待他们，即使你坦诚，他们也不会感谢你。"

他的忠告没有在戈德史密斯探长身上达到预期的效果，她正计划当着布鲁克斯老婆的面，用最直接生硬的语言数落这个三心二意的好色之徒。她在楼下与一身清爽完全没有流汗的巴比尔·巴塔查亚不期而遇，巴比尔刚从外面回来，为了确定本·米勒不在现场，他去找本·米勒母亲的邻居们了解情况，虽然他尽心了，也尽力了，但仍旧一无所获。人们普遍认为深色皮肤的人比白种人更耐受高温，这种陈旧反动的言论是不是也有一定的道理呢？她感觉血一下子涌到了脸上，身上更热了。这极有可能是她有过的最种族主义的想法！

"那就回米尔巷吧，巴塔查亚探员。"她尖锐地说，忘了那天早上他是如何亲切地称呼她汉娜了。

"是,我一直在考虑怎么问那个家伙,同时又不引起他老婆的怀疑。"

汉娜本想反驳他,说就应该让布鲁克斯太太怀疑他,但话到嘴边,又咽了回去。"你也有这种感觉,是吗?你也认为我们应该小心行事?"

"是啊。你说'也'是什么意思?有人和我想到一块儿去了?"

"老爸。"汉娜说。

约翰·布鲁克斯那辆红色的大众车果然停在路边,就在约翰·纳什说的那个位置。然而,一遍遍地摁门铃,拍打门环,就是没有人开门。最后,这番动静把莉迪亚·伯顿吵出来了,为了凉爽通风,她把前门敞开着,她告诉他们,这家现在没人。布鲁克斯两口子庆祝结婚纪念日去了。十分钟前一辆出租车把他们接走了,送他们去了梅灵汉姆的一个餐馆。

"这样约翰就可以喝酒了,你知道。"莉迪亚·伯顿说。

"太可怕了。"等她听不见他们说话时,汉娜说,"有的人真是两面派,晚上和老婆庆祝结婚纪念日,夜里就干别的女人,他现在肯定是在做那事。"

"没有谋杀来得糟糕。"巴比尔说,听他的口气好像他是上司似的,"'干'这么不迷人的词可不适合美女用。"

同样是巴比尔这个职位,如果换成别人批评她,她肯定会用最严厉的话反驳斥责他,但她自己也搞不懂到底是被称做美女平息了她的怒气,还是巴比尔自身不可否认的有形有款,总之,她只是看着他,希望他能微笑,结果,他真的笑了。

"来吧,探长。"他说,"这条街上有个叫羊羔与旗帜的酒吧。我带你去,请你喝点什么。"

他正打算回家。西尔维娅要过来,她把孩子交给临时请来的保姆照看了。上次见面的情形让他良心不安。他对她的态度不好,尽管没有她母亲那么不好,而且,她做过的事或打算做的事并不足以让他拿来当借口为自己开脱。见到她时,他有意弥补自己的过失,当然,他不会改变自己的观点,只是表现得更温和,也更有同情心。他告诉自己,他应该感到荣幸,感到骄傲,因为他的女儿们在乎他说的话。据他观察,其他人的女儿对父亲的意见置之不理。

气温开始下降。他走到窗前,目光越过金斯马克海姆向西眺望,夕阳正渐渐沉入几乎是黑色的狭长的带状云彩里。一群欧掠鸟从金斯布鲁克旁边的草甸上飞起来,排着整齐的队形飞过树梢。他听见身后的门开了,转过身,他看见了波顿。

"我正准备回家。"他说。

"听完接下来我要说的这番话,你可能会重新考虑的。有个女孩失踪了,二十一岁,在高街的那家纪念品商店工作——高高斯,是不是叫这个名字?她和男朋友住在一起,就在那家商店上面的一套公寓里。她的名字是梅根·巴特罗。"

"巴特罗,巴特罗……我在哪儿听过这个名字?还是最近听到的……"

波顿没有理会他。"我们没有理由认为她和安柏·马歇尔森之间有任何关联。这个叫巴特罗的女孩再次出现时可能会安然无恙。这可能是一个狡猾的骗局,没有人知道她具体是什么时间失踪的,也没人知道她可能会去哪里,甚至是不是和另一个小伙子私奔了。她的男朋友和母亲就在楼下，他们来报告她失踪了，不知道你想不想……"

"我想起来了。"韦克斯福德打断了他的话，"巴特罗——这不是一个常见的姓。你说我们没有理由把她和安柏·马歇尔森联系在一起，你错了。安柏有两个朋友，她们是姐妹俩——拉莱·巴特罗和梅根·巴特罗。"

11

坎普警官把他们领进新建成的"家庭室",而不是阴冷的会客室。用韦克斯福德的话来说,这是爱心社会的产物,这个想法最先是汉娜·戈德史密斯提出来的,局长热情地采纳了她的建议。这里原本是失物招领处,大小不过十二英尺乘十英尺,房间里只有一扇平开窗,但令人愉快的陈设弥补了空间狭小和通风不良的缺点。色彩浓郁的深祖母绿色的短绒地毯结实耐磨,三把小扶手椅分别是红、黄、蓝三原色,第四把椅子的图案是蓝黄相间的条纹。一幅大得几乎可以遮住整面墙的绘画作品则将珊瑚色和深红色混合在一起,韦克斯福德将它戏称为周六晚上打烊时屠夫的案板。他曾建议局长邀请金斯马克海姆地区交过家庭税的人来这里参观,毕竟,他们交过钱。他一度以为局长真把自己的建议当回事了。

他发现梅根·巴特罗的男朋友和她的母亲并排坐着,他坐在那把黄色的椅子上,她坐在那把红色的椅子上,两个人面朝那幅巨画,他们和那幅画之间隔着一张白色的塑料桌，桌上摆满了过期很久的《星期日泰晤士报》的彩色增刊。他们谁也没碰那摞码放得非常整齐的报纸，事实上，自从十一个星期前一个名人（一个现在为曼城足球俱乐部效力的当地人）给这间家庭室剪过彩后，这堆东西就一直保持原状。这两个人看上去是同龄人，四十好几的样子。梅根的母亲身材瘦削、面容憔悴，披着一头染成金黄色的过肩长发，脸抹得跟家具一样亮，颜色也几乎一样。后来，韦克斯福德对波顿说，那个男朋友是那种"习惯法认可的女婿"，他好像是为了参加某个花哨的假面舞会才特意把自己装扮成一个二十一世纪的无赖——他将一头灰白的长发拢在脑后，扎成一个马尾，一只耳朵的耳郭外缘软骨部位打了很多洞，戴了有半打耳钉，身上穿了一件脏兮兮的白背心，一个银的或白色金属制成的十字架在 V 字领口露出的灰白色的胸毛上晃荡。红色、黑色，还有西兰花绿的凶巴巴的文身布满整条胳膊。两个膝盖处各有一个破洞的毛边牛仔裤紧紧地箍在他的身上。

韦克斯福德很有礼貌地对他们说了声"晚上好"，然后问他们叫什么名字。

梅根的母亲似乎早就舍弃了巴特罗这个姓氏，她带着几分困惑的神色报出了自己的姓名。"拉普，桑德拉·拉普。"说完，她赶忙改口，"哦，上帝，不，不是这个。我的记性像筛子似的。我现在姓华纳了，我上个星期刚结婚。我真是个笨蛋！"

"我叫基斯，基斯·普林斯普。"

这个男人面色黝黑，脸上沟壑纵横，嘴很大，嘴唇却很薄，盖子似的眼皮底下是一双黑葡萄色的眯缝眼。他懒洋洋地坐在椅子上，跷着腿，嘴巴撇着，似乎在默默地给自己吹口哨听。华纳太太把手伸进那个用很多带子和镀金搭扣装饰的黑手袋里翻找，最后，她拿出一张用保鲜膜包着的照片。波顿从她手里接过那张照片,仔细地看了看,然后传给韦克斯福德。梅根大鼻子,小下巴,她的容貌就是大家所谓的年轻就是漂亮。有其母必有其女,她也有一头又长又直的金发,连化妆的方法都效仿她的母亲。

"华纳太太,您是不是还有一个女儿叫拉莱?"韦克斯福德问。

"你怎么知道的?"

警察从来不回答这种问题。"告诉我发生了什么事。"韦克斯福德看了看这个人,又看了看那个人,至于谁来讲,他没有偏好。桑德拉·华纳看着基斯·普林斯普,普林斯普继续无声地吹着口哨,两人一句话也没说。"好吧,"韦克斯福德说,"既然您和巴特罗小姐住在一起,普林斯普先生,还是您先说吧。"

"我爸死了,"普林斯普开口道,"我得去参加他的葬礼,到了那儿以后,我在我姐家住了一个晚上,以前我爸和我姐住在一起,对不对?"

韦克斯福德克制住想说完全不对的冲动,问他"那儿"指的是哪儿,他说的到底是哪一天的哪个晚上。

普林斯普这种人有很多,他无法理解为什么他家的情况和日常生活的细节不为世人所知。他以一种难以置信的口吻说:"伯明翰,不是吗?伯明翰啊?我老家是那儿的,我爸以前住在那儿。我说的不是昨天,是前天和大前天晚上。"他拼命地使了很大劲儿才说,"我爸周六死的,我周一赶到那儿,葬礼是在周二举行的,我周三回来的,也就是昨天。昨天,对不对,桑德拉?"

"你很难过,基斯,怪不得。"桑德拉·华纳对韦克斯福德说,"他是八月三十一号去的,昨天回来的。"

"巴特罗小姐没和您在一起吗?"

"梅根和我家里人的关系一直都不好。她和我姐一见面就掐架,跟两只猫似的。"

"那您星期一是几点离开的家？那个时候梅根在哪儿？"波顿问。太费劲了。如果指望这个男人说出点什么，他们得在这儿待一宿。"华纳太太，要不您说？"他说。

"你九点半出的门，基斯，是吗？那个时候梅根应该在商店里。商店九点钟开门，对吧，基斯？"

韦克斯福德发现得告诉普林斯普怎么说才行，否则，谈话将没有任何进展。华纳太太再次给普林斯普提词时，他在一边等待。

"你和她说了再见，告诉她，如果凯瑟琳留你在她那儿住，你就给她打个电话，然后她就下楼去商店了。"

"梅根在高高斯上班？"

"是的，对。"普林斯普如释重负地说。他又努力了一下，说："她给吉米·高森打工。星期二早上六点左右我给她打了个电话，但是她的手机关机了。"

"您后来是否多次尝试给她打电话？我的意思是说，"意识到听者的局限性，波顿又说，"您后来又给她打电话了吗？"

"打过，但是没用。"

"你给我打过一个电话，基斯。星期二晚上，很晚的时候，好像半夜了。你知道李说了什么吗？他说：'那个基斯想记住我们是新婚夫妇。他知道我可能在上班。'"桑德拉·华纳发出刺耳的笑声，"哎呀，我最好控制住自己的情绪。天知道梅根出了什么事，我却在这儿放声大笑。"

"就像我说过的那样，我给桑德拉打了个电话，第二天，我开始担心，就又打了一个。"这次基斯·普林斯普不需要别人提示了，"我是说，她去哪儿了呢？昨天我大概是午饭时间从伯明翰回来的，十二点左右，但是我连她的影子都没见到。"

"那个点儿她可能不在家，基斯，她应该在店里。"

"她没在店里，桑德拉。"这次会面变成了他们俩之间的对话，"我一回来就去商店了。吉米是那儿的老板，他却问我：'梅根在哪儿？'他见到我说的第一句话就是：'梅根在哪儿？'

"基斯顺便来了一趟我们家，和李一起吃了点饭。我们说，我是指我们都说，也包括李在内，再等二十四个小时，如果到了那个时候她还不出现，我们就……其实，我们也不知道该怎么办，但我们琢磨着应该做点什么。"

韦克斯福德和波顿面面相觑，听了这么多重复而且大都无用的陈述，两个人好像受了当头一棒，变得哑然无声。相比之下，桑德拉·华纳还算是不错的信息来源。韦克斯福德问她，她的另一个女儿拉莱是不是和她住在一起，两个女儿的关系是否亲密。与此同时，波顿起身去取失踪人口登记表。

"你为什么想了解我另一个女儿的情况？拉莱没失踪，感谢老天爷。"

"她是那个死了的女孩安柏·马歇尔森的朋友，"韦克斯福德说，这次他不能不做任何解释了。

"不能说她们是朋友。她们不是朋友。"华纳太太好像受到了侮辱，"关系友好，这么说还行。"

韦克斯福德完全不知道自己说的是不是真的，但他还是说了，他说："她和安柏一起去过法兰克福。"

臆测抑或是灵感，总之，他几乎说对了，但同时又是完全错误的。"不是拉莱。梅根，如果是梅根呢？"桑德拉·华纳很爱生气，"这不犯法吧？我连那个鬼地方在哪儿都不知道。反正是个用欧元的地方。"

可能就是违法的,韦克斯福德心想。"明天我想找拉莱谈谈。她几点上班?"

"她不上班。她正在接受高等教育,斯道尔顿商学院,那可不是一所普通的学校,是大学。"

"明天我要见您和您的女儿。到了那个时候我们可能就有梅根的消息了。"

波顿拿着那张表回来了。他站在那儿看了看普林斯普,又看了看华纳太太,不知道谁会把表接过去。

"给我吧,"桑德拉说,"给基斯也没用,今天他忘记把眼镜带来了。"她使劲朝波顿挤了一下眼睛,波顿心领神会,桑德拉是在暗示基斯不识字。基斯面不改色,丝毫没有流露出通常文盲会有的羞耻感,他继续吹他的口哨,只不过这次他发出了声音,他含混不清地轻声吹着《真爱无价》。"

天色已晚。韦克斯福德向波顿道了晚安,然后慢慢走上回家的路。梅根死了,他对这一点确信无疑,正是因为知道这个女孩已经死了,回想起今天的谈话,他才会觉得一点也不好笑,否则,他不可能会有这种感觉。她死了,因为她认识安柏·马歇尔森,更确切地说,是因为她和安柏卷入了同样的贩毒活动,而且,她们讨论过要揭发那些付钱给他们的人。或者,他纠正自己的说法,梅根威胁要去告发那些为谋杀安柏负责的人。后一种情况的可能性更大。没有人去法兰克福度假,去那儿基本上都是为了开会、见客户,或者转机。安柏和梅根去法兰克福是为了把她们,或者其中一个人从英国偷运出来的东西带到德国,再经由德国运往远东地区。

在他看来，没有什么能影响到基斯·普林斯普的愚笨，普林斯普是个塞尔维亚名字，当年刺杀斐迪南大公①的杀手也叫这个名字。然而，他担心这会影响到快活的桑德拉·华纳，显然，她正沉浸在新婚的喜悦之中，但对她而言，最糟糕的事似乎还没有发生，那将给她造成更沉重的打击。

他走进家门，看见西尔维娅的车还停在外面。他很高兴——情不自禁地高兴，但与此同时，他又很沮丧，他告诉自己要对她宽容一些，和善一些，再也不要对她横加指责了。毕竟，那样做又有什么用呢？他走进门厅，听到一个讨厌的声音，说话的人既不是西尔维娅，也不是他的妻子。一时间他也分辨不出那个人究竟是谁，但开门进屋后，他却发现自己正在和娜奥米·温德汉姆握手，此前他好像只见过她一面。她是个瘦小的女人，年龄在三十五岁左右，那一头红色的长发会令罗塞蒂心醉神迷。现如今，人们的某些做法实在令韦克斯福德反感，比如前妻和现任女友，或者前夫和妻子曾经的情人相处融洽，然而，当他反观自己的感受时，却不得不承认，冲突和怨恨也许要糟糕得多。

朵拉对此的感受比他更强烈。她似乎不认可自己的女儿，也不认可任何一个和她的女儿有关系的人。韦克斯福德进门时，她正用冷冰冰的口气告诉西尔维娅，最好回去替换那个照看本和罗宾的女人。她说，她理解不了，既然要费事花钱找保姆，西尔维娅为什么要过来。她对韦克斯福德也很刻薄。"娜奥米现在已经对胎儿产生感情了，雷格，她把西尔维娅看成了自己的私有财产。禁止她喝酒，督促她吃各种维生素片，是不是这样？"

西尔维娅看上去很不高兴，情绪几近暴躁。

---

①弗朗茨·斐迪南大公，奥匈帝国皇储。一九一四年与其夫人苏菲视察萨拉热窝时，被塞尔维亚民族主义者普林斯普刺杀身亡。"萨拉热窝事件"成为第一次世界大战的导火线。

"你知道,我情不自禁地想象是我怀着我们的孩子,"娜奥米说,"我的意思是说,我知道不是这样,但我假装成这样。西尔维娅已经感觉到胎动了——她或他在动,她现在还搞不清孩子的性别,我不明白为什么不行——我想象是我感觉到了胎儿的蠕动。怎么说呢,其实不仅仅是想象。今天早上我真的感觉到一阵颤动,就像有一只小脚丫轻轻地踢了我一下。"

西尔维娅的话语中透着不悦。"想象就对了。你感觉不到。你不知道那是怎么回事。"

"我太清楚是怎么回事了,西尔维娅。那是我的不幸。但是为了补偿,我会努力体会你的感受,你分娩的时候,我打赌我也会疼。

"南太平洋岛国的丈夫们会做这种事。"韦克斯福德说,"他们会到一个小棚子里,模拟妻子的痛苦。这叫'拟娩'。"

"真可爱。"娜奥米滔滔不绝地说,"到时候,我也要来个拟娩。"

"我们喝点什么吧。"韦克斯福德急忙说,他期望西尔维娅说不。

令他吃惊的是,她竟然违抗他的意愿。"请给我来一大杯白葡萄酒,爸爸。娜奥米要为我戒酒,所以她开车送我回家。"

她们走了以后,韦克斯福德躺倒在敞开的落地窗旁的扶手椅上。微风吹来,几个星期来的第一阵风。"可能要变天了。"他说。奇怪的是,手里握着冰冷的啤酒杯让他想起一月份那个下雪天摸着取暖器时的快感。"如果我是西尔维娅,那个女人会把我逼疯的。"

"你把'拟娩'的想法注入她的脑子里,她肯定到处跟人说自己要拟娩。"朵拉说。

"那个时候尼尔会在哪儿?"

"如果他是聪明人,肯定会躲得远远的。"

晚些时候,他睡在她身旁,身上只盖了个床单,脑子里想着那个死了的女孩，还有那个很可能也死了的女孩，想着她们为得到那笔钱付出了高昂的代价。

　　如果天空晴朗，清晨是一段美好的时光，过几个小时，天才会热起来。老师教过汉娜，为什么在这样的早晨露珠会停留在草叶上，但她忘了是怎么回事了。在如此漫长的干旱季节，她奇怪竟然有如此丰沛的水凝成水珠在路边的草坪上闪着微光，布鲁克斯家大门的横梁上结了一排排珍珠般的水珠。

　　约翰·布鲁克斯的车挨着马路牙子停着，车的挡风玻璃上蒙了一成不变的水雾。现在还不到七点。

　　她是一个人来的，她有一个非常不女权主义的想法，一个和雄心勃勃的女探长格格不入的想法，她不能这么早就把巴比尔叫出来，昨天晚上，他给她买了两杯金巴利苏打，为了开车送她回家，他自己都没喝酒，和她道别时，他还在她的脸上轻轻地亲了一下。她本来可以提前给布鲁克斯打个电话，但这几天她打过几次，所以她知道答录机肯定开着，而且没有人会回电话。她按了几下门铃，没有人开门。她扣了几下门环，又按了几下门铃，这次有人听见了，开门的是个小伙子，他一头湿漉漉的深色鬈发，长了一张娃娃脸。

　　他手里拿着一块毛巾，边说话边擦头发。"你是谁，这么早来干吗？"

　　"我是戈德史密斯探长，布鲁克斯先生。"汉娜向他出示了一下搜查证，然后将一只脚跨入门内，"我想和您谈一谈，找到您可真不容易。"

　　"你想现在就和我谈？我正要出门上班。"

　　"我必须和您谈，是急事。"她听见自己的声音变得冰冷尖锐起来，

"最好是现在,不行的话,我希望可以再约一个时间,越快越好。再次见面之前,我想给您留一个问题思考一下。我们听到消息,说您习惯夜间开车外出,半夜或者黎明之前。"

"有人撒谎。"

"很好,不过,我们得谈谈这事。我建议我们今天晚上七点钟见面。"

他什么也没说,只是点了点头,又耸了耸肩。

"布鲁克斯先生?"

"哦,好吧。不过,真的不是很方便。"

"对我来说很方便。"汉娜说完回到车上。她把车开到一个角落里等他,假装看笔记本。五分钟后,布鲁克斯开车从她的车旁边经过,朝金斯马克海姆的方向去了。

拉莱·巴特罗在一个从斯道尔顿工业大学独立出来的系读商业技能课,她很把这个课程当回事。她住在住房协会提供的一套公寓里,李·华纳搬进来之前,这里只有她和桑德拉,韦克斯福德和戈德史密斯探长到她家时,她正在客厅里把文件夹和书装进一个新的公文包里。华纳不知道去哪儿了,大概还在床上睡觉。这个地方弥漫着一股浓浓的煎培根的味道。拉莱一身干练的打扮,黑色西装裤配白色衬衫,脚蹬一双实用耐穿的平底鞋。和他预想中她的说话声不同,他听到的是六年级等待大学入学考试的学生的口音。如果是她和安柏一起去度假,他可能还不会那么吃惊,结果是她姐姐,基斯·普林斯普的女朋友……不过,她们不会是去度假吧?从性质上看更像出差。

"我不想迟到。"这是她开口说的第一句话。

"我们开车送你去学校,巴特罗小姐。"汉娜急忙打消她的疑虑,"不是警车。"

他相信,巴特罗—拉帕—华纳一家对警察并不陌生,这两个女孩一降生,或者早在她们出生之前,这家人就生活在轻度犯罪的边缘:在商店里小偷小摸,多次诈骗专家津贴,不交保险就开车上路,诸如此类的事情。对拉莱而言,体面可能包括没有人看见她出现在一辆中苏塞克斯绿松石蓝和弗拉门戈红相间的警车旁。也许这么说对她不公平。显然,这个女孩,用一句过时的老话来讲,正在凭借自身的努力改善生活处境。他问她是怎么认识安柏·马歇尔森的。

"我们以前是同学。"

"本·米勒也是?"

"对。这儿有一群势利小人,但安柏一点架子都没有。在当今这个时代,这么说可能有点傻,她就是我姥姥所说的那种真正的淑女。听说她出事了,我的心都碎了。"

"她是通过你认识的你姐姐梅根?"韦克斯福德说。

"对,是通过我认识的。有一天晚上她和我一起去了亮闪闪俱乐部,正好安柏也在那儿。只有她去了,那个基斯没去。"她犹豫了一下,说,"听我说,一旦摆脱掉他,梅根就没事了。"

现在她已经摆脱他了,韦克斯福德难过地想,"你不喜欢他?"

"游手好闲之徒,卑鄙的家伙。"拉莱恶狠狠地说,"他毁了她。他让她做的那些事是她和我们——我和妈妈——住在一起的时候做梦都没想到的。"

"什么样的事?"

"你想知道去问她好了。我不会告发我的姐姐。我得上学去了——现在。"

他们下楼回到车上,他想不能问她。天又热起来了,气温明显升高了,空气也似乎静止了,没有一丝风,走在人行道上,抬头望去,树叶都晒蔫了。夜晚不够长,或者不够潮湿,无法让树叶恢复精神。

开口问她的是汉娜:"她和安柏为什么去法兰克福?"

"别问我。也许能买到打折机票什么的吧。"

"你认为你姐姐现在在哪儿,拉莱?"

"也许碰到了某个人,跟着那个人跑了,离开了基斯,我希望是这样。"

"如果你说的是真话,"韦克斯福德说,"她真的会这样,不跟你和你母亲联系吗?"

"我到了。这就是我的学校。"拉莱下了车,韦克斯福德注意到,如今已经很少有女人像她这样做了,她非常优雅地将双膝并拢,同时将两条腿晃离座位,把脚放在地上,站起身,整个动作一气呵成,流畅优美。"哦,她有可能会这么做。我的意思是,她没和我谈起过别的小子,不过,她和基斯就是这么走到一起的。她本来和一个特别好的男孩约会,那个男孩长得也很帅,哇,就像裘德·洛①,但是突然有一天她……呃,消失了。过了四五天,等她再次出现时,身后就跟着这个基斯了。她请了一个星期的假,自己去了趟布莱顿,她找到了他——我猜是在街边的排水沟里找到的——然后就把他带回来了。这是三年前的事。"

他们看着她走上台阶,进了一幢楼,这是一个自信的高个子女孩,她知道自己想去哪儿,也知道如何到达目的地。

"现在我们要开始找她姐姐了。"韦克斯福德说。

---

① 裘德·洛,英国演员,以俊美的外形、优雅独特的气质和多才多艺的演技为人所称道。

12

巴比尔非常乐意跟她一起去。当然,严格来讲,她叫他去,他就得去,但她能从他身上看到真正的热情。他陪她一起去并不是因为这是他的职责所在,而是因为他喜欢和她在一起,他觉得她性感迷人,她对此也深信不疑。是的,她走进女警官盥洗室,梳理几下长发,往身上喷一点香奈儿"邂逅"香水,再涂上唇彩后,对着镜子里的自己说"你是一个性感的女人"一点也不难。很多男人对她说过"你漂亮极了"这种话。此外,她属于巴比尔特别喜欢的那个类型。橄榄色的皮肤,深棕色的眼睛,深栗色的头发,有的人误以为她有印度血统——印度最北部的女人。汉娜小声对自己说,汉娜,这是一种近乎种族主义的想法。

韦克斯福德对媒体讲话时,她正踮着脚穿过会议室。想出去没有其他的路可以走。韦克斯福德的呼吁将在六点半的地区新闻中实况直播。她听见他说:"目前为止,梅根·巴特罗失踪已经超过四十八个小时。我们很担心她的人身安全。如果有人……"

汉娜随手轻轻关上门,步入又一个炎热的夜晚,外面的灯光依旧灿烂耀眼,巴比尔·巴塔查亚正坐在驾驶座上等她。见她从里面出来了,他立刻从驾驶座移到她那边,为她打开车门。如果不是非得办这件事,她想,也许我们可以找个好地方吃点什么喝点什么,不是那个讨厌的布瑞姆赫斯特普利多,也许我们会坐在月光下——并不是我需要月光——我敢打赌,十点前我们就会躺在我家的床上。哦,我的确喜欢肚子瘪瘪的瘦男人,从侧面看,仿佛一只展翅翱翔在旁遮普平原①上的雄鹰。好了,汉娜,沉着点。她上了车。

约翰·布鲁克斯那辆红色的大众车不见了,这也没什么好奇怪的。毕竟才七点差十分。汉娜按响门铃,开门的是格温达·布鲁克斯。她的脸上带着"又怎么了"的表情。

"我们想找您的丈夫谈谈。"

"还得等半个多小时他才能回来。"

"我们进去等。"汉娜的语气很尖锐,"他知道我们要来。我已经和他约好了。"她看了一下手表,"十二个小时。"

看样子,格温达·布鲁克斯是第一次听说这件事,但她还是向后退了一步,放汉娜和巴比尔过去,并带他们进了那间他们来过的起居室。布鲁克斯太太属于那种讨厌装饰物和图画的女人,因为得给这些东西除尘。她喜欢用米黄色装饰房间。地毯、三件套家具、木制品和壁纸用的都属于这个色系,只是色调略有差异,界于脆饼和拿铁咖啡的颜色之间。

敞开的窗户朝向一座小花园,这里曾经是一片草坪,最近才铺上

---

①旁遮普平原,位于南亚次大陆西部的广阔平原,分属于印度、巴基斯坦两国。

了木地板，不过，木地板更适合马里布的海滨别墅，而不是苏塞克斯的小房子。木地板和院墙间有一条非常狭窄的边缘地带，那里生长着几棵无精打采、不开花的常青树。汉娜一向更善于发现美男，而不是美景，而她此时此刻想的是，无论布鲁克斯夫妇如何糟蹋自家的房子和花园，都无法用骇人的米黄色玷污后篱笆墙外那片绝妙的林木葱郁的山景。

格温达·布鲁克斯没给他们准备任何饮品。某处有台收音机发出非常轻柔的声音，不是音乐，显然是个男人在讲课。也许格温达无法忍受寂静。任何背景噪声都比无声强。他们来之前，她一直在读、或者翻看一本时尚类杂志，现在，她继续浏览一张跨页照片，照片上有一幢房子、几个房间和花园。

或许意识到自己很失礼，她突然把杂志用力推给汉娜，嘴里还念叨着，"这是阿伦先生在彭弗里特的宅子，是不是很漂亮？"

汉娜不知道这个阿伦先生是谁，但还是接过了杂志，还没等她瞄上一眼，巴比尔就把杂志抢了过去，显然，他觉得对格温达好一点不是什么坏事，他对那些照片投以欣赏的目光，这一定是格温达希望看到的。

"这个房子真漂亮，"他说，"具体在什么位置？"

"就在彭弗里特郊外。我去过那儿。"格温达的骄傲之情溢于言表，"我很惊讶，翻开这本杂志，居然发现上面登了这些房间的照片，还有这个漂亮的花园。"

汉娜感觉一声尖叫冲到了嗓子眼，还好她极力控制住了，这时，电话铃响了。布鲁克斯太太走出房间去接电话。巴比尔扬起眉毛，对汉娜微笑。汉娜也对他报以微笑。她看了看表，七点二十。格温达·布鲁克斯回来了，她说："是我丈夫打来的。他要工作到很晚。看来，十一点之前是回不来了。"

就在这时，汉娜想问她约翰·布鲁克斯晚上开车出去的事，如果不是巴比尔给她使了个眼色，她就问了。他那个眼神不是在告诫她，比如指责她不该用"干"这个字，甚至不是提醒她说话时谨慎，只能说是无法言喻的一瞥。尽管如此，这个眼神还是阻止了她。"我必须跟您丈夫谈谈，布鲁克斯太太。他在金斯马克海姆上班，对不对？"

"你们不能去工厂！"

"我可能不得不这么做。那个厂子……呃，是生产什么的？"

"电器设备。工厂的名字是帕伦特·史密斯·侯赛因。不在金斯马克海姆，在斯道尔顿。"

这两个镇子相距大约一英里，现在离得越来越近了。"您能转告他一下吗？我们要么明天早上八点半在这里见他，要么十点钟在帕伦特·史密斯·侯赛因见。让他给我往这个号码打个电话。"汉娜把自己的名片递给布鲁克斯太太，后者一脸忧虑地看着印在名片上的手机号，"从现在开始到明天早上八点之前的任何时间都可以打。他可以给我留言。"

外面，隔壁那家，身穿绿白相间太阳裙的莉迪亚·伯顿正拿着一个罐子给被太阳炙烤的前花园浇水。她对着他们微笑，抬起一只胳膊挥了挥手，做了一个没有任何事瞒着警察的清白之人才会做的动作。看来，明天才能见到约翰·布鲁克斯。汉娜忽然想起来她和巴比尔今天晚上可以自由活动了。没有什么能比得上一个让人有心情享受浪漫性爱的美好夏夜。暖风轻柔，折磨人的炎热渐渐散去。天还是蓝的，但随着太阳沉向幽暗的地平线，光线开始暗淡下来。（哦，并非如此，汉娜想，但看起来是这样。）白日过去，四肢开始感觉到倦怠。到了喝葡萄酒的时候了，应该凝视另一个人的眼睛，花儿应该合上花瓣，一只手应该握住桌子那头的另一只手,应该做个决定,共同的决定,离开这里,到一个可以享受二人世界的地方去。

巴比尔为她打开车门。她应该问他吗?问他什么呢?他启动汽车,看着仪表盘上的时钟说:"太好了,不会错过我的印地语课。"

"印地语?"她有气无力地说。

"直到我差不多三岁前,印地语是我的母语。我们住在这儿,我的意思是,住在兰开夏,我父母在学英文,他们决定最好在家里一直说英语,这是为了我好,也是为了我的姐妹们好。他们不希望我们伴随着那个唱歌似的口音长大。"

如果她说过这种话,那一定是在政治上最不正确的话!

"所以结果是,我快把印地语忘光了,不过,我真的认为能说一口流利的印地语是很明智的做法。英国有一个很大的印度人社区,你也知道。"

"哦,是啊,我明白。我当然知道。"

他们一路无话。他把她送到她的住处——果园路一个叫德雷顿宫的街区。

"好吧,晚安。"她说。

"探长——我的意思是汉娜?"

"什么?"

"我不知道探员能否问探长这样一个问题,不过,你愿意和我共进晚餐吗?星期五或者星期六?可以吗?我不懂你们的——规矩。"

"太可以了,探员。"汉娜哈哈大笑道,"是的,我愿意。"

开完新闻简报会和记者招待会,在新闻节目里发出呼吁后,韦克斯福德坐在为他准备的那张桌子前,看着那份韦恩警探送过来的关于金斯马克海姆地区和远郊区县涉嫌吸毒和贩毒人员的名单。这张单子长得可怕。有的人被起诉了;有的被控告了,但找不到犯罪证据;有的只是被当做怀疑对象对待。他忍不住想起过去,他年轻那会儿,整个英伦三岛在警察局挂号的吸毒者只有大约六百个人。两年前,住在这三个镇子和附近村庄的毒品贩子就有这个数,这还是在他和他的团队相当成功地开展了声势浩大的联合扫毒行动后的结果。他确定一百多人留下来了,更多的人正悄悄地返回这里。童年时,住在彭弗里特或迈福利特的人,无论男女,都会认为海洛因是浪漫小说的女主角①,可卡因是牙医开的麻醉剂。回忆过去毫无用处,这么想一点意义都没有。

此刻,巴里·韦恩正在奥弗顿警员的协助下搜查纪念品商店楼上基斯·普林斯普和梅根·巴特罗的家。戈德史密斯探长和巴塔查亚探员继续在布瑞姆赫斯特调查。波顿去找马歇尔森夫妇谈话,试图就安柏和梅根之间奇怪的友谊了解到更多的情况。凯伦·玛拉海德刚从纪念品商店回来。她对韦克斯福德说:"经营那个商店的家伙叫吉米·高森,所以,商店的名字叫高高斯。很可怕,是不是?"

"我认识他。"韦克斯福德说,"认识他很多年了。他是个在戒酒中心戒过酒的酒鬼。"

"对。怪不得。他说,他和往常一样十点整进的商店,梅根不在,但门上贴了一张纸条,上面只写了'很快就回来'几个字。他说当时他就感觉不妙,但我觉得他是马后炮。"

"如果这是一起谋杀案,他最好不要有太多那样的感觉。"

"不,先生。高森后来说,他刚进门没几分钟就进来一个女人,她

---

① 英语中,海洛因(heroin)与女主角(heroine)音形都很相近。

说,九点一刻左右她来过,但门是锁着的,而且门上已经贴了那张纸条。从那以后,他就再也没见过梅根。"

韦克斯福德把韦恩给他的那份名单揣进兜里走出门,步入相对凉爽的夜里。前院还停着一辆车,和丹尼尔·希尔兰德那次一样,也是外来车辆。但韦克斯福德没跟达伦·拉夫雷斯提拖车或锁车的事。他只字未提。拉夫雷斯①这个名字起得蛮贴切的,他长了一张粉扑扑的娃娃脸,柔软的红嘴唇、蓝眼睛,一头日渐稀疏的金色鬈发,他脸上永远是一副吃惊的表情,像极了果蝠。

"雷吉宝贝!"

这个称呼比"老爸"还糟糕,糟糕得多。但他给每个人起了一个类似的外号,比如"米奇宝贝"、"巴里宝贝",如果他遇到警察局的副局长,他很可能会喊出"萨米宝贝"。韦克斯福德说:"什么事?"

"只是想问你几个问题。"

"该给你的我都给了。刚才你也在场,你应该知道的就是那些。"

"哦,亲爱的。"拉夫雷斯说,"我希望你不会后悔。不,别摆出这副样子,看你的表情真淘气。你认为我是在威胁你吗?"

"我出来本来是想呼吸一口新鲜空气,没想到你在这儿。"

"还是有人爱我的。呃,我母亲爱我。马歇尔森这个案子不会很快结案吧?依我看,案件调查毫无进展。"拉夫雷斯继续伤心地说,"我不想这么做,伤害你还在其次,受伤的人主要是我,在我遥远的学生时代,人们常说,'多亏有了《人权法案》,一切都改变了'。不过,我要就你没有进展这一条写篇文章。我真的会这么做,雷吉宝贝。"

通常,韦克斯福德很善于巧妙应答,但只要面对拉夫雷斯的攻击,

---

① 拉夫雷斯(Lovelace)的原意是浪子、色鬼。

他的机智和暗讽就消失得无影无踪。"我又不能拦着你。"

"伙计,你可能在其他方面做得不对,但在这方面却做得非常正确,亲爱的。"

西尔维娅不记得自己什么时候生过这么大的气。下班后她去学校接孩子,回到家中,刚给自己泡了一壶茶。这是英国人的怪癖,很可能只有英国人会这么做,大热天喝特别热的茶来解暑。西尔维娅真的认为喝热茶比喝冰水或橙汁有效,门铃响时,她正在喝第一杯茶。她拖着疲惫的步子来到门前,她发现自己的脚踝肿了,前两次怀孕都没出现过这种情况。今年天热,岁数也大了,她垂头丧气地想。她开了门,看见门口除了站着娜奥米,还有一个女人,西尔维娅隐约记得在什么地方见过她。

她是五点半生的气,现在九点了,怒气已经渐渐消散。像往常一样,罗宾和本抱怨了一通,天太热不想睡觉,他们听见有狗在叫,还有一只蜜蜂在窗户外面嗡嗡地飞来飞去,妈妈不让他们在房间里打游戏实在是太坏了,现在,他们终于上床睡觉去了。夜晚呈现出一种紫色,无论谁把这个时刻称做"紫罗兰时间",她都能明白是什么意思。一只鸟在委靡的树叶间歌唱。是一只夜莺,她想,只有夜莺不在九月唱歌。娜奥米这是唱的哪出戏?

她说:"我们能进来吗,亲爱的?"娜奥米用她可爱的娃娃音说。有时候西尔维娅会很纳闷,尼尔怎么能忍受这种折磨。"这位是玛丽,玛丽·博蒙特。她搬到隔壁来住了。你不知道吧?"

西尔维娅别无选择,只能向玛丽,这个又矮又胖、面带亲切笑容的黑女人问好,并请她们进来坐。至于"隔壁",圣乔治故居并没有什么隔壁邻居。"你说的是路尽头的那些小房子?"她的语气很冷淡,因为她想起来在哪儿见过玛丽了,但她立刻鄙视自己是个不公正的势利鬼。

他们走进牧师住宅那个洞穴一般不怎么用的会客厅,那里的冬天冷得刺骨,夏天却很凉快,即使是在最炎热的日子里。

玛丽坐下来,愉快地舒了口气。"这儿不错。跟有空调一样。"

只要你不打算在这儿坐一个晚上就行,心中不快的西尔维娅想。两条腿好似两根细棍儿、脚脖子只有孩子手腕子粗细的娜奥米盯着她的脚。

"你的脚踝有点肿,西尔维娅。我估计玛丽对此有话要说。我去拿点喝的,好吗?你的冰箱里肯定有苏打水。"

虽然非常留意自己的酒精摄入量,西尔维娅还是盼望能喝上一大杯苏维翁红酒。她转向玛丽。"她什么意思,你有话要说?"

玛丽立刻发出一连串的欢笑声。她的身子随着笑声一起颤动,靠垫般柔软的乳房和圆鼓鼓的肩膀也跟着一起晃。"我是助产士,亲爱的。明白了?她把我带到这儿来是为了照看你。"这个房子很大,厨房离客厅很远。娜奥米一时半会儿回不来。"别担心。你不会有先兆子痫①。"

"照看我?"

"我不知道为什么,亲爱的,不过,别担心。我不会经常进进出出查看你的状况。一来,我太忙;二来,还有那个娜奥米,你得迁就她,懂吗?"玛丽没解释她是怎么认识娜奥米的。"我们喝口水,并不是说我们不想喝点更烈的东西,喝完我们就走,"她说,"这样,你就可以

---

① 先兆子痫,指妊娠二十四周左右,在高血压、蛋白尿基础上,出现头痛、眼花、恶心、呕吐、上腹不适等症状者称为先兆子痫。

摆脱我们了,亲爱的,你可以把脚抬起来。外面那两个孩子是你儿子吗?他们真可爱。"

玛丽确实说话算数,她咕咚咕咚两大口喝完水立刻站了起来,对于这么一个大块头来说,她的动作惊人地敏捷,她说她丈夫还在等着喝茶。女人为男性提供物质的概念不仅令娜奥米震惊,同样也会令戈德史密斯探长惊骇。娜奥米安静了,当她抗议她们为什么刚来就走时,玛丽已经来到了外面的门厅。尽管如此,她还是说出了最后一句话。

"玛丽住在猎场看守人的小房子里,西尔维娅。我已经把她的电话号码给你抄下来了,不过,你可能用不上,因为玛丽答应我她会非常频繁地来看你。"玛丽在她身后给西尔维娅使了个眼色,"当然,我会经常自己过来,向你提供精神上的支持,你也要注意你的脚踝,好吗?"

西尔维娅继承了很多她父亲的性格特点,这对她意味着每次都要在她面前张开腿和脚,盯着它们看半个小时,就像做瑜伽或冥想练习时那样。她当时并没有喝那杯葡萄酒,而是留到了这个紫罗兰时间,趁着夜深人静的时候喝。叮咬了她母亲的蚊子并没有骚扰她。她盯着一只蛾子飞落在一块长满苔藓的石头上,伸展开波斯地毯一般的翅膀。葡萄酒把她的情绪从暴躁降低为愠恼。玛丽这个人很有趣,她开始感觉到,即使玛丽"非常频繁"地不请自来,她也不会太介意。娜奥米是怎么认识她的?如果西尔维娅抽大麻,喝白兰地,吃软奶酪,扔掉维生素片,甚至流产,她认为玛丽会怎么做?哦,不,最后这个不行。太晚了,来不及了。

喝完这杯葡萄酒,她上楼查看儿子们睡得好不好,然后她走出家门,来到街上,外面的空气很凉,随着夜色加深,空气会越来越凉。一小片林子隔开教区长的住宅和面向教堂的两个小屋——猎场

13

天热得让人睡不好觉。韦克斯福德六点钟刚起床就听到报纸送到了,于是,他下了楼,从门垫上捡起那份《金斯马克海姆信使报》。报纸上登出了拉夫雷斯写的那篇文章,还附上了一张自己几年前拍的老照片,当时他正在橄榄与白鸽的花园里喝半品脱的苦啤酒。他沏好茶,端给妻子,把报纸也递给了她,说:"这是第二次了,我原以为接受起来会更容易些,但是没有。"

"我不明白为什么应该更容易。"

"我以为这种事不会再发生了。"

"要不我先看一眼再告诉你要不要读?"

她的语气很不耐烦。"你应该最了解我了。"他说,"如果写了那件事,我就必须看。"

* * *

汉娜从八点开门的布瑞姆赫斯特圣约翰报亭买了份《信使报》，头条新闻是安柏·马歇尔森遇害案由韦克斯福德负责，案件调查毫无进展，上面还配了一张他喝啤酒的照片，照片下面注了一行字："总督察一头雾水。"她把报纸扔到车的后座上，心想，老爸早就对这种事无动于衷了。五分钟后她就到了布瑞姆赫斯特普利多，把车停在离米尔巷和迈福利特路的交叉路口几英尺远的地方。离和约翰·布鲁克斯见面的时间还有二十分钟，她拿起那张报纸读了起来。

汉娜认为，媒体的错误和侵扰都是男记者造成的。因此，当看到这篇报道署名达伦·拉夫雷斯，读到一连串与事实不符且夸大其词的说法时，她并没有太惊讶。繁重的工作让韦克斯福德有点吃不消，他老得很快。从照片上可以看出来，他已经陷入一种无法解释的暴怒和妄想之中。杀害安柏·马歇尔森的凶手仍然逍遥法外，现在又有一个女孩失踪了，而且还是安柏的朋友。只要一个人不生活在脱离现实的幻境里，他就会怀疑这个女孩也被杀了吧？局长正考虑将韦克斯福德调离专案组，让更年轻的人顶替他。让一个不称职的警察来办案，《信使报》只能对失踪女孩的"亲人"表示最深切的同情。

虽然汉娜很喜欢"老爸"，也很欣赏他，她也知道拉夫雷斯不了解情况，无非是在造谣中伤，但她不得不承认，韦克斯福德首先是个男人，她忍不住觉得女人天生更适合干这个工作。比如她这样的人，也许，再过，比如，十年……

汉娜看了一下表，八点二十八分。她下了车，锁上车门，向平时约翰·布鲁克斯停放他那辆大众车的地方走去，通常，布鲁克斯会把车停在珠宝别墅二号门外，但不是在这个时间段。她一直盯着那辆车看，没什么特殊原因，只是为了打发掉剩下的时间。但当她转过身时，却发现他站在花园里,就站在大门里面。

"啊,布鲁克斯先生,我们终于……"

还没等她把话说出来,他就用低沉的嗓音说,"我们去我的车里谈,好吗?"

没有必要问他为什么。前门半开着,他的妻子在里面,他们说的任何话都可能被她听去。"随便。"汉娜说。

今天早上天空阴沉沉的,但已经热起来了。夜里气温也没怎么降下来。约翰·布鲁克斯停车时,副驾驶座的车窗在右边。他把那边的车窗摇下来约莫两英寸,自己那边的窗户仍然关着。汉娜扫了他一眼。有的人可能觉得他挺帅的。他长了一张小名人的脸,看起来像个流行歌手或者电视节目主持人,平淡、柔和、易变,说实在的,他的相貌并无出奇之处,除了那双眼睛,虹膜旁的眼白似乎比大部分人多。他很瘦,皮肤黝黑,眼睛是深蓝灰色的。

"出了什么问题?"他用小名人的腔调问,尽管他的语气和基斯·普林斯普的粗鲁相差甚远,但也算不上多优雅。

汉娜的调查工作将在这里取得巨大的飞跃,并不是因为亨利·纳什说了什么,如果他说得不是真的,布鲁克斯完全可以否认。"问题是,布鲁克斯先生,您有半夜开车出去的习惯,安柏·马歇尔森遇害那晚您也出去了。"

"出去了又怎么样?"她的推断是正确的,"我又没杀她。"

"您认识她吗?"

也许他认为这个女警察不会继续追问最初的"问题",因为他好像松了一口气。"当然,这么小的地方,谁都认识谁。她是个好孩子。她遇到问题的时候,我帮她在笔记本电脑上找过东西。"

"我以为您是健康安全员。"

"是的，我是，但我也懂电脑，她知道我懂，主动找我帮忙。"他扫了一眼自己家的房子和半开的大门。"我妻子不太愿意让我和安柏接触，但我和她之间没什么，真的没什么。我把她当孩子看。"

一个有孩子的孩子，汉娜心想。"她的电脑出了什么问题？"

"没什么，真的。现在的孩子都很聪明，擅长玩高科技，但是她不行，掌握不了其中的诀窍。她想让我帮她找一些网站，我就帮她找了。小菜一碟。"

"什么网站？"

"我的意思是说，我教她怎么搜索网站。我不知道她要找的网站是什么。"她看出来他在撒谎，"还有什么问题吗？我要上班去了。"

汉娜伶牙俐齿。"哎呀，是的，布鲁克斯先生，我还有很多问题要问您。如果您现在就去上班，我可以去您的工厂找您。半个小时以后怎么样？"

他叹了一口气，说："有什么问题现在就问吧，问完拉倒。"

"我只是想知道晚上您都去哪儿了。就像您说的那样，这个问题对您来说是小菜一碟，不是吗？"

"我睡不着。开车出去转悠一会儿，有时候回家就能睡着了。"

"转悠了两个小时？您都去哪儿？"

布鲁克斯生气了。他的瞳孔似乎缩小了，瞳孔周围的白眼球却变大了。"我没有义务告诉你。我没做什么错事，是无辜的。我憎恶别人这样审问我。"

"是的，恐怕您有义务告诉我。我没有必要提醒您这是一起谋杀案。知情不报相当于妨碍警方执行公务。"汉娜一直想说这句话，但之前一直没找到机会，"午饭时间我去您的工厂找您。你们几点吃饭？一点到两点之间？"

汉娜突然有了一种可怕的预感,他可能希望她晚上再来,两个人继续关在这辆车里密谈。七点半她要和巴比尔共进晚餐……

当然,工作第一。"如果您更愿意今天晚上在这里见我……"

她很高兴自己主动提出了这个建议。"好吧。如果非这样不可,你就来工厂吧。一点半,行吗?"

"那就定在一点半,布鲁克斯先生。"

他们已经开始在城里和附近的乡下搜寻了。警方要求普林斯普把梅根认识的所有人的名字提供给他们,普林斯普努力照他们说的做。最后还是桑德拉·华纳和她女儿拉莱帮了他。只有找到梅根和安柏都认识的人,警方想要的线索才会出现。本·米勒、克里斯·威廉姆森和詹姆斯·萨森都属于这类人,但他们都说只在一个场合见过梅根一次,也就是拉莱带姐姐去亮闪闪俱乐部那次。女孩们交代的情况也如出一辙,比如,萨曼莎·科林斯、夏洛特·普罗宾和维尔妍·科尔盖特。只有萨曼莎一人在不止一个场合遇到过梅根,而且她很讨厌梅根,韦克斯福德团队的成员无论如何也无法把眼前这个胖乎乎的小萨曼莎想象成那个先往桥下扔混凝土块,后来又挥舞砖头的凶手。

韦克斯福德带着韦恩警官和奥弗顿警员去了马歇尔森家。当乔治被问到她女儿是否参与过贩毒时,他露出一副惊愕的表情。"她还在上学就有了孩子,晚上有一半时间泡在俱乐部里,现在你又告诉我她往泰国和欧洲运送毒品。我到底哪儿做错了?这一切难道都是因为她还是个孩子的时候母亲就去世了?我已经尽了最大的努力。我以为我又给她找了一个母亲……"

"马歇尔森先生,"韦克斯福德说,"我们没说安柏参与了这个交易,我们只是说有这种可能。也许在您的配合下,我们可以确认她没干过这种事。"

"我配合?"

"我们想搜查一下这幢房子,有……嗅探犬帮我们。您会反对吗?"

乔治说他不喜欢这样,但至于反对倒不会,他不会反对的。这似乎并没有给他带来愉悦,布兰德看到巴斯特出现时那副开心的样子反而给韦克斯福德带来了不少欢乐。他不知道,依据"地位尊贵则理应高尚"以及讲究卫生的原则,是否应该允许巴斯特这么优良的缉毒犬热情地舔这个一岁大的客户的脸,总之,布兰德很喜欢它,而且他第一次听到这个小男孩哈哈大笑。当布兰德伸出胳膊抱住这只金毛西班牙猎犬时,一串串珍珠般的笑声在这个悲伤的家里回荡。

然而,巴斯特还有工作要做。它把主要精力放在安柏的卧室,它嗅遍了每一英寸的地板,抽屉里面,衣橱的凹槽,总之,表现得非常专业。结果,它又白干了一场,如果动物也能流露失望之情,巴斯特就是其中的一个。它什么也没找到。

"我想早晚得给这个孩子弄条狗。"乔治说,他的声音里毫无热情,"我猜你不感兴趣,但我必须让自己接受这件事,但是这孩子可能要在这幢房子里长大,我和戴安娜不得不一直照顾他,这样的未来真是不堪细想。就像我刚才说的那样,给他弄条狗,或者弄只猫来。给他找所学校。给他找个大夫给猫啊狗啊的打各种防疫针。找几个小朋友跟他一起玩。真的不敢想。上次我就好像把事情搞得一团糟。为什么现在就能更好呢?我失去了我深爱的女儿。我老了,累了,心也碎了。我是个老人。难道我要用退休后的时间再抚养一个孩子?"

韦克斯福德心想,也许有人会把他从你们身边带走,有人会收养他,一个非常想要孩子的人。"那个失踪的女孩,"他说,"梅根·巴特罗,她和安柏一起去过法兰克福。马歇尔森先生,您和我一样清楚,两个年轻的英国女孩是不会去法兰克福度假的,就像两个年轻的德国女孩也不会来伯明翰。所以,为什么她们要去那儿呢?"

"你认为她们携带了……呃,烈性毒品?"

"这是一种可能性。"韦克斯福德尽量不去正视愁眉不展的乔治,"梅根·巴特罗好像不是安柏的密友。反正在那个周末之前不是。"

"很多女孩来过家里。她可能是其中的一个。安柏说她们要一起去法兰克福之前,我从来没听说过梅根这个名字。那段时间我接过她打来的一个电话,我必须说,我认为我女儿的朋友不该有她那种口音。"

"这么说,她们不是朋友?而是一种商业安排。"

"安柏懂什么商业?"

只要能赚钱,人们很快就能学会这种知识,韦克斯福德心里这么想,但没有说出来。

汉娜刚把车停在专门为内部人员和公司访客预留的停车位,约翰·布鲁克斯就从楼群尽头的一扇绿门里走出来。他迈下了一段水泥台阶,满面笑容地向她走来,还热情地伸出了手,汉娜不禁要琢磨他是怎么跟同事介绍她的身份的。他当然不会透露她是一名警官。说她是目标客户?健康和安全监察员?他推开那扇绿门,把她领进一间摆满档案柜的小办公室。显然,约翰·布鲁克斯为自己准备了茶和咖啡,现在他插上电水壶的插头,让她做个选择。

"我什么也不喝,谢谢。"她不打算把这里变成社交场所,一边喝茶,一边亲切地交谈。

"可惜。你确定吗？好吧，不喝就不喝吧。"

"布鲁克斯先生，咱们闲话少叙，说说我来这里的原因吧。我想知道，您开车出去的那些晚上到底去了哪里。这就是您的妻子睡一个房间，您睡另一个房间的原因吗？这和您打呼噜没有任何关系吧？您假装打呼噜，这样，您就有借口睡在别的地方了，开车出去也就更容易了。"

"我不知道你想让我跟你说什么。"

"您都去哪儿了？请不要告诉我您只是开车出去瞎转。"

布鲁克斯把一个茶叶包放进一只马克杯里，又往杯子里倒入滚开的水。他打开一个抽屉，从里面拿出一包巧克力碎片饼干。"吃饼干吗？"

"不吃，谢谢。您是去见女人吗？"

"如果我说是，告诉你那个人是谁，事情会深入下去吗？"

"如果您指的是我们会不会告诉您的妻子，那么不会，我不认为我们会这么做。"她的话音里不知不觉流露出轻蔑，她看见他开始退缩，"如果这个女人证实您晚上去找过她，而且安柏遇害那晚您也去过她那里，那么，其他人就没有必要知道这件事。请把她的名字和地址告诉我，布鲁克斯先生。"

他在一张便条纸上写下了一个名字和一个彭弗里特的地址。之后，他陪着她走下那段台阶，回到她的车上。她一边开车一边想，他迫不及待地想让她赶紧离开。一旦知道她走远了，他会立刻给那个女人打电话，那个住在彭弗里特福斯特街叫宝拉·文森特的女人。

布鲁克斯的女朋友跟她想象得完全不一样。她以为那个女人怎么也得比格温达小几岁，魅力十足，和格温达形成强烈的反差，是那种穿迷你裙、头脑简单的漂亮妞。然而，给她开门的女人至少有四十岁，一头平直无生气的深色短发，一点妆也没化，身材和时尚杂志的美容编辑所说的"气度非凡"相去甚远。她什么也没说，只是微微地扬起眉毛。汉娜想，这个女人穿的裤子她妈妈以前也穿过，只有一个名字，叫"便裤"。她上身穿了一件脏兮兮的白色套头衫，脚上趿拉着一双棉拖鞋。

汉娜被请进狭窄的门厅，主人没让她再往里走。回答汉娜的问题时，宝拉·文森特说，是的，她是在和约翰·布鲁克斯交往。等他离婚后，他们就结婚。她，宝拉，是个寡妇。他有时晚上来看她。他只有晚上才能脱身。汉娜只是把她的话记了下来，什么也没问，心想，这些女人真够蠢的。如果他真想离婚，又有什么能阻止他告诉妻子他有女朋友了呢？因为他不打算离婚。当然，他就是个骗子，他这样的骗子很多。突然，她想起了五个小时后要和她共进晚餐的巴比尔。他会不同吗？

回金斯马克海姆的路上，她开车经过一群搜索者，这些富有公德心的志愿者大都十二个人左右结成一组，每个组由一名警官带领。她向琳恩·范考特挥了挥手，向前开了半英里，又向凯伦·玛拉海德挥了挥手。她没看见波顿，其实波顿也来了，他正和达蒙·科尔曼，还有其他四个志愿者一起在彭弗里特的大街小巷和空地上搜找。当汉娜回到布瑞姆赫斯特镇议事厅的谋杀案调查室时，琳恩、凯伦和她们的团队已经北上前往苏英伯里了，波顿则带着他的小组去了更大、更可怕的斯道尔顿。

黄昏的时间延长了，九点左右天才会黑下来，因此，在没有灯光照明的地方也可以搜查到很晚。波顿六点半回家吃晚饭，七点一刻回到斯道尔顿,这个时候,达蒙·科尔曼和琳恩·范考特才能脱身去苏英伯里的一个咖啡馆吃了比萨饼。他回来时天色开始暗了下来。

斯道尔顿郊区有一个很大的工业园,市内街道纵横交错,织成一张网,道路两旁是一排排最初为白垩矿工修建的小房子,斯道尔顿不是一个迷人的地方。金斯马克海姆和彭弗里特的居民——尤其是后者——认为这个镇子很难看,但大多数人也承认,椭圆路、矩形路和金字塔路上那些被社会经济地位不断上升的夫妇买下来并重新整修过的小房子使这个镇子的外观得到了极大的改善。他们认为新刷的大门很悦目——韦克斯福德把那些住户称做"彩虹国度"——窗台上的花盆箱富有艺术感,还认为开花的树和修剪过的树篱是文明的标志。住在斯道尔顿的人可以乘坐火车去伦敦上班,如果你不介意一个星期里有五天坐在——更有可能是站在——火车里。

波顿、琳恩·范考特、达蒙·科尔曼,以及一队身穿制服的男女一起搜查了空地和杂草丛生的野生园。然而,这个镇子并不是完全由一大片杂乱无序的工厂以及价值十五万英镑、地上两层地下两层的住宅组成的。市中心街道两旁的房子始建于十九世纪四十年代,曾几何时,这里也散发着十九世纪的优雅气息。维多利亚别墅长条形的带围墙的花园背靠椭圆街用篱笆围起来的小花园。建筑的正面有上下推拉的长窗和造型优美的网状阳台,向上的台阶通向前门,两边用柱子支撑。切尔滕纳姆或者巴思可能都有这样的建筑,它们也曾经和金斯马克海姆类似的建筑一样漂亮过。近些年来,它们被隔成一个个公寓和单间,有的房间还被苦苦挣扎的公司占用,已然显出年久失修的衰败相。最近,这些房子被一个房地产开发商整体收购了,那家公司打算重新翻修。外墙上已经搭起了脚手架,建筑外面罩了一层防护绿网。工人们还没有开始施工,但前花园里已经堆满了砖块、煤砟块和新窗框。

维多利亚别墅的后花园很像一片不久就要变成林地的草坪，花园与花园之间的围墙上杂草丛生，有的长满了荆棘、野玫瑰，爬满了常春藤，或在一年中的这个时候授了粉的毛茸茸的铁线莲。波顿和他的小组把这片荒地从一端到另一端搜了个遍，在夕阳闷热的光亮中，他们挥动棍子击倒一棵棵荨麻，掀起织成席子的荆棘。他们找到的是空罐子、包薯条的纸、避孕套、包蛋卷冰淇淋的纸、啤酒瓶、一只高跟鞋、一个冰箱用制冰盘、一支注射器、一张彩票和一张《现代启示录》①的DVD光盘。那只高跟鞋一度令他们很兴奋，直到琳恩指出，这只鞋是四十一号的，梅根穿三十八号的鞋。

虽说暮色来得很慢，但很快他们就需要借助人工光亮了。

"今天就干到这儿吧。"波顿说。

女人永远不要为了男人梳妆打扮，汉娜对这个观点深信不疑，这是她的一个生活准则。一来，男人从来不注意女人穿什么，他们只在乎她好不好看；二来，如果男人出门约会的时候从来就没动过一丝买件新衣服穿的念头，女人为什么要用这种方式去迎合他们呢？她相信这个原则，通常也会遵守这个原则，但今天不一样，当然，坚持原则也不会有什么差别。然而，确实有差别。当她在这个炎热的夏天洗第三个澡时，她暗自承认，她真的很喜欢巴比尔，这种感觉让她很不自在，最好从一开始就有一个清晰的立足点。就像今晚。所以，不管什么原则不原则的，她穿上她最性感的衣服，在脸上花了很多工夫，还

---

① 《现代启示录》，美国导演科波拉拍摄的一部战争史诗片。

让新买来的护发素在头上多停留了五分钟。

　　鞋跟太高了，她担心穿上有的高跟鞋自己会比巴比尔还高，但这个念头刚一成形，她就责骂自己怎么会有这种想法。为什么要落入这个俗套？哪个官方机构、权力部门或者决策者颁布法令要求男人必须比女人高了？即使曾经颁布过类似的法令，现在也已经过时了，不重要了。她把脚塞进跟儿最高的那双鞋里。黑色的漆皮高跟凉拖，穿着它走路挺费劲的，但她也没打算多走路。身上喷了DKNY的克什米尔凝雾女士香水，化上淡妆，她已经做好了见巴比尔的准备。他们约好七点半见面，她当然不会准时到，女人不想让别人看出来自己的心情太急切，差二十五分八点到比较合适。

　　晚餐吃到一半时，汉娜把话题从那个商店上引开。这是他们的共同话题，所以先谈这个也是很自然的事。从犯罪和犯罪治理过度到同事的个性，这个转变很迅速，但汉娜并没有因为和下级讨论韦克斯福德的性格而感到不安。毕竟，她除了称赞他，还是称赞他。没有必要提及他对某些东西所持有的老派的态度，特别是语言，还有他对书籍古怪的偏好，他不喜欢录像带、DVD和CD，毕竟，这也没什么好奇怪的。

　　但半个小时后，她感觉——用她最喜欢的话来说就是——该换个话题了。她喝了很多葡萄酒，但并不是葡萄酒让她变得这么好色的。谁看到巴比尔都会这样。他负责开车，当然只喝了半杯夏多利白葡萄酒，其余的时间他一直在喝矿泉水。但为什么"当然"如此呢？他们住的地方离得不太远。她是打车来的，他们也可以一起坐出租车回家。她憋了一肚子火，别看桌子那头的巴比尔笑得那么甜，明明她的手就放在桌布上,他却不把自己的手放在她的手上。他的目光也一次都没和她的目光相遇过。不奇怪,也许,在他兴致勃勃谈论波顿如何与他的团队成员愉快相处时,汉娜是否注意到巴比尔和电视上那些粗暴无礼的警察是截然相反的吗?

她把谈话的内容导向各自的私生活,她得知巴比尔的父母住在萨默塞特。他父亲是个会计,母亲嘛,呃,从来没工作过,她只是他和他的兄弟和两个姐妹的母亲,还有他父亲的妻子。汉娜当然不同意这种说法,但现在不是说这种话的时候。更令她惊愕的是,他大姐的婚事是由父母亲包办的。她无法掩饰内心的震惊。

巴比尔大笑道:"我说的是'包办',不是'强迫'。"

"还不是一样……"

"汉娜,关键是不一样。拉米拉的丈夫算是她的表哥,远房的表哥。他们起初不认识,经人介绍后,他们一见钟情。如果她不喜欢他,或者他不喜欢她,也许是一回事。他们不是被迫结婚的。我看不出这和通过婚姻介绍所相亲有什么不同,况且,这种方式更安全,也更得体。拉米拉和坎迪生活得很幸福,拉米拉就要生宝宝了。这是我父母的第一个孙辈。你可以想象他们有多么兴奋。"

"你会这么做吗?包办婚姻?"

"我们谈的不是我的事。"他说。是啊,汉娜想,我们还没谈你的事。根本就没谈。只谈你的家庭。至于你想要什么,你的目标是什么,你的梦想是什么,你只字未提。一句没谈你的女朋友,你肯定有过很多女朋友。他长得这么帅,肯定得拦着她们点儿,否则,她们会扑上来。"现在你可以跟我谈谈你自己的生活。"他说着又给她倒了点葡萄酒。

她没他那么谨慎。她最不想给他留下的印象是,她过着他姐姐那样的生活,在包办婚姻签字盖章之前一直守身如玉。她谈起几次自己做出过'承诺'的恋爱,也说起到更多次随意的邂逅。如果他理解成她只对严肃的长期伙伴关系感兴趣就太糟了。她希望在他的脑子里植入这样一个概念:男女之情是轻松愉快且富有激情的。她边说边观察他的脸,然而,他的表情始终没变,还是那么的和善友好,似乎感兴趣,但并不投入。

餐后甜品是甜酒配意式奶油布丁,但她拒绝了,反之选择了脱因咖啡。性感是一码事,而脚步不稳和——糟糕的想法——打嗝就是另外一码事了。这是一个炎热的夏夜,巴比尔不能帮她穿大衣,也就没有机会搂住她的肩膀。餐馆外灯火通明,但停车场的光线有点暗。城里的停车场不适合调情,乡下的可能很不一样,四面被树篱围起来,悬在头顶的粗大树枝上的叶子随风摇动,除了星期六晚上,平时也不会停满车。穿过草坪,或者在紫杉搭起来的拱门下走过时,也许巴比尔会拉起她的手,或挽起她的手臂,但是他没有这么做。甚至为她开车门时,他的手都没碰一下她的肩膀。

遇到汉娜这种情形,女人的第一反应是这个男人可能是同性恋。她知道巴比尔不是,尽管她也无法确切地说明她是怎么知道的。如果有人说自己知道一个事实,但这只是她的感觉,她会鄙视这种回答,但现在她就这样。她感觉是这样。她知道是这样。当然,等他们回到她的公寓,事情就会变得容易了。那天下午,她把一瓶香槟酒放进冰箱,还换了干净的床单,尽管床单是两天前刚换过的。他住的地方离她家只有四分之一英里,他喝多少酒都没关系,反正,他也要和她一起过夜。

"进来坐坐吗,巴比尔?"

他把车停在德雷顿宫外,看到他把车钥匙从点火开关上拔下来,她的心怦怦直跳。回家的路上有个声音一直在她耳边低声说,万一他拒绝怎么办？他同意了，他为她开了车门，又开了花园的门。他转过身，按下遥控钥匙锁上车门时，她的心又小跳了一下。如果他只是看着她上楼进家门是不会这么做的。

然而，没走多远，没过多久，他就拒绝了她喝酒的邀请。

"你知道是怎么回事，汉娜。只要你和我中间有一个人越界就完蛋了，我们不像普通人那样可以平安度过去。"

"喝半杯酒不会让你越界的。"

他们并排坐在沙发上。在她恳求的目光中，他把一只手放在她的膝盖上，他把身子靠过来，微笑着摇头。她感觉晕乎乎的，不是酒的缘故，而是放在她腿上那只细长的手。

"你没有必要回家。"这句话她说过很多次，采用过各种版本，她怎么也不相信这次自己竟然如此的羞怯，如此的没自信。"你可以留下来，"他扬起一只眉毛听她说，"陪我。"她说。

突然，他好像比她大了很多岁，其实，他比她还小一两岁呢。他用那只搁在她膝盖上的手抓起她的手，放在嘴边亲了一下。接着，他站了起来，一脸的慈祥真令人尴尬。"我真是受宠若惊。你是我认识的最漂亮的女人，戈德史密斯探长。你这么说我很开心。"他亲了一下她的脸，"我得走了，但很快我就会告诉你为什么不能和你一起过夜。"

她说不出话来，只是点了点头。

"我不是同性恋，也没和任何人交往。晚安。"

他们来到维多利亚别墅，正向轿车和货车走去，这时，一个上了年纪的女人向他们走过来，不是朝着波顿，而是朝着比奇警员。过后想来，波顿还要感谢"警服"。如果他们穿的是便衣，那个发现还要推迟几个星期。因为他确定,如果这个女人没看到让她感觉可靠、令人安心的四个穿深蓝色制服、戴警帽的警察,她就不会走过来哭着求他们帮忙营救她那只走失的猫。

她自称莱尔太太,波琳·莱尔。"我不是要你们去找它。"她说,"我知道它去哪儿了。我能看见它。你们抬头看那儿。"

波顿看了。光线还算充足,透过防护绿网的缝隙,他看见楼上的一个窗台上蹲着一只橙色和白色相间的大猫。那只猫咧着大嘴,似乎在不断地哀号。这时他最不想做的就是想办法进入那座房子,费力去抓那只愚蠢的动物。波顿不喜欢猫。当然了,他们还是得进去,别无选择。

"怎么进去最好,警官?"他对比奇说。

"从后门进去,长官。看起来不太安全。我们在后面的时候我注意过了。"

猫的主人问能不能跟着进去。他想,她会碍事,但从另一个方面来讲,猫找她的可能性比其他人大。"好吧。"他说,"我们进去看一眼。"

琳恩·范考特、达蒙·科尔曼和剩下的人领命回家了。波顿、比奇和波琳·莱尔穿过齐腰深的荒草、钩裤子的荆棘和不遵守一年最后的四个月不能扎人原则的荨麻绕到房子后面。向上走四个台阶就到了四号的后门。门上斜钉着几根板条,里面是一块窗玻璃。波顿不想打碎玻璃,也没有这个必要,因为摘掉板条,门自然就很容易打开,因为门锁坏了。他们走进一间装修风格在二十世纪五十年代很时髦的大厨房。当他们走出厨房,来到楼梯旋转而上的过道时,猫的号叫声听得清清楚楚。

"哦,可怜的金格尔。"莱尔太太大喊道。她跑上楼梯,看不出来她的动作竟然如此敏捷。

波顿不是研究维多利亚时代早期优雅的学者,否则,他会兴致勃勃地仔细观察磨损、开裂、残破的吊饰天花板嵌条、拱形凹室和弧形栏杆。房子里散发出一股烂木头的气味和尿臊气,还有一种气味,比奇说是耗子味。"金格尔可能就是循着这个气味摸过来的,长官。"比奇又说。

波顿不在乎金格尔的动机是什么,他也不认为那是老鼠的气味。他闻过这种味儿,当时他还希望再也不要闻到这种气味。他担心顶楼有什么,于是跟着比奇上了楼梯。然而,除了那个气味,什么都没有。这个楼层一共有三个房间,所有房门都敞开着,莱尔太太站在最大的那个房间里,怀里抱着一只猞猁大小的猫,她正对着它轻声哼唱。

"真不知道该怎么感激你们才好。"

他想让她离开这里。当然,如果这个气味是他认为的那个……"夫人,请您把住址留给我,如果您愿意的话。"

"哦,当然可以,非常愿意。我住在椭圆路五十二号。"

"好的。您把这只猫——呃,金格尔,对不对——带回家吧,我们要把这个房子锁起来。"

回头大声说了好几句谢谢,她抱着猫下了楼。波顿听见后门外传来她的脚步声。

"肯定在什么地方。"他对比奇说,"这儿的灯亮不了吧?"

"亮不了,长官。我试过了。"

"我打电话叫人来支援。让他们带上照明工具。"

波顿打完电话后他们开始搜查这个楼层的房间。每个房间都有一个壁橱,其中一个壁橱有屋子那么大,人可以在里面走来走去,但壁橱里只有卷起来的地毯和壁纸,还有一只死耗子。比奇似乎觉得这只耗子证明他刚才说得对，但他也承认这不是他们要找的东西。这时，天已经黑了，唯一的亮光来自挂在高处的街灯，然而，防护网将亮光弱化成一种怪异的泛黄的绿光，投射在地板和墙面上，犹如镀了金的清漆。他们继续往楼上走，脚踩在没铺地毯的楼梯上，发出很大的动静，越往上爬，那个气味越浓。天闷热得几乎令人难以忍受，挑剔的波顿感觉汗水顺着两个腋窝向下流，弄脏了他牡蛎色的衬衫。幸好天黑了，被汗浸湿的地方显不出来。他想，以后只要见到阴郁的石灰绿，他就会把这个颜色和死亡的气味联系在一起。

楼梯顶端有一个平台，这里有三扇门。推开第一扇门，他忽然感觉很恶心，几乎干呕出来。房间里光秃秃的，木地板上横陈着一道长方形的光，颜色是硫黄铬的，黄疸一般的颜色。远处的角落，黄色的光亮那边漆黑的阴影里，他隐约看到一扇门，门上有一个球形把手和一个钥匙孔。

"他可能锁上门以后把钥匙拿走了。"

"那是衣橱吧，长官？想让我把门砸开吗？"

"先检查一下门是不是锁着。"

门当然锁着。比奇是个身材健硕的男人，他用肩膀顶住门，撞到第二下，门就猛然开了。波顿会说那个气味不可能更糟了，但事实上的确更糟了。他的眼睛已经慢慢地适应了黑暗的环境，他将会分辨出那个气味的源头。他看见颜色如胆汁一般的灯光照在金色的长发上，当前来帮忙的人的脚步声在楼梯上响起时，他用手绢捂着鼻子向前迈了几步，想看得更清楚一点。

他们拿来的手电筒照见有个姑娘的尸体瘫靠在衣橱的后墙上。在黑暗中，她的头发光滑且富有光泽，甚至有点晃眼，但走近了才看到真实的情况，她的头发一绺一绺的，沾满了干涸的血迹。深红色的砖末沾在她的脸上，在她黑色的T恤衫上留下污渍。白色的高跟凉鞋还套在她的脚上，一只胳膊上挂着一个白色的手袋。

波顿见过这种包，只是那个包是黑皮的、装饰着镀金的搭扣和铜钉，并用带扣的小包进行装饰，那个包挎在桑德拉·华纳——也就是梅根·巴特罗母亲——的胳膊上。

14

毫无疑问,这个死了的女孩就是梅根·巴特罗。尸体旁的手袋里装着信用卡,卡里的钱没有安柏随身携带的多,也没有违禁物品。除非凶手洗劫了她的手袋,否则正好印证了韦克斯福德的观点,有些女人只把手袋当成迷人的装饰品,其实里面没放多少东西。梅根的钱包里装了一张十镑和一张五镑的钞票,此外还有几镑硬币和一个五十便士的硬币,除了一副少了一只镜片的太阳镜外,没有化妆品,没有纸巾,没有手机,也没有香烟。

韦克斯福德和波顿坐在韦克斯福德的办公室里,留下小组成员继续在维多利亚别墅和椭圆路那个区域挨家挨户地询查,并找出那幢房子的主人。

"肯定是毒品,"波顿说,"否则,安柏·马歇尔森上哪儿去弄那么一大笔钱?除了贩毒或者运毒,梅根和普林斯普怎么可能有钱买那些电器?"

"我们没有梅根吸毒、贩毒或运毒的证据,"韦克斯福德说,"我们能把两个女孩联系在一起的事实只有她们见过面,通过电话,一起去过德国。你仔细想一想,这件事本身就很蹊跷。社会等级这个东西从我年轻的时候开始就发生了巨大的变化,但有些关乎人性的东西从来就没变过。安柏的家庭,即使说不上富有,至少也算小康,是,她的确没上过私立学校,但她就读的那所公立学校的知名度也很高,后来,她又上了一所著名的预科学校。孩子出生后,她主动返回学校参加高中毕业考试,还打算去大学深造。她的男朋友,也就是孩子的爸爸,也有相似的背景。父亲是前议员,儿子是爱丁堡大学的学生。

"我们再说说可怜的小梅根。她由一个通常被称为单身母亲的女人抚养长大,尽管她母亲给她找了好几个继父,但她从小就辗转于各个穷街陋巷。她十六岁就辍学了——我不怀疑这一点——做了商店的售货员,然后和基斯·普林斯普这种人生活在一起,他很有可能从来就没工作过,尽管这个国家发生了巨变,但这些不工作的游手好闲之辈却会得到很好的照顾。说得好听一点,如果不是商业伙伴关系,又有什么能把这样两个女孩联系到一起呢?"

"毒品,就像我说的那样,"波顿说,"至于她们是怎么走到一起的,应该是梅根的妹妹拉莱介绍她们认识的。最初拉莱是安柏的朋友。"

"你说得对,虽然拉莱和梅根出自同一个家庭,但她和她姐姐梅根完全是两种人。她也许是个异类。她和她姐姐上的不是同一所学校,她和安柏是同学,不管怎么说,她受教育的时间更长。她打算出人头地。你看她的穿着打扮,还有口音里流露出来的向上爬的野心。我不认为她把姐姐介绍给安柏是为了让她们成为朋友。我觉得她和安柏一起出去玩的时候,碰巧遇上了她姐姐,所以不免要介绍一下。"

"这不是一次偶然事件吧？她们肯定还在拉莱不知情的情况下私下联系过。其中一个人，很可能是梅根，意识到安柏身上有某种东西，也许是她的外表，也许是她说过的什么话，也许是她用过的某些词，总之，她觉得安柏会是一个合适的，呃，商业伙伴。"

"这些我都明白。你说的基本都对。但她在安柏身上看到的是毒品吗？那个'击败稳定的习惯力，却创造突发的不规则力，毁灭了生命的自然力，却开发出异常阵发的间歇力'的东西？"

"什么？"

"德·昆西①。我一直在读他写的那本《一个英国吸食鸦片者的自白》。韦克斯福德站起身来，看到波顿那一脸茫然的表情和目瞪口呆的样子，韦克斯福德几乎笑出声来。为了加强他的震惊感，韦克斯福德又说："不是为了工作，是为了好玩。"

"哦。"看到波顿装出一副很有礼貌的样子，但心里依然困惑不解，韦克斯福德忍俊不禁。

"不管怎么说，如果她们真的运过毒，也肯定不是鸦片。贩毒分子不吸毒——通常是这样。但我并不认为她们合伙的是毒品买卖。"

所有人，不只是韦克斯福德和波顿，都知道坚持先入之见的危险，但每个人都在这么做。一个穿连帽衫的男人的想法深深地刻在他们的脑海里。车祸发生时，有人看见一个穿连帽衫的男子出现在约斯通桥上；八月十一号，安柏遇害那天，又有人在林子里见过一个穿连帽衫的男人。安柏和梅根有联系，她们的死有联系，显然，一个人的死导

---

①德·昆西（Thomas De Qujncey，1785—1859），英国散文家、英国浪漫主义运动的主要文学批评家之一。

致了另一个人的死。因此,所有人从最初挨家挨户调查时开始就希望听见有人说在维多利亚别墅附近见过这个穿连帽衫的男人。但他们找来谈过话的人里没有一个人给出他们所期待的信息。

莱尔太太的家装修得像个猫窝。起居室基本上被猫爬架占了,小树那么大的架子由柱子、栏杆和平台组成,上面要么盖着毛毡,要么系着绳子。占据另一个角落的是猫抓柱和猫抓盘。分隔间下面那块地方被猫的水碗、食盆和点心盘占了,落地窗的对称美被一个设计先进的猫用活板门破坏了(在波顿看来是这样)。一只被猫撕咬得不成样的布兔子被丢弃在一旁,就像一个孩子玩腻了的玩具。而此刻,这些主人慷慨赠予的财物的拥有者正直挺挺地躺在一张三人沙发的正中央,有谁想在它身边坐一会儿都不可能。

波顿拉过一把高直背的小椅子坐下,趁莱尔太太去沏茶的工夫,他嘴里发出咝咝声对金格尔骂了几句经过深思熟虑的话。茶和蛋糕端上来了。还在睡觉的金格尔打着小呼噜,做梦的时候,它的身体还会抽动几下。莱尔太太的花园背靠维多利亚别墅四号的花园。过去的这一个星期,她透过落地窗看见了什么吗?她有没有看见什么人从后门进去或者出来呢?或者看见什么人抬着彩色玻璃窗和新艺术曲线风格的栏杆从优美但破败的落地窗进去过?

"金格尔要是会说话就好了,"莱尔太太说,"它肯定有很多故事可以讲。它花很多时间待在那个花园里,那里对它来说就是一小片林地。当然了,你跟它说的每一个字它都听得懂,它是一只特别聪明的猫。只可惜它不能说话。"急于为宠物的缺陷辩护的她又说,"猫不会说话不是因为它们不够聪明,而是和喉咙的形状有关,这是我在一本猫咪杂志上读到的。"

"但是您看见什么了,莱尔太太?"

"有时候我想，我就不该让它去那儿。我的意思是，根本就不该让它出去。朋友们告诉我不该这样，真的，只要它不见了，我就担心。我想说的是，它在那个房子里什么事都有可能发生。不管是谁杀死了那个女孩，那个人都会毫不犹豫地杀死一只动物，不是吗？"

"很有可能。"

波顿心里念叨，随便她怎么说吧，无论她再怎么神乎其神地吹嘘金格尔通人性，也不管她说自己多么为它的生命安全担忧，自己都要保持礼貌，继续问下去，同时要讲究说话的技巧，多为对方考虑。也许他应该调整一下，换一个更适合这户人家的方法，从金格尔的角度提问。于是，他使劲咽了一口唾沫，深吸了一口气，再次开始问问题。

"您认为金格尔在维多利亚别墅四号的后院见过什么可疑的人没有？比方说，如果它在，呃，它常去的地方遇到陌生人，它会不会紧张？"

幸亏他是一个人来的！想象一下，如果巴里·韦恩和凯伦·玛拉海德听到他说这样的蠢话会做何反应。显然，这个方向是正确的。莱尔太太一边用手爱抚着金格尔又大又尖的脑袋，一边急忙向波顿保证，她的猫什么也不怕，什么人也不怕。它勇猛得像头狮子。比如，一个多星期以前的那个星期六的晚上，天刚擦黑，金格尔以惊人的速度从外面冲进来，只听哗啦一声巨响，它把活板门撞得直晃。她向外看了一眼，她当然会向外张望，她看见一个男人站在四号的落地窗前向内看。

波顿在这方面是个有经验的老手，他不会问她那个男人有没有穿连帽衫，尽管他心里想着这个问题。他说："他长什么样？"

他背对着她，波琳·莱尔说，他什么也没干，只是盯着里面看。她不喜欢他站在那里，她认真考虑过要不要报警，但突然，那个男人转过身来，穿过花园，朝通向金字塔路的那段将要倒塌的院墙走去了。

"也许我真该叫警察来。像他那样四处走动吓唬动物是不对的，不是吗？"

"如果再见到他，您还能认出他来吗？您能描述一下他的样子吗？"

波琳·莱尔又给波顿倒了一杯茶。波顿在莱尔太太脸上察觉到一丝遗憾，因为她不能给金格尔也倒一杯。

"我只知道那个人很瘦，个子挺高的。你知道，当时天已经黑了。"

"他戴兜帽了吗？"现在他不得不问了。

"兜帽？哦，不。天那么热。你知道那几天是什么温度。他穿了一件——你们管那种衣服叫什么来着——T恤衫？"

波顿感谢莱尔太太的茶水款待，然后起身告辞。他低声骂了一句，摘掉沾在深灰色亚麻裤子上的金格尔的毛。这条街上至少有十幢小房子背靠维多利亚别墅的花园。波顿经过四十八号门前时，恰好凯伦·玛拉海德从里面走出来。

"住在这儿的老头儿说他的视力不太好，连自家花园的尽头都看不见，更别说看到那个后门了，但四十七号住着一个女人，她非常肯定地说，那扇门上的板条是这个星期才钉上去的。"

"你去四十六号问过吗？"

"还没有，长官。"

"那我们一起去吧。"波顿说。

斯皮尔太太家里没养猫，但她身后跟着一条疑神疑鬼的哈巴狗，笼子里有一只蓝色的相思鹦鹉，她的丈夫是个坐在轮椅上的残疾人。约翰·斯皮尔的轮椅就停在落地窗前，由于花园向后墙略有倾斜，维多利亚别墅的全景可以尽收眼底。他身旁的桌子上放着一副小小的双筒望远镜。

"大部分时间没什么令人兴奋的东西可看，"他对波顿说，"不过，我还是会看到一些令人惊奇的东西。春天的时候，有一只狐狸在那儿安了家，应该说是筑了窝。她在那儿生下了幼崽，我就坐在这里看它们玩耍，一看就是好几个小时，是不是这样，艾琳？"

椭圆路的住户都对动物着迷，波顿心想，幸亏还有斯皮尔先生这个上帝的恩赐。除了斯皮尔先生，他再也找不到一个整天像生了根似的固定在一个地方的人，而且你要知道，在这十幢房子里，他们家是最佳的观察点。

"这里还有很多鸟。后半夜我会被鸟叫声吵醒。不过，鸟总比那些谈情说爱的情侣好。如果他们是在谈情说爱的话。我年轻那会儿人们对这件事有不同的说法，我们认为应该先结婚。"

"您注意到那边后门上的板条了吗，斯皮尔先生？"

"钉上以后才注意到。以前没有，从来都没有，我们在这儿住了二十五年了，突然有一天就有了。早上八点，艾琳把我推到这儿，这些年一直如此，我朝那边看了一眼，对她说：'那些木头是新的。'她问：'什么木头？'我说：'维多利亚别墅四号后门上的木头。'"

"没错。"斯皮尔太太说，"我也看了一眼，然后说：'没错，杰克。那些木头确实是新的。真奇怪，为什么要钉木板呢？'然后他说：'肯定有人破门而入过，所以他们才会这么做。'"

"您记得第一次见到那些板条是哪天吗？"凯伦说。

"让我想想啊。"

约翰·斯皮尔想问题时，那只相思鹦鹉唧唧喳喳叫了起来。外面的荒地里，一阵大风吹过灌木丛，吹得叶子不停地摇晃。没有狐狸，没有人影，也看不见鸟，只有炎炎的烈日炙晒着大地。

"我想起来了。"约翰·斯皮尔突然说,"不是我们在那儿见到那位年轻的女士的第二天,而是第三天。见到她那天是,呃,傍晚,差不多六点钟左右,天空布满了乌云,我对艾琳说:'终于要变天了。'但是没有,第二天,天又热起来了,第三天,他们就在门上钉了板条。"

"那位年轻的女士会是谁呢,斯皮尔先生?"

"虽然我说'年轻的女士',但她们穿超短裙的时候,我是不会称呼她们女士的。她穿了条超短裙,在灌木丛里走来走去。我猜,她是从金字塔路那边进来的,那儿有一堵快要倒了的墙,所有人都从那儿进进出出。她走上台阶,来到门口,看了看。也没想开门进去,就在那儿看了几眼就走了。"

凯伦掏出梅根·巴特罗的照片,斯皮尔先生和太太都看了。

"说不好,但长得很像她。头发差不多,是不是,艾琳?"

"绝对是她。"斯皮尔太太说。

"您肯定这是板条钉起来两天前发生的事吗?梅根是九月一号遇害的。为了加固那扇门,板条应该是在当天晚上或者夜里钉上去的,您是在上午看到他们的。她九月一号来过这里,不是八月三十一号。"

"我是三十一号那天看到的她。"斯皮尔先生坚持己见,"那天,天空乌云密布,我想,那天是星期一。是不是星期一,艾琳?"

"肯定是星期一。"艾琳说,"我们不可能在星期二见到她,星期二救护车来接杰克去做理疗。哦,不是救护车,现在他们给它起了一个花哨的名字,什么'无行动能力人士运输车'之类的名字。车说好九点到,但十点差二十才来,即便是这样,我们也得从家里出来在门口等着,不是吗?然后在医院一待就是一天。"

"星期二我不可能见到她,就像艾琳说的那样,我要在医院待一天,直到下午四点。"

"日子弄错了。"和韦克斯福德一起向停尸房走去时,波顿说,"但他坚持认为是星期一见到的那个女孩,而不是星期二她遇害那天。他们看见一个男人朝四号窗内看,但不是我们以为的那个穿连帽衫的凶手。"

"那就是不穿连帽衫的凶手吗?天很热,就像莱尔太太说的那样。"

"八月十一号也很热,但他还是戴了兜帽。两个女孩都是在星期二死的,这有什么特殊的意义吗?"

"我们还不确定梅根死的那天是不是星期二。"

"可是卡瑞娜·拉克斯顿确信就是那一天。'她死的那天是星期二,九月一号。'一个小时后,她说:'发现尸体时她已经死了四天了,我认为是那天早些时候死的,不是下午四点以后。当然不是。可能是上午十点钟左右。'"

"你不能说得再具体一点吗?"波顿的口气有点急躁。

"不行,这么热的天,衣橱里还关着一具尸体。我想,你知道她怀孕了吧?"

"不知道。"韦克斯福德说。

"算大月份妊娠,差不多十四周了。"

韦克斯福德和汉娜在桑德拉和李·华纳家中找到了普林斯普。拉莱不在,这个地方显得很凌乱,甚至给人一种很奇怪的肮脏污秽之感,仿佛这个女孩在的时候,周围也会自然变得整洁有序,一旦她离开,这个地方就如释重负一般松了一口气,回复到正常的状态。穆里尔坎普登小区的这间公寓是遭丧之家，但悲痛之情并未影响到李·华纳的胃口。他坐在电视机前那张中间凹陷下去的沙发上，正啃着一个上面放了一个煎蛋的汉堡包，双份薯条，以及厚厚的一片煎面包，这些食物都浸泡在番茄酱里。开门让他们进去的是他的妻子，她在 T 恤衫外面套了一件脏兮兮的发白的晨衣，下身穿了条宽松的运动长裤。她说了声对不起，离开了一会儿，回来时，手上拿着一盒纸巾，还用纸巾擦着无泪的双眼。普林斯普的膝头也放着一个类似华纳那样的盘子，只是他把盘子放在那儿没动，食物已经凝结成了一团。桑德拉把一只手放在他下垂的肩膀上，说："看来，你们抓到那个作孽的畜生了？"

"你们没告诉我们梅根怀孕了。"汉娜说。

"你们什么？"

"梅根怀孕了，华纳太太。想来您不知道。"

"太他妈对了，我不知道，基斯也不知道。你说怀孕是什么意思？肯定是搞错了。"

"因为我已经切了。"普林斯普抬起苍白的脸，嘴张得大大的。

要不是桑德拉动作迅速，伸手一把接住，盘子就从普林斯普的膝盖上滑下去了。"他的意思是，他把输精管结扎了。"她说。

"输精管切除术——哦，我明白了。"听他如此暴露隐私，汉娜泰然自若，韦克斯福德也没吃惊，"尽管如此，她还是怀孕了。"

桑德拉·华纳坐下来点着一根烟，说："基斯有六个孩子，还是七个，基斯？不，是六个。孩子是——"她停顿了一下，绞尽脑汁，结果说，"上一段感情留下的。他不想再要孩子也是合乎情理的。当然，梅根也有一个孩子。我的意思是，孩子被别人收养了。但是说到底，这样更好。梅根希望孩子的生活有个最好的开始，但她没有能力给他，虽然放弃他是件令人痛苦的事。"她把烟灰弹在普林斯普的盘上里已经结成块的鸡蛋、汉堡包和薯条上。

"联系不到一起去。"波顿说。他和韦克斯福德坐在后者的办公室里,吃着琳恩·范考特送来的三明治,"梅根星期一去维多利亚别墅四号干什么?星期二她在那儿。凶手星期六晚上在那儿干什么?"

"如果你这样看,所有的事都可以联系在一起。"韦克斯福德说,"凶手和梅根有个约会,这次见面和梅根、安柏做的那个生意有关,他可能就是组织者。他把见面地点定在了维多利亚别墅四号。为什么,我们暂时还不知道。可能他在那儿工作过,甚至生活过。星期六他去那里核对情况,并且找到了最容易进去的方式。

"他和梅根说好在那里见面,时间嘛,应该是星期二,九月一号,上午九点半。他可能告诉梅根那个房子是空的,马上就要易主,房子后面还有一个荒废的花园。她从金字塔路那边过来,穿过几个花园,通过某种标记来辨认四号所在的位置,比如,门上刷的油漆的颜色,或者落地窗的彩色玻璃之类的。走上四级台阶后,她发现上面的门没锁。"

"是啊,好吧。"波顿拿起三明治上面的那片面包,盯着下面的咸牛肉、土豆沙拉和半个西红柿。"人造黄油。"他说,"还能期待什么呢?你说得都对。我也都明白。只是她应该在星期二做那件事,而不是星期一。"

"不,她知道要去那儿可能心里有点不安。现在我们知道了,我们眼中的凶手可能是一个令她畏惧的人,她也有理由惧怕他,所以,星期一下班后,为了验证一下他的指令是否正确,她去了一趟金字塔路,这不是很自然的事吗?走进花园,四处察看一下,试着开一下门,哪怕只是看一眼那扇门。如果一切都像他说的那样，在一定程度上，她就安心了。"

"星期二上午她又回去了。写了张纸条贴在高高斯商店的门上，然后坐公车到斯道尔顿，再经由金字塔路走进花园，来到四号，她发现后门没上锁。杰克·斯皮尔没看见她是因为那时他正在大门口等救护车接他去医院做理疗。你觉得这个说法怎么样？"

"还不错。很有可能是这样。你的三明治好吃吗？"

"如果没有蛋黄酱还凑合，只是里面夹的基本上都是蛋黄酱，我讨厌这个东西。对了，汉娜找到维多利亚别墅的业主了，是家公司，全称是伊安诺伊德斯股份有限公司。业主有两个，是一对表兄弟，住在塞浦路斯。你可能已经想到了，他们对可怜的梅根毫无兴趣，只是她遇害的地点属于他们的房地产项目，工程竣工后公寓楼的销售情况可能会受到影响。"

"他们和承建商签合同了吗？"

"斯道尔顿的鱼与子公司负责主要工程，苏哲瑞－桑菲尔公司负责装潢。显然，这些公寓，或者说"公寓套房"——这是开发商们的叫法，招股书上是这么写的——要被"重新改造"成非常优雅时髦的样子。维多利亚风格的天花板嵌条、镶板、仿古球形门把手、木雕、指板之类的东西。苏哲瑞－桑菲尔公司专攻木工活、抹灰和修复技术等等。"

"你不觉得这个名字很滑稽吗？"波顿说，"过耳不忘。这些人进过四号吗？"

"我想他们进去过。看一眼，报个价。至于开工的日期，得等到下月底了。"

* * *

他在温暖的暮色中步行回家，一路上，他想着梅根·巴特罗。她已经有一个孩子了，后来又怀孕了。那个孩子的命运如何？这些人似乎用特别漫不经心的方式对待自己的孩子，随随便便就怀了孕，这一点毫无疑问，孩子出生后又被他们随随便便地处理掉，然而，当然了，说起"家庭"这个词时，它也许被赋予了从未有过的分量，并对它充满了敬畏之情。基斯·普林斯普有六个孩子，显然他放弃了这些孩子的抚养权，把他们丢给他们的母亲或者母亲们。还有布兰德，他的思绪经常会回到布兰德身上。

小男孩还有一个奶奶。也许在他——韦克斯福德——看来，薇薇安·希尔兰德不是一个很有母性的女人，她留给他的印象与她如何对待布兰德或者布兰德如何看待她没有任何关系。他回忆着去那个有大门的宅子，试图想起希尔兰德太太是否流露出一丝一毫的温柔体贴，但他怎么也想不起来了，不过至少他从记忆中找回了其他的东西。他想起他在哪儿见过桑菲尔这个名字了，希尔兰德家的前花园里立着一块牌子，上面写着：苏哲瑞-桑菲尔专业装潢与修复公司。他们在起居室向她打听情况时，一个被她称做罗斯的男人把头伸进来，她说是戴安娜·马歇尔森推荐的他。这个联系意义重大吗？

他女儿的车停在路边。他告诉自己，见到孩子他总是很开心，但今天晚上，此时此刻，他宁可西尔维娅不在，他希望单独和妻子在一起。近来，朵拉像是变了一个人。他们单独在一起的时候，她总是不停地抱怨西尔维娅的所作所为，还没完没了地指责他对她"太过宽容"。

然而，此刻西尔维娅就在里面，挨母亲的训。他先是看到了他的外孙们。他们正在花园里那个用软管做成的喷泉里玩耍，没注意到他回来了。西尔维娅坐在一把扶手椅上,她转过身,面向敞开的落地窗,她母亲则坐在窗边的另一把扶手椅上,这次是她女儿在发表长篇大论,他走进房间时,她们俩都没听见他的脚步声。

"不是我介意玛丽,她是个好人,我真正介意的是娜奥米派她暗中监视我,而她也很高兴配合她这么做。她养成了顺便来坐坐的习惯,总想知道我感觉怎么样,能不能帮我买东西,我出门的时候,需不需要她帮忙照看孩子。"

"有人管这个叫心地善良。"近来朵拉的语气变得很尖刻。

他让她们知道他也在场,于是说:"我是怕你们认为我在暗中监视你们。"

"哦,爸爸。"

他过去,亲了她一下。"娜奥米是怎么掺和进来的?"

"我刚跟妈说娜奥米和那个住在我那条街拐角的女人很要好,我知道她安排那个女人来照看我。她是个助产士,你知道。"

"谁,娜奥米?"

"不是,爸爸,是这个玛丽。娜奥米不相信怀孕的我能照顾好自己。哦,她关心的不是我,她关心的是孩子,她的孩子。昨天晚上玛丽来我家——当然,不是我邀请她来的——她问我可不可以检查一下我吃的维生素片和营养品。接着她又问我是否饮食得当。我的肚子不是很大,这是她的原话,她希望我不要为了让胎儿小就节食。请注意,她边说边笑。有的事一点也不好笑,但她总是放声大笑。糟糕的是,我的两个儿子特别喜欢她。本说,她从来不发脾气。我说,她当然不发脾气了,她又不是你妈。接着,他说了句特别伤人的话,他说:'我希望她是。我希望她是我妈妈。'"

韦克斯福德说:"小孩子确实会说这种话。我认为所有的孩子都在某个时刻对自己的妈妈或者爸爸说过类似的话。有一年五月的一天,那天特别冷,我不让你出去游泳,你就跟我说过这样的话。你想去一个室外游泳池,你最好的朋友路易丝·科尔去了。'我希望科尔先生是我的父亲。'你说,这句话就像一个巴掌抽在我的脸上。不过,后来我明白了,你当时说的确实是心里话,但你不会认真很久,本的情况也一样。你早晚会明白的。"

显然,西尔维娅被这个故事打动了,她伸出手拉住他的手。"玛丽真的是个大麻烦。我不希望她干涉这件事。不是我不喜欢她。其实,我觉得每个人都会忍不住喜欢她。只是,我知道是娜奥米派她来找我的。"

"你以为是这样,"韦克斯福德说,"也许第一次是娜奥米派她来的,后来是她主动要来的。如果你喜欢她,这就不是什么问题。你就不能放松点,享受和她在一起的时间吗?现在我要去花园看看我的外孙们,然后喝点什么,吃晚饭。我饿坏了。"

朵拉什么也没说,只是用冰冷的眼神注视着他。

"我真的很讨厌那个娜奥米。"西尔维娅用十几岁孩子的语气说,"有时候我真想杀了她。"

韦克斯福德哈哈大笑起来。"你不该跟我说这种话。我是一名警官,你还记得吗?"

15

这是一个星期天。汉娜想,能和巴比尔喝杯咖啡或者喝口酒该是件多么惬意的事啊,但是现在,再次碰到他一定很可怕、很尴尬,于是,汉娜给凯伦·玛拉海德打了个电话,问她有没有空。

她们的见面地点是太阳伞咖啡馆,这是最近由橄榄与白鸽酒店家开在金斯布鲁克河西岸的咖啡馆。红黄相间的条纹遮阳伞下摆放着木制的桌椅。今天上午,所有的遮阳伞都撑开了,几个月以来,服务员一大早就撑开伞遮挡法国南部风格的阳光。

"这个地方不错。"凯伦说,"堪称金斯马克海姆的COSTA咖啡馆。你介意我抽烟吗?"

"一点也不介意。尽情地抽吧。我相信很快公共场所就要禁烟了。"

她们点了两杯拿铁咖啡,快到中午了,正好又赶上是个星期天,她们就又要了几杯葡萄酒。渐渐地,咖啡馆里坐满了人,大部分都成双成对,他们都是冲着太阳伞咖啡馆的简易午餐来的。

"如果是单身,星期天就不是什么好日子,不是吗?"凯伦说出了汉娜特别讨厌的想法,"我不明白为什么星期天就应该和星期六有这么大的区别。商店基本上都开门。现在没有人去教堂了。电影院里放的电影也和平时的一样。星期日不应该和星期六有任何区别,但就是不一样。"

"是,你说得对。"其实,汉娜不想同意她的观点。她多么希望自己能说出这个观点并不适用于她,她有男朋友。只可惜,她没有。如果她心里想着巴比尔就不会这样了。"但是……如果,比方说,我们结婚了,现在就会在家里为另一半烤牛肉。哦,不要做出这副表情,我们不会这样的,你和我都不会,但当我们花一下午的时间看橄榄球比赛,或者陪他老妈一起喝茶时,极有可能会作出让步。看样子,我们是自由的,而且——"突然,她不说话了,她看见两个女人在靠近河岸的座位坐下来,她的注意力被那两个人吸引走了。

"出了什么事?"

"不知道。我想,我的眼睛肯定欺骗了我。你看见坐在树旁边那桌的那两个女人了吗,那棵紫叶欧洲山毛榉树?那个穿粉红色裙子戴着粉红色珠链的女人是住在珠宝别墅的格温达·布鲁克斯,另一个女人是她丈夫的女朋友。"

"你一定是在开玩笑。"

"我知道,但是我没开玩笑。这个是格温达·布鲁克斯,那个是宝拉·文森特。我找约翰·布鲁克斯谈话的时候他告诉我他和那个女人有婚外情,还给了我她在彭弗里特的住址,让我去找她核实一下是不是在她那里过过夜。"

"所以她就来这儿和他妻子共进午餐。你觉得这是什么意思?"

"不知道,凯伦。但是我会查清楚的。不,等一等……"汉娜一把抓住朋友的胳膊,"就是他。那个人就是那个丈夫!"

约翰·布鲁克斯向紫色山毛榉树旁的那张桌子走去。他没有亲她们俩,而是在每个女人的肩上轻轻地拍了一下,然后坐了下来。

"我有点明白了。"汉娜轻声说。她站起身朝布鲁克斯夫妇那桌走去,凯伦跟在她身后。后来,她意识到,和一个习惯保持冷静的人在一起才有可能蒙混过关。可能是布鲁克斯先生建议组成一个三角家庭,为了维持她钟爱的体面,格温达也就认可了。他们看到汉娜的反应迥然不同,也就是说,布鲁克斯和宝拉·文森特的反应不一样。他面无血色,她却满脸通红。他起身太猛碰翻了一只杯子,杯子从桌子上落下,滚到草地上。显然,格温达完全不知道是怎么回事,她只是瞪大了眼睛。

"也许您想跟我解释一下这到底是怎么回事,布鲁克斯先生。"汉娜说,突然,她明白了,不需要解释了。看见约翰·布鲁克斯和宝拉·文森特坐在一起,她发现他们俩长得很像。他们可能是双胞胎。也许就是这样。"文森特女士是你的姐姐,对不对?"

回答问题的是格温达。"当然是了。为什么她不应该是呢?你想怎样?"

"布鲁克斯太太,您暂时不需要发言。"汉娜转身面向宝拉·文森特,她脸上的绯红已经消退,此时,她的目光里充满了挑衅的意味。"您想解释一下吗,文森特女士?"

"没什么好解释的。我按照约翰的想法去做了,仅此而已。"

"我不这样认为。您对警方撒了谎。"

"这到底是怎么回事?"格温达·布鲁克斯嚷嚷了起来,"到底出了什么事?我想知道。我也有权知道。"

汉娜没有理会她,而是说:"对警察撒谎是违法行为,文森特女士。这也同样适用于您，布鲁克斯先生。至于是否会导致其他的后果我说不好。但就目前而言……"

汉娜对凯伦点了一下头，示意她插话。"你们俩可能会因为浪费警力遭到指控。"

凯伦和汉娜一起回了汉娜的家，汉娜把熏三文鱼和沙拉摆到小阳台的桌子上，凯伦不动声色地指出，既然布鲁克斯没在彭弗里特干乱伦的事，他肯定在搞其他不正当乃至违法的勾当。

"是，但他究竟在搞什么名堂呢？"汉娜把橙汁倒进两只放了冰块的杯子。

"暂时我还没有认真考虑过这个问题，有一点我不明白，如果他正在和某个女人交往，为什么不能把她的名字告诉你，却给了你他姐姐的名字。别忘了，在你撞见他姐姐和格温达在一起之前，你和总督察都相信他有奸情。所以，知不知道那个女人是谁又有什么关系呢？"

"当然有关系。"汉娜说，"过来吃点东西吧。当然有关系。首先，那个真正和他偷情的女人也许不愿意让我们知道他们在一起。她可能有丈夫或者同居男友。我意识到那个布鲁克斯不可能晚上去她家，但是，如果她的丈夫或者男朋友上夜班的话就有这种可能。还有，你别忘了，如果她姐姐的名字传到他老婆的耳朵里，她只是把这当成笑话，但如果他老婆知道了那个情人的名字就是另外一码事了。"

凯伦笑了。"他让妻子和姐姐参加那个小型午餐派对可要冒不小的风险啊。"

"哦，我不知道。老百姓总以为我们警察没有私生活。就像今天这种情况，我们不执勤或者不穿警服的时候，他们认为我们会钻进一个箱子，拉上盖子，直到下次出勤。"

"那他们在电视上看到的那些描述警察生活的情景喜剧呢？"

"他们知道那不是真的，"汉娜说，"他们是对的。"

凯伦走后，汉娜发现凯伦把太阳镜忘在她那儿了，那副非常漂亮的阿玛尼牌太阳镜就放在沙发的扶手上。一个小时后，当电话铃响起时，她非常确定打电话的人是谁，于是，她拿起听筒就说："嗨，凯伦。他们①在我这儿呢。"

巴比尔的声音说："谁在你那儿呢？你在开派对吗？"

一个人的时候脸红是多么的荒唐，足以让人再次脸红。这就是当时发生在汉娜身上的事，她两颊发烫，日光从开着的阳台门外泼洒进来，她努力想发出声来。"我以为你是一副太阳镜。我的意思是说，我以为你把太阳镜丢了。"

"我从来不戴那玩意儿。如果你没开派对，能出来跟我喝一杯吗？"

她大吃一惊。上次约会后，他又想要她怎样？她不能问。"好吧。"她说。

"我发出邀请后得到过更热情的回应。不过，没关系。我可以过一个小时来接你吗？"

星期五可能从来不会发生这种事。他很友好，也很热情，和他在一起永远有话可聊。显然，他不是同性恋，只是他的行为举止很像那些和她一起出去玩的同性恋朋友。和他们在一块儿，她很放松，感觉自由自在，因为她知道，他们绝不会挑逗她。她在想什么呢？那天晚

---

①英文中的他们、她们、它们都是 they，眼镜通常用复数形式表达。

上她多么渴望巴比尔挑逗她……

她没像上次那样精心打扮。如果说她把白裤子换成了黑裤子,那只是因为天太热,白裤子穿几个小时就看起来不那么清爽了。他们坐在橄榄与白鸽的花园里,天南地北地扯了一大通,除了工作和他的私人生活,几乎无所不谈,之后她又开始琢磨,他不是同性恋,他真的不是。见面时他看她的那种欣赏的眼神证实了这一点。一时冲动,她问巴比尔:"你有女朋友吧?是不是这样?"

他笑道:"是不是这样?"

平时她是个很开放的人,这次却不知如何说出口,反倒对脆弱产生了依赖,她说:"哦,你知道。你知道我是什么意思。"

他笑了,男人打算让对方摆脱困境或者放弃取笑时才会露出他那种笑。"是,我想我知道。不,我没有女朋友。如果可能的话,我希望——不,不能这么说。我暂时还没有。"

她把手放在他的手上,他让它停留在那里。她的手很漂亮,她自恋地想,细长、光滑、柔软,留了一点指甲,但没涂指甲油,她讨厌指甲油,从他看她的手的样子判断,他也不喜欢指甲油。

"如果你指的是,"她说,"我想你指的是——不,不能问。我不像我以为的那么放纵不羁。"

"汉娜。"他从桌子那面探过身来,说,"来吧,我们出去走走。多么美妙的夜晚。这里的人太多,我不能想说什么就说什么。"

她想和他并排走,但不碰他。当他们沿着通向横穿草坪上的那条小径的石阶向下走时,他抓起她的手,放在自己的臂弯里。这时空气静止,凉爽得很,一轮红色的收获月①正从幽暗的地平线上升起。

---

① 收获月,指秋分前后的满月。

吧？如果你们想了解那个地方、公司的业务之类的问题，得去找桑菲尔先生。罗斯·桑菲尔先生。他应该全知道。"

16

调查完梅根·巴特罗的死因,韦克斯福德向梅根·巴特罗曾经工作过的地方——高高斯商店走去。推开店门,门上的铃响了几声,听到铃声,吉米·高森从后面走了出来。韦克斯福德虽然和高森不熟,但也认识他很多年了,早在这个商店开业之前就认识他。韦克斯福德很喜欢跟高森说话,韦克斯福德听到他那一口浓重的伊顿公学口音——或者夸张地扮演伊顿公学校友的蹩脚演员的口音——就很开心,但这种难以置信并没有被时间冲淡。

"啊,早上好,总督察。"说着,他伸出一只苍白的潮乎乎的手,"你知道,我已经把我所知道的那个致命的上午所发生的一切都告诉你的同事了。其实,我知道的情况很少。当时我不在店里,等我来上班的时候,可怜的小梅根已经不见了,门上贴着她写的那张便条。"

"我知道。我不想谈这个。我想谈谈她。谈谈你对她的了解。"

高森向韦克斯福德摆了一下手,示意他坐下,自己则在柜台后面坐了下来。柜台上摆满了塑料做的大本钟模型、伦敦公交车的微型复制品、粘贴式英国国旗、戴安娜王妃的相片,和会点头的斗牛犬玩具。他从架子上取下一只吸入器,插进一个尼古丁筒,使劲地嘬了起来。

"这玩意儿和烟一样好,"他说,"而且价格便宜,对健康也有好处。很棒吧?我已经抽了三年了。"

韦克斯福德怀疑高森用这个器具是为了某个特定的目的,因此未予置评。"你要跟我谈谈梅根。"他说。

"你的意思是,你认为我会告诉你梅根的事。问题是,我又知道她什么呢?她简直普通得不能再普通了,你知道。政府管把这种人叫做边缘人。这个表达方式不错,你不觉得吗?反正,我所有的社交圈子都排斥她。"

韦克斯福德知道,如果对此人无礼,可能再也从他嘴里套不出话来了,但他还是控制不住自己。"你对阶级系统的看法我不太感兴趣,吉米。除了和一个旅游垃圾商品供应商的喜好相距甚远之外,她到底是一个什么样的女孩?你喜欢她吗?我想,这是一个愚蠢的问题。你这么高傲的人怎么会喜欢她呢?"

"好了,亲爱的。你知道我说的都是玩笑话。你的幽默感哪儿去了?我猜这对梅根没有坏处。我只是受不了她的口音。我相信我的一个耳膜被她永久破坏了。"

韦克斯福德看着他又嘬了第三口还是第四口尼古丁吸入器。"除了卖白金汉宫的微缩模型,你有没有见过她在这儿和毫无戒心的顾客进行别的交易?"

"你指的是毒品吧?哦,这个我很了解。谁不这么干?你也没有真正隐瞒过你在这个镇子发动大规模扫毒行动的事。没有,我没见过。坦白地讲,我也不认为她有做这种事的智商。"

韦克斯福德摇了摇头。"吉米，要是我不了解实情，我会纳闷你当初为什么雇用她。你给她的酬劳低于最低工资标准，对不对？你不必回答。太晚了。不过，如果你再雇助手的话，我可要留神了。没有别的了。她男朋友经常来你这里吗？"

吉米·高森连着吸了好几口，很快就把那筒尼古丁抽完了，紧接着他又塞了一支。"我说过，梅根不是很聪明，但是和她男朋友比起来，她简直就是爱因斯坦。我不愿意让他到这儿来。他试过那么一两次，但我告诉梅根没门儿。她妈也想顺道过来聊聊天，同样被我制止了。亲爱的，实际上，那家只有一个人来我不会反对，那就是外祖母。"

"外祖母？"

"就是老格蕾丝·摩根。很多年前，那个时候，所有人都还年轻，树叶还是绿的，我们高森家是金斯马克海姆的名门望族，很了不起，格蕾丝曾经是我们家的仆人。现在她肯定九十多岁了，这是梅根跟我说的，梅根偶尔会去看她。这么说吧，喜欢老格蕾丝可能是我和可怜的小梅根之间唯一的共同点。"

"现在你吸的玩意儿，"韦克斯福德的语气不太友好，"是为了让你慢慢地把烟戒了，不是为了给你提供毒品替代品。"

离开时他的派头遭到了轻微的破坏，因为他雨衣的下摆扫到了一张矮桌，他不得不弯下腰捡起一个银白色的塑料仿制伦敦眼。后来，他对波顿说："吉米提到一个叫格蕾丝·摩根的女人，我听过这个名字，就在前不久，但是，我怎么也想不起来是什么时候在什么地方听到的了。"

"我能想起来，"波顿说，"她是我们的目击证人之一，或者说，如果她看见了什么，她就是我们的证人。她今年九十三岁，住在林中的小屋里，无论是谁朝安柏的车扔混凝土块都会经过那片林子。"

"她也是梅根·巴特罗的外祖母。"

"你的意思是……稍等一下。"

"汉娜和琳恩去看她的时候我们还不知道那件事。吉米对梅根的私生活不感兴趣,但她的外祖母也许会感兴趣。"

"是。我们找格蕾丝·摩根谈谈。"

"必须去,而且得尽快。我不希望我的话让别人觉得我麻木不仁,但人到了九十三岁这个年纪,死亡可能会随时降临,所以说,这是个十万火急的事。"

一层轻柔的薄雾低垂在田野上。由于空气长时间干燥,树木缺水,叶子早早就变了颜色。阳光依然炙热,秋天还没来,林子就已经开始变黄了。炽热的阳光穿透那层薄雾,除了阴凉地和深谷,阳光所及之处,薄雾被全部蒸发掉了。韦克斯福德和波顿把车停在约斯通路口,然后走上通往树林的那条小道。茂盛的旅人树上结出来的浆果已由绿变金,由金转红,现在几乎是黑色的了。远处传来啄木鸟用尖嘴钻树干的声音。

"不知道她在这里生活多久了,"韦克斯福德说,"肯定有很多年了。或许是一辈子。每次出门后回家她都会走这条路,怀里抱着要抱的东西,我估计她还抱过自己的孩子。"

"嗯。"波顿的兴趣不大。

"我们可以把车开进来。你看,地上有轮胎印,有人开着车进来过。可能是我们的同事干的。可以一直把车开进林子里——没错。"此时,他们已经走进了树林,路变得越来越窄。"树长得太密了,车只能开到这儿,不能再往里了。他可能把车停在那儿了。"韦克斯福德指着一个长满草,几乎算是一块草坪的地方,山楂果悬挂在上面,荆棘搭成华盖。"好像可以把车藏在那下面。"

"特别是不在乎车身被剐坏的人。树枝会让车上布满划痕。"

韦克斯福德点了点头。"可惜的是,我们当时不知道这个情况——也就是说,我们没有理由怀疑从桥上往下扔混凝土块是为了要安柏的命,直到六个星期后安柏遇害。我们以为只是有人恣意地破坏他人财物。有些人说这是'报复社会',并不针对某个特定的目标。"

如果粗略地扫一眼,特别老的老人的家就像没有人住一样,其实,这也没什么稀奇的。他们再也看不见灰尘和凌乱了。找人装修太贵,自己动手又超出了他们现在的能力范围。窗帘大都是蕾丝或网扣的,原本洁白的窗帘上落满了灰尘,耷拉在纱窗里,他们很少开窗——如果他们还有能力开窗的话——老人怕冷。此外,老年人大都很贫穷,又很骄傲,以至于他们的亲戚认为这是他们自己的选择,他们会不惜一切代价活下去,过这种朝不保夕的日子,而真正的生活并非如此。

当格蕾丝·摩根的家出现在韦克斯福德眼前时,这些想法划过他的心头。这个农舍是褐色的,又矮又宽,房顶上一半是瓦片,一半是茅草,四周被残破的尖桩栅栏围绕。大门的合页掉了,一扇门板盖住了小径上的一个浅坑,把门板放在那儿的目的很明显,下雨天,门板能起到桥或浅滩的作用。由于很长时间没下雨了,小路的土已经干成了粉末。在房子矗立其间的那片林间空地上,曾经的绿草此时如干草一般枯黄。

今天,从法拉姆赫斯特到弗拜的村庄里不太可能有任何一户人家会把所有的窗户都开着,格蕾丝·摩根家是个例外。他们家的窗框看上去腐烂了,仿佛只要伸出一根手指就能在木头上戳出一个洞,任何开窗的企图都会导致整扇窗倒下来。

"我猜她出去了。"波顿闷闷不乐地说,"都怪他们家没电话。"他的说法不合逻辑,"是个人就有电话。"

"她没出门。"韦克斯福德用力叩打门环。

"你这样敲门会把她吓死的。"

"如果不这么做,"韦克斯福德说,"她就听不见。"

就在他们快要放弃的时候,有人来开门了。格蕾丝·摩根是个小老太太,身高已经缩到离五英尺还差好几英寸,她瘦弱、单薄、干瘪,脸上布满了乱七八糟的皱纹,犹如一张蜘蛛网,灰白的脸色也像蜘蛛网。仅剩的一绺白发被她用两只很长的黑色的发卡固定在头顶。两个她从来没有见过的高个男人来访,她似乎一点都不惊慌。"你们看样子是警察。"她说。

"是这样,摩根太太。"

波顿向她出示了警官证,韦克斯福德也掏出自己的证件给她看。

"没用,反正我也看不见。眼前模糊一片。谁知道呢,也许你们是詹姆斯·梅森和迈克尔·雷德格雷夫①。"

主动提供了自己早前是影迷的证据后,格蕾丝·摩根把门开大了一些,向后退了两步,让他们进来。"上次来的是两个女孩。什么什么探长和什么什么探员,我也不知道探长和探员是什么意思。我不赞成女孩当警察,万一被坏人打伤或者打死了怎么办?"

韦克斯福德说,但愿不会发生这种事,他还说,戈德史密斯探长和范考特探员都是非常优秀的警察。

"也许吧,但确实有女孩被杀。看看我的外孙女梅根,她就是被人开枪打死的。"

---

① 二人均为英国著名演员。

韦克斯福德觉得没有必要纠正她的话，于是说，他们这次来就是想跟她谈谈这件事。他们非常遗憾，她肯定特别震惊，这对她来说是个打击。他听说她的外孙女曾经是这里的常客。

"你说常客？这要取决于常客在你心里是个什么样的概念。我估计从圣诞节到现在我总共见过她三次，而且圣诞节那几天我是在我女儿桑德拉家过的。我去那儿肯定能见到她。只有压榨我的时候她才会来。"

"压榨？"

"我就是这么说的。她知道我不住在这儿，享受上门送餐服务，从来不会花光所有的退休金。有个女孩骑车来给我送饭。梅根每次来都是为了管我借退休金。她管这叫'借'，钱是有去无回，这是肯定的。不过，我得为桑德拉说句话，她根本不知道有这么回事。"

她把他们领进一间深棕色的起居室，房间里摆满了深棕色的家具，弥漫着煮蔬菜、反复使用的食用油、樟脑，以及年复一年从来没洗过的衣服的味道。只有一样东西看起来没有百年的历史，就是那台电视机。后来，波顿说，他无法理解，既然家里有电视机，为什么不同时装一部电话呢，韦克斯福德不同意他的说法。电视能起到娱乐和陪伴的作用，而电话只能带来抱怨和唠叨。

"摩根太太，"他开口说，"我一直很想知道您等獾来的那个晚上梅根有没有过来看您。"

他只是想赌一把，她的回答是"她有没有什么？"他把刚才的话又重复了一遍，并且提醒她，那天晚上，她之所以在树林里看见那个穿连帽衫的人是因为她一直在等那几只獾。

"比电视强，那几只獾，如果你有机会看到它们的话。如果没有人过来把它们吓跑就好了。"

"是梅根干的吗,摩根太太?"

"当时她在楼上,她管我要五十英镑,我让她自己上楼去拿。我想看獾,不希望她碍我的事,但是那天晚上它们没有出现。"

"那个穿连帽衫的男人,摩根太太,"韦克斯福德的心情很沮丧,难道自己又弄错了?"梅根有可能从楼上看见那个男人吗?她提到看见一个男人了吗?"

"没说过。楼上有两间屋子。我让她去后面那间,那是我放退休金的地方,明白吗?我让她把钱全取下来,我再从里面拿五十镑给她。她照着我说的去做了,后来那个穿连帽衫的家伙来了又走了。她抱着铁罐从楼上下来,罐子里总共装了一百三十五镑。我给了她五张十镑的纸币,她竟然还有胆子再要。好了,不该说死人的坏话。"

"那之后梅根和您待了多久?"波顿问。他穿了一件新的浅褐色的泡泡纱薄夹克,他担心这个屋子里的怪味会吸到衣服的纤维上。看来得干洗几次,他心想。"五分钟,十分钟,还是更长的时间?"

"我估摸着有二十来分钟。我说,天黑了,你带手电了吗,回去的时候你得穿过那片林子。她说她的自行车上有车灯。"

"她是骑自行车来的?"

"我就是这么说的。她就走了。我跟她说,如果你只想要钱,下回就别来了。不该说死人的坏话,嗯?"

林子里的空气好闻极了,有花朵、新割的干草和熟透了的苹果的味道,波顿从来没这么舒畅过。他们沿着小路返回,呼吸着芬芳的空气,心情无比欢愉。

"你是怎么想的?"波顿问,他像刚从烟雾缭绕的酒吧里出来时那样闻了闻自己的夹克。

"我是怎么想的?我认为格蕾丝说得没错。梅根不可能从楼上看到那个穿连帽衫的男人,因为他正朝着那座桥走去,但她在回来的路上看见他了。她离开外祖母家的时候,他也正好往回走。"

"如果他往回走了。如果他没从桥上过。"

"我认为他往回走了,麦克。他希望按原路返回,因为过桥意味着他的交通工具——无论是什么——停在了桥的另一边,过桥同时意味着,他至少要多绕六英里的路才能找到回去的路,再找到他那辆车。不,梅根肯定看见他了。这就是我的想法。他到底有没有看见她,我们不知道。反正,她看见他了,而且她认识他。"

"你是怎么得出这个结论的?"

"因为她后来又去找他了,她知道去哪儿找他。我不是说她很了解他,也许只是面熟。然后……"

"你认为她敲诈他了?"波顿说。

"我觉得她试着这么做过。就像摩根太太说的那样,不该说死人的坏话,但梅根·巴特罗确实不能算什么好女孩,不是吗?她的外祖母就靠政府发放的一点退休金过活,她还管她借钱,而且只借不还。这么说也许在政治上不正确,她和一个男人生活在一起,肚子里却怀了另一个男人的孩子,我瞧不起这种女孩。她肯定干过违法的勾当,尽管我们还不知道她究竟干的是什么。"

"运毒。"波顿说。

"你让我想起了罗马元老院的那个家伙,每天他都会站起来说:'迦太基必须被毁灭。'"

"然后呢?"

"哦,最终迦太基真的被毁灭了。故事讲完了。"

唐纳德森在车里等他们,波顿一上车就得意扬扬地说:"你看,这证实了我的观点。毒品。"

韦克斯福德没有理会他的话，而是说："不难相信他勒索了凶手。"汽车发动了，凉爽的空气渐渐灌进来。"感觉好多了，"他说，"天气预报说晚些时候有暴风雨。我认为她看见他从桥上回来，她还可能看见他上了车，他可能就把车停在我们说的那个地方了，此后，她也没再想这件事，直到后来《信使报》报道了那起交通事故，拉莱告诉她，或者安柏告诉她那次她也撞车了。尽管这样，她也没认为那个穿连帽衫的男人就是凶手，只是把他当成一个搞破坏的人，毫无疑问，她一辈子都和这类人有瓜葛。"

"但安柏遇害后，她对这件事的认识就完全不同了。"

"没错。尽管吉米·高森没说她什么好话，但我们没有理由相信梅根是个傻子。她根据现有的事实做出了推论，她认为那个穿连帽衫的男人总共尝试过两次，第一次他企图从桥上扔下混凝土块砸死安柏，结果杀人未遂，但第二次他得逞了。"

"普林斯普知道这些事吗？"

"我猜他不知道，不过，我们可以去问问他，再去问问拉莱和她的母亲，一般向他人索取钱财的人不怎么信任自己的亲人。很滑稽，对不对？通常，我们谈起'亲人'的时候，总是把它和成员彼此嫌恶的家庭联系在一起。梅根知道凶手的身份，但她没对任何人讲。等时机成熟的时候，她再次去找他要封口费。我们都知道，这么做的风险很大。她安排星期二早上和他见面。现在我们知道她就死在那里，就是在那个星期二的早上。她九点钟走进高高斯商店，把那张纸条贴在门上。她知道吉米·高森十点肯定来不了，于是她搭上一辆去斯道尔顿的巴士，希望快点办完事，好在十点钟之前赶回来。"

"不错。很好。这些我都明白，但这意味着，谁都可能是凶手，随便什么人都能进维多利亚别墅。"

"你饶了我吧,麦克,"韦克斯福德说,"我不是白皇后①,早饭之前我可想不出六件不可能的事。"

"你这么一说倒是提醒我了,我介入调查的时间很早,但什么也没总结出来。"

"我也是。我想我们应该总结一下了。人们对不道德行为的认识已经发生了变化。现在已经没有通奸罪了,更别提非婚性行为了。把一个人痛打一顿,也不管他日后还能不能走路,在里面待两年就能出来。醉酒驾车撞死两个孩子,也就吊销一阵驾照,最多判九个月。每个人都吸毒,但是如果抽一根烟,你就变成了一个不受欢迎的人,尽管这和在廉价的小馆子里吃煎火腿比起来不算什么。那才是终极罪恶。我们走吧?"

"为什么不呢?"波顿说。

在起诉约翰·布鲁克斯和他的姐姐合谋妨碍司法公正之前,汉娜必须完成所有相关的文书工作,尽管她尽量集中精力做这件事,但思绪还是飘回到前一天晚上。在醋栗丛酒吧门口,她和巴比尔撞见了老爸、他的妻子,以及波顿和他的太太,这次偶遇让她稍微有点尴尬。不过,这也比他们同时都在餐馆里好多了。巴比尔买完酒,摸着她的手,而不是握着她的手,说:"我没有宣誓独身,也不会像最近的那些童贞崇拜者建议的那样'在婚前保持处子之身',虽然如果我这么做,我的父母可能会很愿意,但我的做法和他们一点关系都没有。呃,倘若我谈恋爱,我希望两个人的关系是严肃的。我不想要一夜情,也不想在不知不觉间陷入某种感情或者发生点风流韵事,只是因为,她在

---

① 儿童文学作品《爱丽丝梦游仙境》中的人物。

这儿，我也在这儿，也许我们可以做点什么。你能明白我的意思吗？"

"不知道。"汉娜说。

"我不希望自己语无伦次，但我知道我现在就有点语无伦次了。我希望不必谈论'承诺'，但我滔滔不绝想要表达的就是这个意思。我想说的是，如果我打算和某个女人交往，比如你，我想先了解你是怎样一个人。我想知道你喜欢什么，不喜欢什么，我也想让你知道我喜欢什么，不喜欢什么。我希望我们能了解彼此的家庭，知道我们相信什么，不相信什么，知道我们的目标是什么，需要避免的是什么，诸如此类的东西。"

汉娜打起精神。"你的意思是说，等我们认识好几年以后你才会和我做爱？那样的话，你可能永远没有机会和我做爱了。"

他大笑起来。"不用等好几年。也许只要几个星期。我的想法有那么可怕吗？"

"那倒不会，"她说，"只是有点令人尴尬。"

"你只是不习惯罢了。我也不习惯。我们习惯了如果喜欢一个人，第一次约会就做爱。先做爱，再交谈。现在我想倒过来。我想和你交往的时候把这个顺序倒过来，亲爱的探长，我感觉这次可能是认真的。所以，这个星期你愿不愿意抽一个晚上和我去看电影？"

她当然说愿意。他送她回家，吻了她，但没进门。她躺在床上回想着这一切，还没想完，她就睡着了。而现在，她要填这些表……

熏肉煎鸡蛋（皇后咖啡馆的老板说，美国的做法是"鸡蛋只煎一面"）、炸土豆、煎面包、炸番茄（"健康的选择"），还有炸蘑菇。韦克斯福德已经很久没有享用过这样一顿美餐了。唯一破坏他的兴致是，这个时候达伦·拉夫雷斯可能会进来喝杯卡布奇诺,撞见他正在大快朵颐。他和波顿刚走出餐馆步入皇后街明媚的阳光里就碰上了他的女儿西尔维娅,尽管她立刻对餐馆的性质发表了看法,但这也远远不如拉夫雷斯的话令他担忧。

"听你这么说,"他说,"人家还以为我去的是妓院。"

"那样可能对你心脏的伤害小一点。"她向他介绍她的同伴,"这位是玛丽·博蒙特。玛丽,这是我父亲,这位是麦克·波顿。"

"久仰大名。"玛丽说,显然,她是对着他们俩说的,"你们是警察吧?我才不在乎别人说什么,我认为你们干得很棒。很棒。这个工作不适合我。你们随时会被扎上一刀或者挨枪子儿。"

"我们不太习惯听到这么多表扬的话。"韦克斯福德说,"我们经常挨棍子打,挨枪子儿倒是没有。反正不是常有的事。"

她把手放在他的胳膊上,抬起头对他露出灿烂的笑容。玛丽是个圆滚滚的黑人女性,四十多岁,穿了一件印满黑白花朵的深红色的连衣裙,笑起来的样子像在给美容牙科诊所做广告。"我只是想帮西尔芙买买东西。'我不需要你,玛丽,我有车。'她说,但是我说,'你能把车开到超市里去吗?你能把车开上玛莎百货的自动扶梯吗?'"

西尔维娅(从来没有人称呼她西尔芙)冷冰冰地说:"玛丽一直对我很好。"

"不要以为这是娜奥米要求我做的。我很愿意帮助你,你要明白这一点。"

韦克斯福德和波顿向她们道别,还说很高兴见到她。"我猜现在该轮到桑德拉·华纳了吧?"波顿问。

"麦克,我想还是把他们叫到局里来吧。我受不了她住的那个地方,还有她那个丈夫。尤其是我刚刚吃了这么多油炸的食品。"

17

普林斯普坐在那幅屠夫案板画下面,从他用铆钉靴来回磨地毯的架势上看,他似乎下定决心要在地毯上挖出一条沟。这个行为惹恼了桑德拉·华纳,她叫他停下。

他说:"我停不下来,我心里很烦,经历了这么多事。"

"我也是过来人。"桑德拉说。

韦克斯福德上次见过她后,她染了一头乌黑的头发。她这么做不可能是为了悼念自己的女儿,这个念头太古怪了,在他看来,这似乎是一个不幸的巧合。两只巨大的金色金属耳环,每个都有手镯那么大,从她的耳朵上垂下来。她穿了一条特别短的红裙子和一件紧身T恤。她和普林斯普都在一根接着一根地抽烟。一直有人建议把金斯马克海姆警察局变成无烟区,但由于局长和韦克斯福德的反对,这个提议被无限期地搁置了,局长反对是因为他本人就是烟民,韦克斯福德反对则是因为他觉得这个做法太刻薄自私了。现在他认为自己正在为宽容付出代价,他感觉哮喘发作了。

他尽量憋着不咳嗽,结果反倒咳嗽得更厉害了。当然,普林斯普和桑德拉都认为他是装的,普林斯普用上一支烟的烟蒂点着了下一支烟,继续用右脚的靴子碾磨着地毯。

看到韦克斯福德暂时说不了话,波顿继续问他们:"你们不知道这个人可能是谁吗?"

"我,我有自己的想法。"普林斯普说。

"好。说来听听?"

"他像那个父亲,不是吗?"

"哪个父亲?"

桑德拉把一绺黑色的长发甩到脑后,替他回答了这个问题。"你们别听他胡扯,最近他鬼迷心窍,一门心思认定梅根有别人,那个人就是她肚子里那个孩子的父亲。哦,你们不会怪他吧?肯定有过这么一个人。只是在纪念品商店卖英国国旗不会出现这种情况。"

"那么,在您看来,华纳太太,这个男人,"波顿犹豫了一下,想了想怎么说才好,"呃……在和梅根交往?"他把脸转过去,不去看疼得龇牙咧嘴的韦克斯福德,"普林斯普先生?"

"当然是这样,"普林斯普说,"还能是什么?如果他敢靠近我,我就杀了他。"尽管基斯·普林斯普的脑子比较迟钝,他还是隐约意识到当着两个警察的面说这种话很不明智。于是,他迅速改了口,"我会叫他后悔的。"他也不知道自己到底想表达什么,接着,他又说:"这样他就不可能做两次了。"

桑德拉认为自己应该挺身而出,维护女儿的名誉,于是,她说:"根本没那么回事。那个家伙可能是顾客,她在店里见过一面。我相信梅根肚子里的孩子是基斯的。大家都知道,输精管切除术的绝育效果达不到百分之百。"她深情地对普林斯普微笑,"对基斯这么年轻力壮的小伙子不管用。"

年轻力壮的普林斯普重重地叹了口气,他面如死灰,皮肤松弛,胸部凹陷,双手颤抖。"别再拿靴子磨地毯了,基斯。"桑德拉说,"再抽根烟吧,也给我来一根。"

韦克斯福德终于可以比较正常地说话了,他说:"我们认为这个人就是杀害梅根的凶手。我知道你们听了我下面要说的话会很难过,但我还是有必要解释一下。我们认为梅根看见他从约斯通桥上下来后穿过你母亲住的那片林子,华纳太太。梅根很可能威胁他要来找我们,除非他付一笔封口费。很遗憾,这暂时只是我的猜想,但我不得不把这个想法告诉你们。"

没有必要遗憾,因为桑德拉没听懂他的意思。"是啊,不过,我不明白你叽里咕噜说了些什么。这个家伙是谁?"

波顿叹了口气,但只是在心里头,从表面上看,他依然很平静,也很有耐心。"我们希望你们告诉我们那个人是谁,华纳太太。"他看了看她,又看了看普林斯普,接着,又把目光转回到她身上。"梅根有没有跟你们俩或者你们当中的一个人提起过这件事?她有没有说过她见过一个男人,她怀疑就是那个人制造了约斯通桥下的那起交通事故?她有没有说过,去摩根太太家的那个晚上,在树林里见过一个男人?她说没说过再见到这个人肯定能认出他来之类的话?"

"对我来说一点意义都没有。"普林斯普说。

"我也这么认为,基斯。"

一块混凝土,一块砖头,也许是两种不同的砖……"你认识搞建筑的人吗,华纳太太?"韦克斯福德问,"梅根认识吗?你呢,普林斯普先生?"

"只有我家的李认识，"桑德拉说，"但一九九六年他的脊椎骨严重错位后，他就不干这行了。"

"我想她是在街上碰见他的。"他们走后，波顿说，"她看见了他，认出他就是那个她在树林里见过的人。"

韦克斯福德继续再现当时的情景。"别忘了，她第一次看见凶手的时候很可能不认识他。他只是一个夜间在树林中穿行的人。当时天很黑，知道树林里有人，即使她没被吓坏，也多少有点害怕。这大概就是她注意到他的原因。我敢说，如果她大白天在大街上看见他肯定不会记得他长什么样，但她是天黑以后在树林里看到的他。毫无疑问，是用自行车的车灯照见他的。"

"那再次见到他又是在什么地方？"

"如果我们知道这个问题的答案就几乎可以把整件事解释清楚了。"

他们上楼来到韦克斯福德的办公室，为了遮挡似火的骄阳，几个星期以来，这间屋子的百叶窗一直处于半关闭状态。今天上午，不合时令的太阳先是被一层薄薄的云彩覆盖，此刻的天空已经布满了棉花堆一般的积云。韦克斯福德打开百叶窗，把窗子拉起来看到天空的全景，云彩庞大高耸如山岳，仿佛在飞机上看到白色、灰色，还有紫色的水汽在空中翻腾膨胀成一幅奇幻的风景。

"天还是这么热，"他说，"我们从来没有，呃，给这个我们要找的人做过人物分析。凶手是男性，对不对？"

"我认为是。我们先假设凶手是男性，但凶手也有可能是一名非常强壮的女性。"

"我认为，他刚刚步入中年，四十岁，或者四十出头一点。他对这一带很熟悉。他有一辆轿车或者货车，可能是一名失业人员，正秘密地以某种方式参与非法交易。"

"贩毒。"波顿说。

"迦太基必须被毁灭。他参与某种非法交易。他在六月份企图杀死安柏的动机与那个交易有关,这也是他八月份杀害安柏的动机。"

"但这并不是他杀害梅根的动机?"

"我们已经接受杀死梅根的动机是为了让勒索者闭嘴。"

"但这个动机说不通,"波顿提出异议,"两个女孩互相认识,她们携带毒品去过法兰克福。请不要说什么'毁灭'之类的话了。出于商业原因,她们去了法兰克福,并不是因为她们是朋友,当然了,她们确实认识,是通过梅根的妹妹拉莱认识的。此外,她们,她们俩都认识凶手,凶手也认识她们,是他让她们出这趟门的。这意味着,梅根在树林里看见他的时候就知道他是谁。从某种意义上来说,他是她的雇主。"

"所以呢?"

"她敢勒索他吗?她知道他是一个残忍的毒贩子。她很清楚他什么事都干得出来。其实,她知道他干了什么。她知道他第一次谋杀安柏未遂,第二次他得手了。"

韦克斯福德在办公桌后面坐了下来。他感觉空气闷热沉重,开始体会到有些人在气压急剧下降时的痛苦,他浑身乏力,头一阵阵地疼。"你的观点说不通,麦克,"他说,"因为你坚持认为这个案子和毒品有关,你认定凶手雇这两个女孩为他运送毒品。哦,我知道这两个女孩肯定做了不该做的事,这一点不用怀疑。但这件事并不涉及毒品贩子,也没有一个无情的人掏钱让她们往德国运送甲级毒品。你找过那些毒品交易的线人吗,你问过几个?"

"二十九个。"波顿脱口而出。

"有谁说过安柏和梅根与毒品交易有牵连吗?没有,对不对?"

"既然你这么说,没有。"

"那两个女孩都不认识凶手,直到梅根在树林里看见他。她当时没认出他,她可能从来没见到那个人。过了一段时间,可能是几个星期以后,她在什么地方读到或听说有人把一块混凝土从桥上扔下来,而且那起撞车事故也牵涉到安柏。这时她才突然想起来,这件事可能是她在林子里见过的那个男人干的。几个星期过去了,这期间这两个女孩见了面,无论出于什么目的,总之和她们一起去法兰克福的目的一样。后来,安柏遇害了。过了几天,也可能是过了几个星期,梅根看见了那个凶手——在大街上,在商店里,或者在他开车的时候——并认出了他。她查出他住在哪里,他们见了面。也许他给过她一次钱,但凶手不会浪费时间。当她再次开口要钱时,他杀了她。是不是这样?"

波顿点了点头,但并没有被说服。他转过身望向窗外,这时,远处雷声滚滚,仿佛炮火正在围攻远方的一座城市。"现在怎么办?"他丢下这个没有人回答的问题向门口走去。韦克斯福德站在原地没动,目光从乌云密布的昏暗天空转向枯黄的草、窸窣作响的干树叶、尘土飞扬的路面,忽然,他看见拉莱·巴特罗穿过高街,走进警察局的前院。他没叫她来,没有人叫她过来,她是自己主动来的。他心里不由一阵兴奋,立刻拿起电话告诉值班警察让巴特罗小姐直接到他的办公室来。

她仍然穿着那条黑裤子,白色的T恤衫特别白,素面朝天。她大步流星走过来,既不慌张,也不迟疑。她说:"我可以坐下来吗?"

"就坐那把椅子吧。"韦克斯福德绕到桌子后面,"我坐这儿。你想跟我说什么?"

"有些事我本该说,但是我没说。我是指那天在你的车上。你送我去学校的时候。"她停顿了一下,眼睛盯着他,"那时梅根还没有死。"她随即纠正自己的说法,"呃,她死了,但是我还不知道。我不想告发我姐姐,但是你不能——呃,背叛,我的意思是——你不能背叛死了的人,不是吗?不过,我真希望她没和那个普林斯普在一起,希望她先甩掉他。"

"你知道梅根怀孕吗,巴特罗小姐?"

"请叫我拉莱吧。哦,我知道。不过不是梅根亲口告诉我的,是妈妈跟我说的。孩子不是基斯的,我很高兴,我也不知道为什么要这么说。那个可怜的孩子也死了,是不是?"

"你说背叛是什么意思,巴特罗小……呃,拉莱?"

她抬起头,定定地看着他。她长得并不比她姐姐漂亮,他觉得梅根长了一张"未完成"的脸,好像是拿黏土捏的,但制陶工捏着捏着就烦了,于是草草收工。她的鼻子又宽又长,小眼睛,大嘴巴,两个嘴角不在同一条线上。拉莱的皮肤也很白皙,到了中年就会变得红润,她的头发也如稻草一般,但他可以从拉莱的脸上看出个性,机敏、果决,或许她的性格中还有迎难而上的特质。

"丑话说在前面,我不知道她们——她和安柏——搞什么名堂。'一起做生意',这是梅根的原话。我当然问过她做的是什么生意,她只说如果想知道,必须具备她所谓的'资格'。"

"资格?"韦克斯福德问。

"她说我没有这个资格,即使想参与进来也没用。她说,如果我不知道,也就不可能告诉其他人。这让我很不高兴,因为她是通过我认识安柏的。我的意思是说,安柏本来是我的朋友。我说我可以去报警。'我们没干什么违法的事,'她说,接着她想了一下又说,'如果朝着我的想法发展下去,也可能会触犯法律。'"

"不是贩毒吧,拉莱?"

她用力地摇摇头,说:"我知道不是贩毒。梅根不会碰毒品。那个基斯抽大麻,我知道他还吃过冰毒和摇头丸。梅根吃过一次摇头丸,那是在她生完孩子以后——你知道她十五岁的时候生过一个孩子吗——她的身体很不舒服,他们就把她送进了医院,但她就是不说自己到底是怎么了——呃,妈妈告诉他们是食物中毒。从那个时候起,梅根就没碰过那个东西,更不可能贩毒,这一点我敢肯定。"

看来迦太基终于被毁灭了……"拉莱,做这个你所说的生意是为了赚钱吗?"

"我问过她。她说靠这个发不了大财,但可以轻轻松松地赚一点小钱。其实,她们一起去法兰克福是梅根想介绍安柏入行。她们要在那儿见一些人,然后做梅根所谓的'交易'。她说'交易'这个词是安柏告诉她的。"

"但到底是什么交易呢?"韦克斯福德说。

"我真的很想知道。我说:'你得告诉我。'她说:'你迟早会知道的。'我想,她喜欢把这个事搞得神神秘秘的。有一点我可以肯定,她们是从网络做起的。那个时候她上不了网,但安柏能上。后来,等她赚了点钱,她和基斯就买了一台电脑,所有的配件,一台CD机和数码相机,全套的东西。但那个时候她们还没有真正开始做,所以,我觉得她们是一起干的,我指的是她们的合作关系。有一天晚上,我和梅根一起去亮闪闪俱乐部,那天普林斯普去布鲁姆看他老爸了。我猜他赚了点儿钱,可以出门了,那里没什么东西能吸引他经常去。反正,那天梅根也去了俱乐部。那天应该是……哦,冬天。大概是二月份。安柏和本·米勒,还有萨曼莎在一起,我记不太清是怎么提起来的了,反正安柏说她一直在网上查什么东西,梅根说"哦,你很走运"之类的话。你瞧,到那时为止,她一直在网吧里努力搜索着什么。我还知道她去过安柏在布瑞姆赫斯特的家,因为她跟我说那个地方特别大。她管那个家叫豪宅。这是她的原话,豪宅。"

二月份,韦克斯福德想。"她们具体是什么时候去的法兰克福?"他问,"提醒我一下。"

"她从前没去过欧洲大陆,"拉莱说,"对了,算是去过一次法国吧,和基斯一起,他们在那儿买了点廉价的烟酒。她从法兰克福给我寄过来一张明信片,上面是她和安柏住的那个酒店的照片。"

韦克斯福德再次感觉热血沸腾、心跳加速。"你还留着那张明信片吗?"

"没有。我没留着。"

"可惜。"

"妈妈也收到一张。我记得日子。是五月二十二号。"

一个月后,安柏就出了车祸。那个时候希尔兰德夫妇已经提出让她住那套公寓了,七月初,她就满十八岁了。从那个时候起,她就没离开过这里,显然,梅根也没出过门。八月十一号,安柏被杀,整整三个星期后,九月一号那天,梅根也遭遇了杀身之祸。"

"你经常去看望你外祖母吗,拉莱?"

这个问题来得太突然,他看出她很不悦。"是该多去看看她。肯定有一两个月没去了。"她再次将目光对准他,"说老实话,我不想进那片林子,那儿太恐怖了。"

"是吗?为什么?"

"八月份以来,有两个女孩在那儿被杀了。我可不想成为第三个受害者。那个企图用石块杀死安柏的人可能走过那片林子。"

"梅根从来没跟你提起过那个人可能是谁吗?我想她可能认识那个

人。"

"她就认识我、妈妈、李,对了,还有外婆,和基斯的那帮狐朋狗友,她打心眼里讨厌那帮人。"

"她送给别人收养的那个孩子——她去看过他吗,对了,孩子是男孩,还是女孩?"

"是个小女孩。没去过,她从来没去看过她。她是我姐姐,我爱她,我不希望你认为我不爱她,但她对孩子的态度确实很冷漠。她从来就不想要孩子,她很高兴能和基利脱离关系,那个孩子叫基利,她从来没后悔过把孩子送给别人。我想,这个孩子也已经被她送出去了。"

18

韦克斯福德问波顿和汉娜:"安柏和梅根具备什么共同的资格?和受教育程度无关,我指的不是这个。会不会是身体上的特性?"

"都是年轻人,"波顿说,"都是白人女性,身高和体形基本上一样。"

汉娜边听边摇头。"她们的不同点更多。一个漂亮,一个不漂亮;一个金发,一个黑发;一个和男友同居,一个和父母住在一起;一个十六岁就辍学了,另一个要上大学。"

"这些都不足以令我们信服,不是吗?"波顿耸了耸肩膀说。每个走进这个房间的人都会被吸引到窗前,他们凝望着天空和聚集在天上的墨黑色和雪白色的云。"我见过负责装修维多利亚别墅的承建商了。他们分别是威廉·费什和斯道尔顿之子。他们说他们没有任何一幢房子的钥匙。他们进去看过一圈——他们当然进去过,但没有那儿的钥匙。费什说,如果有人打定主意要破窗而入,根本不需要钥匙。那些房子的后门都关得不严实。四号那个后门，连小孩都能打开。"

"我们知道，苏哲瑞－桑菲尔公司正在里面装修。"波顿坐在韦克斯福德办公室他最喜欢的那个桌角上，"罗斯·桑菲尔在这个合作关系中处于支配地位，而且，他是那个会打橱柜的人。他去过维多利亚别墅，所有的房子他都进去过，为的是估计一下需要做哪些装饰活。表面看来，他似乎是个值得尊敬的家伙……"

"然而，"韦克斯福德引用了他最喜欢的一句台词，"'我不喜欢这样，然而又能如何。'他有什么不对劲的地方吗，麦克？"

"应该是成见吧。"波顿说，"他很英俊，也知道自己长得帅。他家客厅的墙上挂着巨幅的裸体画。我不懂艺术，但我看得出来不是那种我们经常在画廊里见到的复制品，更像是九十年代DIY商店里出售的玩意儿。那上面漂浮着一条条像围巾碎片的，我不是说这幅画有有伤风化的东西，但是罗斯·桑菲尔已经娶妻生子了，女人肯定不喜欢把这种东西挂在自家的墙上。"

韦克斯福德放声大笑，汉娜则冷眼看着波顿。韦克斯福德心想，汉娜的怒视中不仅包含了对罗斯·桑菲尔的厌恶、对这种画的反感、激进的女权主义，还包含了对波顿整个人生观的无法忍受的鄙夷。

"你说得没错，肯定是有成见，"他说，"苏哲瑞是谁？"

"他老婆娘家的姓。我猜他这么做是为了逃税。她并不积极参与公司的经营管理活动。他的弟弟叫瑞克，住在彭弗里特，职务是'公司秘书'。但这些人和发现梅根尸体的那座房子没有多大关系。"

"也许吧，"韦克斯福德说，"但他们和本案的好几个方面有相当复杂的联系。你可以这样看这个问题。维多利亚别墅的室内装饰工程被他们包了。马歇尔森夫妇已经有了室内设计方案，雇用他们来实现它，后来，马歇尔森夫妇又把他们推荐给了希尔兰德夫妇。从表面上看，没有任何危险之处,其实,这里面包含着三重关系。"

随着天色转黑,韦克斯福德似乎没那么大压力了。他穿过房间,走到墙边的控制板前,关掉了空调,打开两扇窗。汉娜一副震惊的表情,波顿走到窗前,深深地吸了一口气。天际线之上显出丘陵地的轮廓,一树闪电暴跳如雷,刺得人眼花缭乱,树干粗壮扭曲,树杈火焰摇曳。

"暴风雨终于要来了。"韦克斯福德说。

"老爸,苏哲瑞-桑菲尔公司,"坐在电脑前的汉娜说,"有自己的网站。这个就是。"波顿的目光越过她的肩膀盯着电脑屏幕,"罗斯很为自己感到自豪,他把他获得的所有资格证明和学历证书什么的都贴出来了。很多城市专业协会的证书,他在威廉·莫里斯学校接受过培训,还在佛罗伦萨学习过一年。"

"上面几乎没提瑞克。有很多图片,关于木雕、石膏模型、雕塑……"

"咔嚓"一声惊雷,接着滚滚的雷声在周遭回荡,切断了她的话音。雷声如同酒桶从卡车的车厢里滚到酒吧的酒窖里。他站在窗前,外面起风了,转瞬间,微风变成狂风,把叶子从树上撕扯下来。

"知道这些人六月二十四号在哪儿吗?"

"罗斯带着老婆孩子去西班牙南部度假了,"波顿说,"不知道瑞克在哪儿,我还没跟他谈过。"

"肯定是天太热的缘故。"枝状的闪电突然从丘陵阴暗的弯曲处跳出来时,韦克斯福德说。大颗大颗的雨珠从紫色、深灰色,镶着铅灰色边的云层中滴落,在停车场的柏油碎石路面上溅起硬币大小的水花。突然,云盖似乎裂开了一道缝,雨水从里面溢出来,瞬时间,大雨滂沱而下。雨水溅得里里外外都是,韦克斯福德赶紧关上了窗。"我们得核对一下相关时间不在场的证明。可能真的要从我们的查问名单里删掉一些人了。"

"是的，除了你说的那个三重关系，其实也没什么重大关联，我们没理由怀疑他们。你可能也怀疑吉米·高森和巴特罗一家有三重关系，他雇用了梅根，让她住在商店楼上，他还认识她外祖母。"

"也许我还真的怀疑。"韦克斯福德说。

波顿没理会他说的话。"我问过罗斯九月一号的情况。他说他、瑞克，还有一个在他那儿干活的叫科林·弗莱的人都在高街上的老威斯敏斯特银行大楼——从这扇窗户望出去就能看见那幢楼——从上午八点到下午四点。"

大家都站在窗前，但雨幕遮住了他们的视线，所以看不见皇后街拐角的老银行大楼。

"所有这些人都能轻而易举地弄到砖头和混凝土块。在调查更多了解维多利亚别墅的人之前，我们要好好调查一下这个叫瑞克的家伙。"

"梅根和维多利亚别墅有什么关系吗？"汉娜问。

"这个主意不错。"韦克斯福德说，"去问问桑得拉·华纳吧，还有拉莱·巴特罗。顺便问一句，有没有一个巴特罗先生？"

"他住在伯斯里，老爸。他又结婚了，生了几个孩子。我认为这个人值得一见。"

他们走到楼梯口时发现从双扇门根本出不去，外面下着瓢泼大雨，是那种热带地区才会下的雨，雨直直地砸在地面上，仿佛水龙头开到了最大。即便是在大门和前院之间挂上一条暗色调半透明的帘子，也不如这场倾盆大雨，它把门外停着的车辆、围墙和墙外的街道遮得严严实实。暴雨从天上垂直落下，噼噼啪啪打在柏油碎石路面上，溅起水花，他们只能看见黑色的轮廓和怪异的光亮。万物失去了鲜艳的色彩，变得黑又亮，水洼很快变成了池塘，无数雨点打在雨幕上，又从上面弹开，一切都潮湿得令人难以置信。无时无刻不在打着的闪电，弯曲成各种形状将天空撕裂，离他们越来越近，最终到达他们的头顶。在看见闪电十亿分之一秒后，便听到雷声响起。

唐纳德森被困在外面的汽车里，即使猛跑二十码来到门前，也会被淹个半死。值班警察坎贝尔从办公桌后面绕出来，两名女警官从办公室里走出来，他们都站在大玻璃窗前注视着这场暴风雨。巴比尔·巴塔查亚走出电梯，踩着黑白相间的地板来到他们中间，韦克斯福德发现汉娜扭过头，二人四目相对，韦克斯福德只瞥了一眼就明白了。无论发生什么事，只要不破坏他的团队就行……

西尔维娅去学校接孩子的路上碰巧看到玛丽·博蒙特在等公车，于是就捎了她一段路。

"今天车被我丈夫开走了，"玛丽说着大笑起来，"娜奥米肯定会说这是家庭暴力。"

"我想也是。"西尔维娅也笑了。当玛丽说她希望娜奥米已经发现最近她没去看西尔维娅时，西尔维娅感觉玛丽和她更亲近了，"你和娜奥米是怎么认识的？"

"哦，你不知道吗？我们是在 SOCC 认识的。"

"SOCC 是什么，玛丽？"

"苏塞克斯克服无子之痛协会。我为这个组织做事。做点咨询工作。还是说说我和你吧。你知道你可以随时来找我。如果你需要什么、有什么烦恼都可以来找我。我把我的手机号给你。"

"哦，谢谢你，但是你知道，产前中心的人会照看我。"话刚一出口，西尔维娅就觉得自己的语气冷冰冰的，于是补充道，"我不希望你认为我不领情。"

"你不欠我什么情。下一个路口把我放下，好吗？"

到了下一个路口，天上却下起雨来，只消半分钟，大雨就倾盆而下，逼得西尔维娅不得不停车。她把车停在一条双黄线上，没办法，不能继续开了。雨刷器应付不过来，要不了几分钟，这条马路就会被水淹没。西尔维娅靠在驾驶座上，感觉胎动比任何时候都来得猛烈。这是她第一次看见自己的肚子在动，玛丽也看见了，并用一串笑声加以宣布。

"是个大胖小子，西尔维娅。"

"是个女孩。"

"娜奥米知道了肯定会很高兴。雨停之前学校肯定不放你们走。"

"如果雨能停的话，万一不停，你和你丈夫能在六点左右来我家喝一杯吗？"

在汉娜看来，巴特罗一家是典型的中产阶级家庭，因此，她很厌恶他们，但她尽量不表现出来。他们住在伯斯里一幢有三个卧室的联排别墅里，前花园里立着一棵挪威云杉（显然是圣诞节后弃置在那里的），门铃的响声就像一串教堂的钟声。

她几乎可以肯定这家人知道有人要来，起居室整齐得无可挑剔，里面有三件套家具、电视机、一只小梗犬，还有坐在桌旁做作业的一个男孩和一个女孩。加里·巴特罗的老婆穿着连衣裙，脸上化了妆，加里穿着上班穿的衣服，一副局促不安的样子。自从和桑德拉·华纳离婚后，他的生活水平得到明显改善，这极有可能已经是他最好的状态了。汉娜认为，为了达到改善生活的目的，一个堂堂男子汉居然走这条路真够可悲的——又一段沉闷的婚姻（在汉娜看来），又一个乏味的家庭。他本来可以自由自在，富有冒险精神，胸怀大志，但毫无疑问，他背负着巨额的按揭贷款。她想到了资产阶级这个词，她常常觉得这个词完全过时，挺让人遗憾的。

巴特罗太太把全家人聚在一起听汉娜一番教导后，把孩子、家庭作业和狗狗通通请了出去，房间里只留下她丈夫和女警察。毫无疑问，巴特罗太太肯定会叫她女警察。加里开始谈论梅根。

"我经常去看我的女儿们，"他说，"我的大姑娘们，我这样称呼她们。可怜的梅根——太可怕了，不是吗？"

"是啊，是这样。非常可怕，巴特罗先生。"

"你知道，前一阵子她还来过我这儿。那天是星期六。我想想啊，应该是八月二十二号。正好赶上伯斯里夏季集市，地点在河边的草甸上。梅根是来赶集的。我想那天基斯去伯明翰他姐姐那儿了。中午她和我们一起吃了点东西，然后一起去集市。我没想到从那以后就再也见不到她了。"

"您已经很难过了，我不想再给您增加痛苦，但我不得不问，梅根把她怀孕的事告诉您了吗？您知道她怀孕吗？"

他露出一脸的苦相，面部肌肉抽搐，既懊悔不迭，又听之任之，他说："她死了以后我才知道的。她母亲和我谈过了。我们不经常谈话，但梅根被……杀后我们谈过话。"

"吃午饭或者逛集市的时候，梅根跟您说过什么没有？我指的是不同寻常的事，不是普通的家庭琐事。"

"我印象里好像没有。"

"那好吧，巴特罗先生，如果您想起什么，请您告诉我们，好吗？"

汉娜回到来时的瓢泼大雨中。她停车的位置离巴特罗家也就十几英尺远，但等她打开车门，钻进驾驶室时，她的衣服和头发都在往下滴水。今晚，她要和巴比尔约会。她要和他一起出去，而不是和他一起待在家里。无论他们去哪儿，肯定又要被淋成落汤鸡，末了还没有一张温暖的床给他们带来安慰。

暴风雨扫过金斯布鲁克河谷，继续猛力向前推进。有个人在苏英伯里高尔夫球场被闪电击中，死在了第十四洞旁。河水溢出米尔巷旁的堤岸，但并没有灌入珠宝别墅那三幢房子的厨房和起居室。布瑞姆赫斯特、迈福利特和西金斯马克海姆那些悬在头顶的电线没有被闪电损毁，却被风雨击倒在地。朵拉·维斯塔福德的冰箱停电了，冷冻室里的冰开始融化，烤箱不工作了，但煤气灶还能用。六点钟，博蒙特夫妇打着雨伞一路小跑来到西尔维娅家时，她没有放在饮料里的冰块。

19

早上很黑,黑得非开灯不可,只可惜灯不亮。起床后,他忘了有停电这回事了,即使在这个时候,他也没把停电和热水联系到一块儿。家里也没有热水。自从去西班牙度假以来,他就没洗过冷水澡,而那已经是很多年前的事了。当时他很喜欢洗冷水澡,现在就不一样了。当第一股冷水喷在他的肩膀上时,他感觉自己快要死了。

朵拉还在睡觉,但睡得并不安稳。他问自己,为什么她对他的态度好像他背叛了她,他却要沏好茶端到她面前呢?因为他拒绝和她结成稳固的同盟联合对抗他们的女儿?他是不会那么做的。让她体会一下被疏远的感觉吧。但他随即告诉自己,别犯傻了。婚姻就是这样出现裂痕的,这就是开端。他下了楼,在煤气灶上放了一平底锅的水,又往杯子里放了两个茶叶包,然后点上火。"希望罐子里剩下的煤气够用。"他说出声来。

好像等了好几年,锅里的水才开。他上楼把茶杯端到她面前。她坐在床边,一直在哭。

"怎么了?"

"孩子,"她说,"我受不了这个。想到永远也见不到我们的外孙,我就难受。不是因为孩子死了——那太可怕了,我知道——也不是因为孩子的母亲没有能力将他抚养成人,而是因为一时心血来潮起了这么个愚蠢的念头。这是人类能够想出来的最糟糕的念头之一。"

他伸出胳膊搂住她,但她的身子变得僵硬起来,挣脱了他的怀抱。

"我们永远也见不到这个孩子了,无论是男孩,还是女孩。但我们知道这个孩子就生活在附近,几英里之外的某个地方。到了那个时候,我即使在出门购物的时候看见他,也不知道他就是我们的外孙。只要看到小孩,我就会在他们的脸上寻找和他相像的地方。你为什么就不能像我这样看问题呢?你为什么能理解她的观点?"

"可能因为我们是两个不同的人。"

"婚后两个人应该合二为一。"

"这未免太理想化了。我们应该保留各自的意见。我们不能这么做吗?你知道,我和你都不喜欢现在这个状态。我只是觉得做什么都没有意义。我们不能和西尔维娅断绝关系,想着,好吧,把她送到考文垂待一阵,等她回来的时候,我们的关系就会再次亲密起来,因为,事情不会就这样过去的。就像你说的那样,不管是男孩,还是女孩,他或她都将生活在我们附近。不管西尔维娅怎么说,她的情感都会有波动。你好好想一想,她需要我们,因为她真的没有别的人可以依靠了。"

杀死梅根所用的砖块可能和安柏那件案子中所使用的凶器是同

一种类型，甚至是同一块砖。正如砖石学家所言，有百万分之一的可能性。实际情况是，维多利亚别墅附近没有这种砖，因为房屋重建翻新时用不上。韦克斯福德恨恨地想，这种砖块在全郡乃至全国的其他任何一个建筑工地都能找到。威廉·费什，给他打工的那两个人，罗斯·桑菲尔，罗斯·桑菲尔的弟弟，还有在希尔兰德家和他们共事的助手，这些人当中的任何一个都有可能在家附近几码的范围内随手捡起一块砖头。

从昨天下午开始，城后山坡上的那些房子就黑着灯，现在又一个个地亮起来了。他们家也很快就会来电，这样他就能在上午洗个热水澡了。他曾经把桑菲尔与本案的联系称做三重联系，难道就没有可能是四重联系吗？苏哲瑞－桑菲尔公司装修过马歇尔森的工作室。他们为希尔兰德夫妇做过室内装饰。他们马上就要装修发现梅根尸体的那个房子了。罗斯·桑菲尔还和安柏见过面。他不只是见过她，她最后一次去希尔兰德家时，他正和薇薇安·希尔兰德交谈。安柏和布兰德已经到了，他还在和她聊天，所以说是四重联系，尽管每件事之间的联系并不是很紧密。

他打电话叫汉娜来，看到汉娜来了，他说："我要去一趟桑德拉·华纳家，我希望你和我一起去。"

"好的，老爸。"

"我们走着去吧。"

毫无疑问，她更愿意巴比尔陪伴她，而不是他。这是很自然的事。一路上，他们默默地走，他想的是他的女儿和他的外孙们。像朵拉一样，他也开始琢磨，如果一个家庭成员被带走了，那么其他的人，母亲、祖父母，甚至姐妹和表亲能否忘记，能否原谅，这个家还能否重新步入正轨。他第一次问自己，当初梅根把孩子送给别人养的时候，桑德拉·华纳家是怎样一种情况。据拉莱说，谈起这件事时，她的态度非常坚定，好像放弃这个孩子是审慎明智之举，因此没有任何问题。那是她的真实想法，还是她故作坚强？梅根的感受又如何呢？一直以来，她到底处于怎样一种状态？等西尔维娅生下孩子，把他亲手交到娜奥米·温德姆手上时，她又会是怎样一番感受？

约莫有十分钟，他一句话也没说，后来还是汉娜先开的口，她一反常态地小声问他们去找华纳太太做什么。

"桑菲尔，"他说，"她认识他吗？梅根怀孕的事。她能提供什么线索吗？我想把这些问题搞清楚。"他很痛苦地补充道，"因为，坦白地说，探长，我不知道除此之外还能做什么。除了罗斯·桑菲尔承包了维多利亚别墅的装修工程，还有罗斯·桑菲尔见过安柏，没有任何线索可以让我们继续调查下去。仅此而已。"

他们走上穆里尔坎普登小区的水泥楼梯，沿着走廊，经过五扇门，来到桑德拉·华纳太太家门口。拉莱已经去商业学校了，李·华纳坐在电视机前，人恨不得要贴上去，他耸着肩膀，头向前倾，仿佛乌龟的脑袋从壳里伸出来。不过，吃剩的早餐已经被收走了，桑德拉已经脱掉晨衣，换上了一身淡紫色的运动服。李根本没理这两位警官，在他看来，他们进屋跟没进屋一个样，令韦克斯福德颇感惊讶的是，桑德拉见到他们很高兴，他们能来家中拜访，她很满意，她似乎把这当成了一种吊唁。

"你们真好。我们很感激，是不是这样，李？"那个看电视的人没吭声，"拉莱说得对，警察对社区里的人的态度越来越友好了。"

"也许我们要占用您一点时间，华纳太太，"韦克斯福德说，"我有几个问题想问您。"

"我不介意，"桑德拉亲切地说，"你们想知道什么？"

"维多利亚别墅四号,"汉娜开口道,"不好意思又让您想起找到您女儿的地方。"

桑德拉相当爽快地回答:"没关系。"

"她知道那个房子吗?她提起过那儿吗?比如说,她去过那儿吗?"

"她从来没跟我说起过。奇怪,拉莱昨天刚跟我说过这事,今天你们就来问我了,她说:'梅根从来没提到过那个地方,对不对?'她还说:'她怎么会去那儿呢?'"

"梅根死的时候,"汉娜说,"大概有十四周的身孕。"

"有那么长时间吗?"

"是的,大约十四周。我们推算了一下,受孕的时间大概是在五月份的最后一个星期。"

"是啊。"桑德拉犹豫不定地说。

韦克斯福德说:"五月二十二号到二十五号,梅根在德国的法兰克福。你认为她有没有可能是在那个周末遇到了孩子的父亲?"

"呃,她从来没说过,也不会做那种事。她和基斯在一起,我的意思是,他们像真正的夫妻一样生活在一起,不是吗?"

"她向您提起过桑菲尔这个名字吗?"

还没等桑德拉回答,李就扭过头来气呼呼地说:"你们就不能去别的屋聊吗?我看的不是电影,是世界杯。"

"我们去厨房里谈吧,亲爱的。"桑德拉转向韦克斯福德,说,"我给你们沏杯茶,我起码可以为你们做这个。"

厨房的空间极为狭小,也就勉强能站三个人,韦克斯福德只能靠在冰箱上,冰箱门上全是明信片,用泰迪熊和鸭子形状的冰箱贴压着。汉娜坐在一个凳子上,等着水开的时候桑德拉用胳膊肘支着洗衣机的一角。

"桑菲尔。"韦克斯福德提醒她。

"从来没听说过这个名字。"

"她谈到过一个叫罗斯的人吗?"

"没跟我提起过。"

桑德拉把茶杯递给韦克斯福德,从桑德拉手中接过茶杯时,他的胳膊蹭到了冰箱门,碰掉了一张明信片和压在上面的泰德熊冰箱贴。他不太愿意手脚着地趴在不太干净的地上,但他还是这么做了,他捡起了掉在地上的那张明信片,这个过程中,他发现冰箱下面往里面一点还有一张明信片,这张卡片可能是几个星期前由于同样的原因掉下去的。

他立刻明白这是什么了。卡片上的那幢房子有红色的尖顶和绿色的百叶窗,标牌上写着四匹马酒店,下面是一幅画,画上是四匹长着金黄色鬃毛的马拉着一辆马车。邮戳上的日期是五月二十二日。那是在桑德拉新婚之前,收信人是桑德拉·拉帕太太。梅根用她未成熟而不坚定的笔体和文法这样写道:"希望你在界里。阳光很棒。爱你的梅格。"

"这是梅根从德国寄给您的那张明信片吗,华纳太太?"

"哦,让我看看。就是这张。我还奇怪怎么找不着了呢。字体很滑稽,是不是?"她仔细看着刻在老式酒店招牌上的哥特字体,"看上去更像中文,对不对?这几个字到底怎么念啊?"

"可以把这张卡片给我吗?"

"哦,我不知道。这是她留给我的最后一件东西。我想我最好保存好。如果让你拿走,我会感觉怪怪的。"

这之后没多久,他们就离开了桑德拉的家。韦克斯福德回到办公室，注意到欧洲大陆国家的时间是上午十一点，比英国早一个小时，他给国际电话查号台打了个电话，要到了法兰克福的四匹马酒店的电话号码。

金斯马克海姆高街上的那幢大楼曾经是威斯敏斯特银行的所在地，当时的银行往往是宏伟的建筑，要么是红砖楼，要么是白灰墙，门前有柱廊，橡木的双扇门，堂皇的长窗，大楼里面有很高的装饰感极强的天花板、热带硬木的镶板和大理石铺成的地面。和斯道尔顿的维多利亚别墅一样，这幢大楼被改造成豪华公寓，改建工程业已完成。波顿发现这里只有罗斯·桑菲尔一个人，他正在对顶层公寓门厅的镶板做最后的修饰，这里的设计风格和希尔兰德家几乎如出一辙。

在希尔兰德家碰到他那次，韦克斯福德就发现他是个英俊的男人，他有一双蓝色的眼睛，相貌很古典。如果他在那儿的话，看见这张脸，一定会想起米开朗基罗的《大卫》，只是这个大卫已届中年。不过波顿可没觉得他和大卫长得像。罗斯放下手里的工具，走过来和他握了握手。他们以前在罗斯家里见过面，这也没什么不妥；毫无疑问，他只是想表现出很友好的样子，配合警方的调查。但尽管如此，在波顿看来，这个人似乎是想和高级警官平起平坐，显示自己站在警察这边，韦克斯福德可能这样说过——波顿经常听他这么说——他本人和桑菲尔"与世界对抗"。

"坦白地讲，不能说我见过安柏·马歇尔森，波顿警官。"罗斯说，罗斯用的是姓氏加称呼，好像把自己当成一个同等的人，甚至是朋友，"我也许见过她，只是想不起来了。"

"她是一个非常漂亮的女孩。"

"啊，听着，警官，我是一个已婚男人，我的婚姻生活很幸福。自从结婚以后，我就没认真看过任何一个女孩。你知道我对自己怎么说吗？我说，如果我的孩子看见我盯着女孩看，他们会怎么想我？"

波顿想起了这个男人客厅墙上的那幅裸体画。"让我帮您恢复一下记忆吧。我认为七月份您在希尔兰德太太家见过安柏。当时她还带着她的小儿子。"

罗斯做了一个很夸张的动作，他把头向后一仰，用手心拍了一下脑门，接着又把那只手握成拳头击打空气。"我见过，我见过。"他大叫道，"我的上帝，我全忘了。"

演得不错，波顿想。

"您住在哪儿，桑菲尔先生？"

听到这个问题，他吃了一惊。"伯斯里大街。为什么问这个？"

"也许您也能想起来在哪儿见过梅根·巴特罗。她父亲住在伯斯里，每次她去看她爸爸回来的时候都会沿着伯斯里大街步行到汽车站。"

罗斯没有回答这个问题，他只是摇了摇头。也许他心里想的是，他不能对这么多年从他家门口走过的每一个人负责。波顿问他科林·弗莱在不在里面，罗斯告诉他不在。他除了给罗斯帮忙，还有其他的工作。这时，楼梯上传来脚步声，脚步声是从银行那个很气派的大楼梯上传来的，这个大理石铺地、熟铁制扶手的楼梯如今已经为所有的住户服务了，脚踩在石头上，脚步声清晰可闻。罗斯的脸上露出奇怪的表情。如果必须描述一下这种表情——韦克斯福德更擅长这个——他会管这叫"关心"，也许是"体贴"，不过"爱护"这个词或许更贴切。但罗斯并没有用语言来表达这种感觉。一个男人走进房间，手里拿着一个活页记事本。

简直不敢相信这个人竟然是罗斯的双胞胎弟弟。这是和罗斯同岁、甚至同一个小时出生的瑞克·桑菲尔。从表面上看,他和罗斯一点也不像,如果罗斯被关进一个惨无人道的战俘集中营,两年后被放出来大概就是他现在这个样。他看上去疲惫不堪,郁郁寡欢,头发稀疏,还夹杂着一缕缕的白发,他的脸上布满了皱纹,两颊凹陷,双目无神。波顿发现,他只有转过身和罗斯说话时的侧脸和他哥哥一模一样。

罗斯把手放在那个人的肩膀上,语气温和地说:"一切都很好,瑞克,没什么可担心的,这位先生是警察,波顿警官。"

瑞克·桑菲尔看着波顿,恐惧顿时笼罩了他的脸,那副神情仿佛电影里的人迎面遭遇了一只从一万英寻的深海中冒出来的怪物。他甩掉罗斯的手,冲向门口,噔噔噔跑下了楼。不等罗斯向他解释或者道歉,波顿也跟了出去。

20

接电话的是酒店经理。不知道为什么,韦克斯福德的兴奋感一落千丈,他知道那张明信片将他带入了歧途,总之有地方出了错。斯黛勒女士在电脑上迅速查了一下入住客人的名单,在韦克斯福德的要求下,她又查了一遍,但还是没找到梅根·巴特罗小姐和安柏·马歇尔森小姐的登记记录,无论是今年五月份,还是别的什么时间,这两位小姐既没有同时入住过,也没有单独入住过。韦克斯福德问她客人有没有可能用假名字。听了这个问题,斯黛勒女士似乎很震惊。"我们要求每一位客人出示护照,并由我们代为保管十二个小时。如果客人的护照是假的……"她让这个可怕的想法悬在半空。

"五月二十二号有一张明信片从你酒店寄到英国。"韦克斯福德说,"会不会是住在别的酒店的客人在你们的前台买了一张明信片?可能有这种情况吗?"

"我们不喜欢这种做法——那个词怎么说来着——我们不鼓励这种

做法。当然了，有可能出现这种情况，尤其是前台的客人太多，工作人员特别忙的时候。可能您提到的一位女士来这里喝过茶，或者和朋友约在酒吧里见面，后来就在这儿买了张明信片。如果是这样，我们也不能上前阻止。"

他把事情想得太简单了。他的网络技能仍处于婴儿期，即使过了老糊涂的年纪也不会有什么进步，他本来想找法兰克福的酒店名录，却不知道怎么就冒出来一连串弗兰肯斯坦电影的名字。但最终他还是找到了他要找的东西。四匹马酒店（显然，四匹马是以《圣经启示录》中四骑士的名字命名的，而这家酒店或者它的前身在中世纪时是一家小酒馆）获评四星，网上是这样描述它的："居住条件舒适，拥有数间豪华套房，提供精美菜肴的餐厅被《米其林酒店与餐厅指南》评为星级餐厅，惬意的室内花园。"显然，梅根和安柏不会住这种酒店。她们很有可能找了一个提供早餐的家庭旅馆住了下来，并像英格丽德·斯黛勒所说的那样去酒店的酒吧喝了一杯，然后买了一张或几张明信片。年轻人热衷于这种事，为了"开玩笑"，假装自己住进了四星级酒店，其实住的是小旅馆，两个人挤在一个小房间里，上趟厕所都要到走廊的尽头。但这一切都无法解释为什么她们要去法兰克福。

如果有人发现你是警察于是掉头就跑，追捕他是理所应当的事。从十八岁开始，波顿就在做这样的事。有时候，他能抓到猎物，当然，也有抓不到的时候。今天的情况就属于后者。瑞克·桑菲尔一开始就占了很大的优势，尽管他看上去体格欠佳，却能想方设法消失在老银行大楼临时搭建起来的一道道门外。波顿迈着沉重的步子重又踏上大理石楼梯，回到正在平静地继续修饰镶板的罗斯身边。

"这到底是怎么回事？"波顿问。

罗斯放下手里的工具，对他露出迷人的微笑，仿佛微笑是他的存货似的。他很有耐心地说："您应该理解，我弟弟他……呃，他不是不安，我不会用不安这个词。他也没有精神病，他就是特别紧张。他要承受很多东西。"

"哦，是吗？"

"人们对他很不好。对于一个男人来说，失去孩子是件很痛苦的事，特别是他认为自己没做过什么伤天害理的事，不该遭此厄运。"

"所以他一见到警察就跑？"

"呃，确实是这样。他一见到警察就这样。反正，你们也能查清楚，我不妨告诉您吧。他犯过罪，蹲过监狱，但他是一个完全无害的人。我并不介意告诉您，我把照顾他当成我这一生的使命。我要一辈子照顾这个孪生兄弟，您知道。说实话，他胜任不了秘书的工作，也不是一个真正的会计，但是……呃，就像我说的那样，我要照顾他。我猜，如果我说我爱他，您会认为我很傻。"

看着罗斯露出甜蜜的苦笑，蓝眼睛的眼角皱起来，两条鲜明的黑眉毛扬起来，波顿不打算说出自己对手足之情和别的什么的看法。"你们俩是双胞胎？看不出来你们是亲兄弟。你们俩长得一点也不像。"

"曾经很像。"

罗斯的话音里透着懊悔，但在波顿看来，他似乎很喜欢听别人说他和他弟弟长得不像。平心而论，没有人希望自己长得像瑞克·桑菲尔。"他住在哪儿？"波顿问。

"彭弗里特的陶工路。对他宽容点。他是个无害的人。"

韦克斯福德和波顿来到陶工路时，瑞克还没到家。这条街与宝拉·文森特家所在的那条街平行，沿街建有各式各样的房子。这条路的二十六号是个平房，平方的这边是一幢红砖小别墅，另一边是一整条街区的特色建筑，这些三十年代风格的公寓楼的窗框是金属做的，入口处有遮阳棚。瑞克家的平房看上去是那么的粗陋、凄凉，甚至给人一种阴森森的感觉，油漆已经开始剥落，本来就不厚的屋顶缺了几片瓦，水泥路面也裂开了一道道缝。他家附近既没种草，也没种树。前面的院墙拆掉了，前花园铺上了水泥，变成了瑞克的停车场。

大约十分钟后，他们看见一辆蓝色的沃尔沃从彭弗里特大街拐过来，停在铺着水泥板的花园里。波顿追下楼的那个人从车里钻出来，他没朝他们这边看，而是淋着雨弯腰缩脖地走上了那条小路。他走路的样子就像一个停止反抗的人，他知道该在哪儿放弃希望。他刚走进前门，便头也不回地随手关上门。随即，韦克斯福德和波顿下了车，穿过马路。他们在人行道上刚走到一半就看见瑞克·桑菲尔推开门，耷拉着脑袋站在那儿等他们。他似乎在等待警察将他押赴刑场。

后来在谈到房子的内部装饰时，韦克斯福德说，如果他不得不住在瑞克家里，他肯定会自杀的。瑞克把他们领进后面的一间小屋，这间屋子里摆了一台电视机和一张旧沙发，沙发上铺了一块又脏又破的红丝绒，此外，还有一个塑料餐凳。窗户上没挂帘子，光秃秃的地板上也没铺地毯。一面墙上挂着一张挂历，挂历上有几艘看着就令人压抑的帆船，墙上没有任何照片。

他们在房间外面那条贯穿前门和后院的狭窄过道上看到的东西给他们带来了一线希望，他们觉得来对了地方，找对了人。在过道尽头那个衣帽架的挂钩上挂着一件灰色的抓绒连帽衫。

不知道瑞克是否发现他们用眼睛瞄那件衣服，至少他没有表现出来。他的脸上除了羞愧，没有丝毫表情的变化。他看上去目光呆滞。韦克斯福德和波顿先坐了下来，瑞克稍微犹豫了一下也坐了下来，他把屁股搁在凳子沿上，双手无力地垂在两个膝盖中间。韦克斯福德先开的口，问他是否认识安柏·马歇尔森，并给他看了她的照片，接着，他又用同样的方式问他认不认识梅根·巴特罗。

他的回答与众不同。"我不知道。"

"桑菲尔先生，您不认识她们，还是您不知道自己是不是认识她们？"

"我不知道，"瑞克又说了一遍，"我不知道是不是认识她们。我可能见过她们，但是想不起来了。我的记性很差。我的前妻把我的记忆全毁了。"

波顿决定不再就此追问下去，于是问他是否知道约斯通树林。

"哪儿？"瑞克忧郁的心情似乎发生了变化，他突然变得警觉起来，显然，他意识到从现在开始说话要当心了，必须保持谨慎。

"约斯通树林。这片林子在金斯马克海姆—刘易斯公路南侧。差不多在从斯特灵菲尔德去彭弗里特莫纳克鲁姆的半道上。您去过那儿吗？"

"我不往树林里走，"桑菲尔回答说，"我为什么要去那儿？"

"我不知道，桑菲尔先生，这得您来告诉我。"

韦克斯福德问他："六月二十四号晚上您去过约斯通树林吗？您是不是把车停在树林里，经过伐木工人的小屋向约斯通桥走，当时您是不是还背了一个包，包里装着一个混凝土块形状的凶器？"

"什么形状？"

"混凝土块。"

"我从来没去过那儿。从来没去过。"

"您去约斯通树林和布瑞姆赫斯特的米尔巷时是不是穿了那件抓绒的连帽衫？"

瑞克先是沉默,接着,他用粗鲁的语调慢吞吞地说:"我不想和你们谈。我吃够了法律的苦头,法律总是给我惹麻烦。法律夺走了我的房子、我的钱,还有我的孩子。"

"桑菲尔先生,"韦克斯福德说,"我们想知道六月二十四号晚,八月十号晚到八月十一号,还有九月一号早上您在哪儿。这非常重要。您可以好好回忆一下,等我们明天来的时候您再告诉我们。"

"明天我不在家。我要去老银行大楼。"

"那我们就在那儿见面。"波顿说,"九点钟。"

停在水泥路上的那辆蓝色沃尔沃是辆旧车,大概有十五年的车龄了,车身的油漆早就失去了光泽,变得乌涂涂的。车身上布满了划痕,有的是旧的,有的不太旧,有的显然是刚剐的。离开桑菲尔家之前,他们绕着那辆车转了一圈,仔细查看那些划痕。

韦克斯福德小组的人齐聚在他的办公室里,他要跟他们讲讲瑞克·桑菲尔的事儿。"他的哥哥主动向我们透露,说他有前科。至于为什么,我们现在还不清楚。我不知道他是不是杀了那两个女孩。到目前为止,我还不知道相关的时间段他在哪里。也许他能出具符合要求的不在场证明,也许不能。你们知道,我们不需要找出犯罪动机,但是我想,我们所有人都想确切地知道如此看似漫无目的、纯粹肆意为之的谋杀到底所为何来。我最不想看到的就是给这支队伍留下一个坏名声,让人家说咱们在证据不足、对嫌疑人没有充分了解的情况下就随便把人抓起来审讯。别管《信使报》怎么说,我们完全可以闭上眼睛,捂住耳朵,对他们不予理睬。这一切都是为了这支队伍的声誉,我们不会随便抓人,过三十六小时后再因证据不足放人,然后朋友给他帮点小忙就能提供坚如磐石的不在场证明。"

波顿说:"他的车身上有划痕,可能是他去约斯通树林时被低矮的树枝剐到的,而且他有一件连帽的抓绒衣。但那个地区可能至少有一百个人符合类似的情况。"

汉娜举手提问:"我们认为犯罪动机与安柏和梅根搞的那个骗局有关,是不是这样,老爸?"

"我不知道她们搞的是不是骗局,汉娜,她们也有可能没干违法的事。不过,你说得对,我相信她们俩的死应该和那件事有关。"

"关于他的犯罪情况,长官,"巴里·韦恩说,"我写过报告了。让在场的所有人知道瑞克·桑菲尔有过怎样的前科也许对案件调查有帮助。他因为殴打当时的妻子艾莉森被判有罪,他打断了她的下巴,还踢折了她的两根肋骨。此外,他还在梅灵汉姆一个酒吧门口打倒过一名男子。"

韦克斯福德对他说了声谢谢,然后说:"我希望所有人都去调查桑菲尔的背景。不只是瑞克,还有罗斯。目前我们得到的都是'各种各样的人给出的极高评价',我不相信任何一个人会如此纯洁优秀。"他朝波顿的方向瞟了一眼。"不过,麦克,你说在自家客厅的墙上挂一张相当大胆的裸体画完全违背道德,这一点我不敢苟同。"

韦恩和科尔曼警官哈哈大笑起来,波顿也很有风度地跟着他们一起笑。

"现在有哪位愿意在电脑上查出苏哲瑞-桑菲尔公司的网站,把上面所有的信息整理出来。用这个方式开局不错。"

他们聚在一个办公室,韦克斯福德站在巴比尔身后,他从刚才研究的那个程序里退出来后让巴比尔把桑菲尔的网站显示在屏幕上。巴比尔刚打出 www.surrog,韦克斯福德说的一句话让他停了下来,说:"你是从什么时候开始不会拼写的,巴比尔?"

巴比尔抬起头,手搭在键盘上。"我哪儿写错了,长官?"

韦克斯福德没有回答他的问题,而是盯着巴比尔写错的那个字。"我想,也许你写得非常正确。什么都不要改,就加上一个A,一个C和一个Y,好吗?"

巴比尔被他搞糊涂了,但还是照着他说的去做了。

"祝贺你。"韦克斯福德拍了拍他的肩膀,"虽然你不会拼写单词,却解开了一个连续困扰我两个月的谜题。现在,你把和'代孕'有关的一切资料都打印出来,好吗?网站上所提供的一切。"

21

"我怎么这么傻，"韦克斯福德说，"几个星期前我就应该知道。我自己的女儿也在做这种事，我却一直都不明白。如果既不是贩毒，也不是卖淫，除了代孕，还有什么能每笔赚千元大钞呢？"他把一捆打印出来的资料扔给桌对面的波顿，"'有代孕需求的父母'，'代孕圆梦'，'宿主代孕或者妊娠代孕'，'自然代孕'。你听听。"

"'自然代孕是指卵子来自代孕母亲，精子来自丈夫。这个过程可以在体外授精诊所进行，但人工授精技术往往在家里面完成。以这种方式孕育的孩子其实是代孕母亲和那个有代孕需求的父亲的亲生孩子。宿主代孕是指卵子由妻子提供，精子来自丈夫或由第三方志愿者提供。采用此法孕育的孩子则与代孕母亲没有血缘关系……'是，是，这些我们都知道。或许我的脑子很迟钝，但活了半个世纪了，我还是懂得一点性知识。安柏和梅根不是用这种方法代孕的。"

波顿仔细看了看那摞纸，摇了摇头放下了。"这上面说，我想，我也知道，在英国为代孕者做广告是违法的。他们建议有代孕需求的夫妻加入代孕机构。"

"我也不认为梅根和安柏做过这种事，你觉得呢？"

"你是说她们没干过违法的事？"

"我相信她们干过很多违法的事。坐下来，听我给你讲一个故事。部分内容是我杜撰的，但比例不大。故事是这样开始的，很有可能是梅根在小报上读到了一则故事，说一个代孕母亲拒绝交出自己生下来的孩子。也许她还读到这个女人是通过互联网知道代孕这回事的。但梅根上不了网。普林斯普－巴特罗家的那些设备是他们后来通过非法所得购入的。想要上网就必须去网吧，但网吧对她来说也没有多大用处，因为她从来就没用过电脑。她妹妹拉莱用过电脑，但找她帮忙意味着必须对她吐露心事。"

"后来，她遇见了安柏。"波顿说。

"后来，她遇见了安柏。一天晚上，拉莱把她带到了亮闪闪俱乐部，她们就是在那里认识的。我不知道她们是怎么谈起这个话题的，但我知道她们有一个共同点。她们都很年轻，梅根当时十九岁，安柏十七岁，但她们都生过一个孩子。这就是梅根告诉拉莱她必须具备的'资格'。梅根和安柏紧挨着坐在一起，除了聊彼此的共同点，还有可能聊什么呢？我并不是暗示她们第一次见面就谈代孕的事，但我相信她们那天在亮闪闪俱乐部定好了再见面的日子，地点也许是在一个咖啡馆，然后她们去了安柏家，因为安柏家有电脑。"

"你是说她们在咖啡馆见面的时候，比方说，梅根提出一个她们一起做代孕母亲的计划？不是'宿主代孕'，而是'自然代孕'？"

"没错。梅根根本没打算去任何人工授精诊所或者代孕机构。首先，她们必须从网上找到相关资料，梅根对电脑一窍不通，安柏家里虽然有电脑,但她也不会熟练使用。她的继母会电脑,但向她请教显然是不明智的。不过,布鲁克斯懂电脑,他可以帮忙。我们知道她请他帮过忙,因为他就是这么跟我们讲的。"

"什么,让他给她找一个代孕网站?"

"也许她让他给她找那个网站,但是看到网站上的内容,他也萌生了找人代孕的想法,后来,他把这个想法告诉了他那个特别想要孩子的妻子。他不想让别人知道这件事,所以就对汉娜撒了谎。不过,我们还是回过头说安柏和梅根吧。

"如果不加入代孕机构,她们就什么也做不成,因为在英国,为代孕者做广告,或者代孕者为自己做广告都是违法的。但是加入一个机构,并经人介绍给一对需要找代孕妈妈给他们生孩子的夫妻则不属于违法行为。我想我认识了解所有关于代孕机构情况的人⋯⋯"

从西尔维娅的炉灶上飘出来的香味是韦克斯福德闻到过的最令人陶醉的味道之一。这个香味里包含了各种肉味,绝对不会错,即便娜奥米·温德汉姆还没来得及谴责这种食物不适合孕妇、孩子以及除他之外的任何一个人,因为她认为,他已经深陷烹调美食的罪恶中无法被救赎了。他和朵拉、娜奥米和玛丽·博蒙特坐在他女儿的厨房里,烧这道菜的厨师玛丽·博蒙特告诉他,这是法国什锦砂锅,配料有鹅肉、猪肉、培根、白扁豆和药草。

"我应该只吃蔬菜,"娜奥米说这话时做作地打了个激灵,"如果吃了这东西,我会一直琢磨它会对我的主动脉造成怎样的影响。"

玛丽大笑起来。"亲爱的,我倒是见过几根主动脉,从里到外,不过,我相信,如果人们不知道自己有主动脉会过得更好。"

"再喝点酒吧,爸爸,"西尔维娅说,"妈妈可以开车。"

"那就再来杯波尔多红酒吧。"韦克斯福德说,"娜奥米不会反对喝葡萄酒。连阿特金斯医生都不反对。娜奥米刚要强烈谴责阿特金斯饮食法①,就被韦克斯福德打断了,"娜奥米,作为一个明白事理的女人——上帝原谅他吧——你不会介意我问这个问题。你和尼尔决定找代孕母亲的时候,你们是不是某个与……不孕症作斗争的组织的会员?"

"我们是两个组织的会员。'孩子献给每个人'和SOCC。"

"SOCC?"

玛丽替她回答了这个问题。"苏塞克斯克服无子之痛协会。这两个组织都设在本地。我为它们做事。"

"你是护士,对不对?"

"我是助产士,亲爱的。我是自愿为SOCC工作的。"

娜奥米发出银铃般的笑声。"为代孕者做广告或者为自己的代孕行为做广告都是违法的,但没有什么可以阻止人们见面并谈论生活中的不幸,没有什么可以阻止你带来一个可能考虑要做代孕者的人,只要你严格按照规定把她的情况汇报给'孩子献给每个人'组织就行了。"

"或者,我猜,如果她私下里主动要为某对会员夫妻提供服务也是可以的。"

"当然,这么做也是可以的。"

"如果他们在和她产生任何关系之前不把她的底细查清楚,他们就

---

①阿特金斯健康饮食法,又称阿特金斯减肥法、低碳减肥法,也被称做食肉减肥法,是美国医生罗伯特·阿特金斯创造的减肥饮食方法,其要求完全不吃碳水化合物,而可以吃高蛋白的食品,即不吃任何淀粉类、高糖分的食品,而多吃肉类、鱼。其核心是控制碳水化合物的摄入量,从而将人体从消耗碳水化合物的代谢转化成以消耗脂肪为主的代谢模式。

是傻子。"玛丽的语气很粗鲁。

韦克斯福德若有所思地说:"可是人经常会犯傻,如果他们特别渴望一样东西的话,做起事来就会不计后果。女人最渴望的就是有一个自己的孩子,我想不出还有什么能让她们更不顾一切。"

令他吃惊的是,娜奥米抓起他的手握了一下。他看着她,几乎不敢相信这个在他眼中非常肤浅没有深度的女人竟然也能如此深情。泪水含在她的眼眶里没流下来,在那里闪着光。

朵拉用力吸了一口气。"总之,你为什么想知道这些?你习惯审问犯人了,无论走到哪儿都是这个口气。"

他勉强笑了两声。"对不起,我闭嘴。现在可以吃饭了吗,西尔维娅?太香了,我快受不了了。"

当他们第二天早上九点走进老银行大楼时,那儿又只有罗斯·桑菲尔一个人。

"瑞克随时可能到。"罗斯说。

他踩在一把铝制梯子的中部,正往天花板的圆形花饰中央粘贴水果和鲜花的图案。

"这次他不会见到我就跑了吧?"波顿语带讽刺,"我可不想再在大街上追他了。"

"我保证他不会跑了。交给我好了。他来了。"

睡了一宿觉并没有让瑞克·桑菲尔的气色有所改观。第一次看见他们在一起,韦克斯福德惊诧于两个人居然是双胞胎。罗斯从梯子上走下来,微笑着说:"瑞克,你好吗?"他们肩并肩地站在一起就像是那种出现在前后对比广告里的人。

接下来，他们听瑞克说了一句话，这是迄今为止从他嘴里说出来的最长的句子。"如果我必须和你们谈话，我希望我的哥哥也在场，我不想被你们带到别的地方，去一个我哥哥听不见我说什么，也听不见你们说什么的地方。"

罗斯脸上满意的表情近乎滑稽。他笑着捏了一下弟弟的肩膀。

"我不反对你哥哥在场，"韦克斯福德说，"首先，我想知道六月二十四号晚八点到十点之间你在哪里。"

"罗斯去度假了。"似乎他最关心的是他哥哥的行踪，"我，我和诺曼在美人鱼酒吧。"

韦克斯福德注意到，他在回答这个问题时几乎不假思索，毫不犹豫就说出了人名和地点，这可是四个月前的事。

"谁是诺曼？"

"诺曼·阿伦。"瑞克咕哝着说。

"好。请把阿伦先生的地址告诉我。"

韦克斯福德料到罗斯迟早会插上一杠子，结果比他预期的还早。"别开玩笑了。所有人都知道他住在哪儿。他的家很有名。"

"在我们活动的范围内没名。"波顿说。

"那好吧。他住在彭弗里特霍尔。"

只有精心编造的八月十号到十一号不在场的证明能给韦克斯福德留下更好的印象。正如波顿事后所言，看样子他们事先串通好了，也许事实就是这样。瑞克低头咕哝，说自己当时在前妻家照看他的孩子。

"我只有通过这种方式才能见到孩子——照看他们。她和那个和她在一起的家伙出去了。她和他住的是我的房子。她通过离婚得到了那套房子。只有在照看孩子的时候我才有机会见到他们。如今的父亲一点也不重要。我正打算加入'为父亲讨公道'组织。"

罗斯的手又回到弟弟的肩上,他插嘴道:"艾莉森住在梅灵汉姆。有时候,瑞克会帮她照看孩子。这种生活状态并不理想,但又能怎么样呢?"

"你什么也不用做,"波顿厉声道,"我没问你。我和你弟弟谈话的时候,如果你想待在旁边,请保持安静。"罗斯的样子,与其说被冒犯了,不如说受伤了更合适。"凌晨两点你没有照看孩子。"波顿对瑞克说,"你是什么时候离开你前妻家的?"

"不是她的家,那是我的家。"他明确表示他从来没打算让不公正的待遇停止过,只要这个话题出现,即使完全不相干的人,他也会设法说服。"房子是我买的,用我自己赚来的钱贷款买的。"

"你几点走的?"韦克斯福德没好气地说。

罗斯扬起眉毛,说话的感觉好像他是为嫌疑人辩护的律师。"没有必要用这种口气说话吧。"

"我想用什么口气就用什么口气。抓紧时间继续吧。你什么时候走的?"

罗斯暂时满足于两眼望天的状态。瑞克咕哝着继续说:"十一点左右。他们回来,我走。孩子都睡了。我没跟她和那个家伙废什么话。后来,我那辆一钱不值的破车在路上抛锚了。"

"你知道我要给你弄一辆新车,瑞克。"罗斯说。

其实,韦克斯福德已经火冒三丈,但他没有表现出来,而是压抑着内心的愤恨,说:"请不要再打断他的话了,桑菲尔先生。如果你再这样继续下去,我只好请你弟弟去警察局走一趟了。"

突然,不需要提问,也不需要任何提示,瑞克主动说了起来,他好像已经把那些词背得滚瓜烂熟了,或者有人再三叮嘱过他。韦克斯福德心想,即使我没有早早认定这个人就是凶手,现在也快接近真相了。

"我在途经伯斯里的路上，A3923公路。突然发动机熄火，再也打不着了。我看了一下，但找不到问题出在哪儿。我离家还有足足八英里。我知道必须把车撇下，步行回家。"

"你是汽车协会（AA）或者英国皇家汽车俱乐部（RAC）的会员吗？"

"你看我像吗？我连电话都没有，买不起手机。她活剥了我的皮，所以我买不起那类玩意儿。她带走了我曾经拥有的一切。"

韦克斯福德断定，想要把谈话继续下去的话，只能把话强加给瑞克，于是，他问瑞克是否同意当时已经半夜，瑞克点了点头。"有人从你身边路过吗？你肯定看见别的车了吧？有人停下来吗？"

"我可以说话吗，长官？"罗斯说。

"可以。你想说什么？"

"有个司机停下来了。他把手机借给瑞克，让他打了个电话。第二天，我问瑞克，你为什么不给我打电话，他说，他不想在那个时候打扰我。"

"你弟弟可以自己告诉我这些话，"韦克斯福德说，"那个司机叫什么名字？"

瑞克又想起来了，这段台词可能也是他事先背好的，他结结巴巴地说出了那个名字，"斯蒂夫——呃，斯蒂芬·劳森。他说他是从切里顿森林酒店过来的，他主动要捎我一段路，但是没用。他去的是反方向。他来的地方正是我要去的地方。"

终于有了一点可以用来核实的东西了。如果八月十号那晚真有一个叫斯蒂芬·劳森的人曾经在切里顿森林酒店停留过，很容易就能查出来。这么说，你是步行回彭弗里特的家的？"

"整整走了三个小时,我没以前那么健壮了。"

"好,"波顿说,"你的车怎么样了? 第二天去把它拖回来了吗?"

"瑞克给我打了个电话,我让汽车抢修中心把车送到我这儿来了。"

"好了,桑菲尔先生,够了。"韦克斯福德说,"既然你不能保持沉默,我们去警察局。"看到罗斯也打算和他们一起去,韦克斯福德又说,"你不能来,如果需要和你谈话,我会单独找你的。"

瑞克·桑菲尔拖着脚步走进金斯马克海姆警察局的样子就像是走进地狱的接待室。"入此门者,当放弃一切希望"① 这句话可能就写在新装的自动门上。韦克斯福德把他带进不太悦目的会客室——四面落地的白墙,聚乙烯基地面,这里的陈设会让人想起二十世纪五十年代的厨房。

他们在这里继续审问。

"为什么你的车要送到你哥哥家里? 为什么不送到修理厂去?"

"我们用的是自己的机修工,如果你们想知道的话。"瑞克说。

"我们当然想知道,这就是为什么你在这儿。九月一号上午你在干什么?"

听到这个问题,瑞克好像一点也不惊讶。如果这个日期对他没有任何意义,他是不是会回一句"什么时候?"或者"你再说一遍?"而不是保持闷闷不乐的表情,他说:"我在老银行大楼。和我在一起的还有罗斯和科尔。"

"科尔是科林·弗莱先生?"

---

① 摘自但丁《神曲》地狱篇。

"对。"

"你是什么时候到的,又是什么时候离开的?"

"八点到的。早上八点,下午四点走的。科林会告诉你。他是个好小伙,科林。"

"现在,桑菲尔先生,"韦克斯福德说,"跟我们说说苏塞克斯克服无子之痛协会和代孕母亲的事,好吗?"

"我一点儿也不知道你在说什么。"瑞克说,"克服什么?"

"苏塞克斯克服无子之痛协会或者SOCC。"

突然,他满面通红,无神的眼睛眯成一条缝,大喊道:"如果你想知道我怎么看没有孩子这件事,我就告诉你。这个主意太他妈好了。我他妈真希望没有孩子。我希望我的孩子从来就没有出生过。"他的口齿突然变得清晰起来,甚至可以说口若悬河,他得意扬扬地说出这番话,"我本来不想要孩子,是她想要的。但孩子一出生你就想爱他们,忍都忍不住,然后就他妈一辈子为他们付出代价。"

这种天气不适合去醋栗丛吃午餐。阳光应该在金斯布鲁克水面上闪闪发光,天气应该像米迦勒节①那么暖和,不会刮起一阵风把桌面上的餐巾吹走。至于天气,只能说,雨停了。发白的薄雾悬在河面上,摸起来凉凉的。

"除了那次吃油煎菜,"波顿说,"这是八月初以来你和我第一次吃上一顿像样的午餐。"

韦克斯福德把菜单递给他,"我们好像没什么可庆祝的。"

---

① 基督教节日,纪念天使长米迦勒。西方教会把这个节日定在九月二十九日。

韦克斯福德喝了一口苏打水。"就在我们说话这工夫,不知道会不会有哪个名副其实的餐厅没往桌子上端黑鲈。人们每天要吃掉几千条黑鲈。当我遭受不公正的待遇,或者家里的日子不好过的时候,我就会想,谢天谢地,我不是一条黑鲈。"

一个女服务员关上通向河边露台的玻璃门,并上了锁看来他们不抱什么希望了。韦克斯福德给两个人点了菜,他用渴望的眼神看了看酒单,然后把单子推到一边。

"麦克,今天下午我想找罗斯·桑菲尔雇来的那个科林·弗莱谈一谈。我想知道,九月一号他是不是和那两个人在一起,看看能不能通过他对那兄弟俩多一些了解。"

"好吧,就这么办。"波顿心不在焉地说。他正盯着餐馆另一头的一张桌子,有个三十岁左右的男人和一个更年轻的男人坐在那边。他把视线从他们身上移开。"你知道那个人是谁吗,那个穿皮夹克的?"

"我应该认识他吗?"

"你很可能不认识他。我不认为你见过他,不过,那个人就是约翰·布鲁克斯。他住在珠宝别墅,不是吗?"

"你说是就是吧,那又怎样?"

"即使我不盯着看,也能从这儿看见他们。希望你也能看见。显然,跟他在一起的那个男孩是他的男朋友。不是因为他们相互抚摸——虽然他们走到桌前时,布鲁克斯确实把手搭在他的肩膀上——而是他们看彼此的眼神。绝对不会错。"

韦克斯福德叹了口气。"我可能理解力不行,你启发我一下,麦克,他为什么不能是他的男朋友?同性恋已经合法差不多四十年了。"

"我不是那个意思。"波顿不耐烦地说,"布鲁克斯跟汉娜解释他晚上出去的原因时说他去看女朋友,结果那个女朋友是他姐姐。你还记得这个人吗?"

"听你这么一说我想起来了。"

"哦,这就是为什么他说晚上去见女人,因为,他藏在柜子里[①],他不想让他的妻子知道。"

韦克斯福德的微笑变成了无声的大笑。"我们也无能为力,不是吗?"

"汉娜想告他妨碍司法公正,不,"波顿说,"我想我要过去跟他说声下午好。"

他们经过布鲁克斯那张桌时,他真的这么做了。韦克斯福德回过头,看见布鲁克斯的脸红一块白一块的。餐馆外,天空阴沉沉、雾蒙蒙的,仿佛一朵云下沉到地面,然后停在了那里,太阳似乎再也不可能现身了。

波顿期待他发现的这个约翰·布鲁克斯的秘密能把汉娜逗乐,他琢磨着,也许和她稍微有些令人不悦的轻蔑和代沟有关。当然,有时候她的观点进步得惊人,她真的不觉得恶心吗?不,汉娜不会,是谁也不会是她。困惑之中,他先放下汉娜,继续调查罗斯·桑菲尔的背景。

当然,汉娜并不觉得他说的那个方面恶心。她的愤怒源于这个搞同性恋的成年男人——他已经不是十几岁的孩子了——竟然如此守旧,如此脆弱和懦弱,他把自己埋在好几摞中世纪的地毯里,令人窒息的垫子里,还有破坏自由的枕头下面瑟瑟发抖。并不是因为他对妻子撒了谎——男人确实对老婆撒谎,老婆也对丈夫撒谎,这是她反对婚姻的诸多原因之一——而是因为,他对她撒了谎,对警方撒了谎。到头来却是因为这!这会让你对人类失望。恰恰就在这个时候,她感觉

---

① 指未公开身份的同性恋。

人真的没那么坏,有的人确实非常聪明,适应能力极强,总之,非常优秀,令人惊叹,能给人带来无限的满足感。

巴比尔把她带回家见他的父母了。就星期六一个晚上。他们一直把车开到赫特福德郡,他的父母现在生活在那里,她想象他的父亲拉吉夫穿了一件印度男人的白袍——她想不起那种衣服叫什么名字了,真是不可原谅——他的母亲帕文德则披着莎丽,灰白的头发在脑后挽成一个髻,脖子和胳膊上挂满首饰。到了那儿以后她才发现,他们住在村里的一幢石头房子里,他的父亲穿了一件灰色的法兰绒上衣,外面套了一件拉链夹克,他母亲则穿着毛衣和牛仔裤,她有一点失望。晚上他们没在家里吃咖喱鸡,而是去赫特福德的一个餐馆吃了意大利饭,她的失望之情又加重了一点。还好,没让她和巴比尔睡同一个房间,她被领进了房子这一头的卧室,巴比尔睡在另一头他自己的房间里,否则,她的幻想就全部破灭了。即使在这方面,也和金斯马克海姆的风俗没什么不同,看样子还会这样无限期地继续下去。

22

科林·弗莱和他的女朋友住在格莱布路那家干洗店楼上的一套公寓里,但他不在家。他女朋友说,不给罗斯·桑菲尔干活的时候,他会用很多兼职的工作来"填空"。她也不确定他今天在哪儿,不过,她给了他们两个金斯马克海姆的地址。"你们可以试着去这两个地方找找,"她说,"今天他不做机修工,也许在什么地方剪草坪或者擦窗户呢。"

科林的家出乎他的意料。韦克斯福德告诉自己,他肯定是个中产阶级的势利小人,他原以为科林的家和基斯·普林斯普的家差不多,只是没有那么多最先进的设备。这个地方让他联想到中等酒店的套房,不是四匹马酒店那个级别的,比它少一两颗星,但也很像样。地上铺着浅咖啡色的地毯,沙发套和窗帘的色调稍微深一点,家具擦得很亮,墙上的画也是雅典艺术级别的。屋子收拾得很干净,看起来很克制,不像科林的女朋友,这样的天气还穿着红短裤和白T恤,胸前印着几个紫色的字——这个婊子咬人，脚上蹬了一双红色的高跟凉鞋。

送他们出门时，她说："如果你们找不到他，他六点左右回来，到时候你们就能见到他了。不过七点钟我们还要出去，得把房子腾出来。"与波顿四目相对时，她向波顿眨了一下眼。

"这是怎么回事？"下楼时波顿问。

"天知道，肯定和我们手头的事没有任何关系。"

"很可能没什么关系，年轻女人很少朝我眨眼睛。"他们上了车，"正确的猜测是，下了这么长时间的雨，他不可能在剪草坪，所以肯定是在擦玻璃。"

他的确是在擦玻璃。他们在雷迪霍尔路的一幢房子里找到了他。他正坐在三楼的窗台上背对着他们擦窗框。

韦克斯福德说："想到健康与安全部门不允许孩子们再荡秋千了，你会纳闷，为什么他们不把擦窗户一并禁止了呢？弗莱先生！"

"是我。"他没有转过身来。

"我们是金斯马克海姆刑侦处的。可以和您谈一谈吗？"

"我马上就下来，这就擦完了。"

一颗淡淡的太阳从粥状的云彩里钻出来，给人带来一丝暖意，薄雾开始消散。韦克斯福德和波顿坐在车里，过了一会儿，科林·弗莱出现在大门口，手里提着一只水桶和一袋子抹布。他身材瘦小，年龄在三十岁上下，一头红发，皮肤粉嫩。

"我们可以在车里谈。"波顿大声喊他。

显然，这是弗莱无法接受的。在警车里谈话也许让他想起了类似的情形，当时他的角色或许不像现在这么无辜。无论是什么原因，总之，他摇了摇头，拒绝了，然后请他们上了自己的小货车。这辆车似乎被他用作了储藏室，里面堆满了不允许玷污格莱布路那间公寓的垃圾和废物：空罐子、香烟盒、杂志、外卖的包装、塑料袋，以及各式各样的运动衫、抓绒衣和雨衣。韦克斯福德注意到其中有一件是深灰色的抓绒连帽衫。

"罗斯是个好人，"科林说，他仿佛是在重复罗斯表扬自己的话，"人挺直率的。我给他打了五年工，我们俩从来没红过脸。我是说，像他对他弟弟那么好的人可不好找。他给他弟弟买房子、买车、买手机，还帮他交手机费。没有多少人能做到。"

"弗莱先生，您肯定听说那两起谋杀案了吧？"韦克斯福德说，"安柏·马歇尔森和梅根·巴特罗。您认识这两个女孩吗？罗斯呢？"

科林摇了摇头，说："这之前我根本没听说过她们。"

"告诉我们九月一号上午九点到十点之间你在哪儿，好吗？"

和瑞克的反应一样，他也没有惊讶，而且回答的速度极快。马上就回答问题很不正常。"我在老银行大楼，和罗斯，还有瑞克在一起。"

"你怎么能这么肯定？"

"听我说，我就是能这么肯定，"科林说，"我们是八点钟到的，我上了楼，罗斯和瑞克在楼下弄天花板。我在顶楼刷墙。"

"不是那种可以干到一半就撂下不管的活儿。"韦克斯福德轻描淡写地说。

弗莱困惑地看着他。"如果想把工作做好，那样当然不行。你们还有别的事吗？我还得干活儿呢。"

他们跟着他一直到了格莱布路，然后停下车目送他走进干洗店窗户旁边那扇漆成红色的大门。

"你发现了没有？"波顿说，"瑞克说他没有手机，但按照弗莱的说法，罗斯给了他一部手机。当然，这是一个小疑点。"

"这说明瑞克撒了谎。"

"还有两件事我觉得挺有意思的,"波顿说,"首先,弗莱的家。我指的是居住条件。这是个谜。我怎么感觉他们是像展示给潜在买主呢?也许有这种可能,但我不这么认为。反正,我不认为房子是他们的。房子应该是他们租来的。再有就是货车里那件抓绒的连帽衫。哦,我知道到处都能见到抓绒的连帽衫,尤其是现在,但我还是认为不能忽视这一点。"

"当然不能忽视,"韦克斯福德说,"至于说弗莱的公寓,我认为他们经营着一个钟点房。当然,这么做并不违法,除非在那里接客的女人不止一个。这和开妓院还不一样。"

"什么?你的意思一对男女租那个地方待一晚或者一夜?"

"我认为是个漫长的夜晚。他女朋友说他们要出去,把房子腾出来,还朝你眨了一下眼睛。朝你,不是朝我。也许她认为你可能成为他们的客户。除此之外,朝你眨眼还能有什么意思?"

住在金斯布鲁克市和周围村庄里的人几乎都看到了登在《星期日泰晤士报》上关于彭弗里特霍尔的专题文章,波顿也不例外。照片里的人往往没有现实中好看(胖一点,老一点,矮一点),建筑物和风景则恰恰相反。驱车来到那幢帕拉迪奥风格①的建筑的正门,波顿发现,眼前的情景不符合上面所说的规律:照片令人印象深刻,但现实简直可以用"惊艳"来形容。令人难以理解的是,那天阳光灿烂,天空明亮湛蓝,在这种背景的衬托下,诺曼·阿伦的房子看上去就像意大利

---

① 安德烈亚·帕拉迪奥(Andrea Palladio, 1508—1580),通常被认为是西方最具影响力和最常被模仿的建筑师,他的创作灵感来源于古典建筑,对建筑的比例非常谨慎,而其创造的人字形建筑已经成为欧洲和美国豪华住宅和政府建筑的原型。

的宫殿或美国南部内战前的宅邸。建筑正面那一对带栏杆柱的楼梯在有门廊的大门前会合。这里的雕塑让他联想到度假时见过的帕台农神庙的饰带。他告诉自己，一个人笑里藏奸（如韦克斯福德所言）才能拥有英国最气派的房子，同时做一个坏蛋。

他一辈子都住在这附近，当然见过这座房子。这里曾经住了一位上了年纪的准男爵，那时这是一座年久失修的灰色建筑，庭院疏于照管，荒草丛生。那篇文章上说，诺曼·阿伦在这座房子上花了一大笔钱，现在还在往里面投钱。他的钱是从哪儿来的？撰文的记者说，他是一个旅游代理商，并暗示他同时做着其他的事。波顿从左边上了楼梯，巴塔查亚跟在他身后，波顿使劲地拉了一下拉铃索。

他以为开门的会是个男管家，至少也是个女仆，结果诺曼·阿伦亲自来开的门。波顿在报纸上见过他的照片，于是一眼就认出了他。尽管没有事先接到通知说他们要来，阿伦依然彬彬有礼，对巴比尔更是和蔼可亲，显然，他深知高人一等的礼貌和频频向巴比尔的方向投以微笑，比淡漠要好，毕竟这样可以减弱种族主义的倾向。他领着他们穿过一个天花板高约三十英尺的偌大门厅，走进一间屋子，波顿发现，这种屋子只有在导游领着转的大宅子里才能见到。墙上挂着几面镀金边框的华丽的镜子，镜子旁挂着十八世纪人物的巨幅肖像，波顿相信，这些人里面没有一个是阿伦的祖先。家具上也镀了很多金，大部分垫子用黄色的锦缎包裹。在波顿看来，从约翰路易斯百货商店买来的家具要比这种椅子和沙发舒服得多。他在椅子沿上坐下。诺曼·阿伦是个小个子男人，小胡子修剪得很整齐，显然，他刚从外面骑马回来，因为他还穿着骑马穿的夹克衫和马裤。他坐在一张躺椅的边缘，脚勉强能够着地。

波顿让巴比尔先提问，巴比尔问他是否认识瑞克·桑菲尔。表面上看,这似乎是不可能的,但阿伦确实点头微笑了。

"事实上,我差不多认识这兄弟俩一辈子了。我们一起长大,一起上学,事实上是在伦敦南部。"

"这么说,你和瑞克见面,两个人一起喝酒并不稀奇。"

"一点都不稀奇。"阿伦停顿了一下,似乎在寻找最合适的表达方式,"听着,我会对你们实话实说,坦诚相告。我和罗斯的共同点还多得多。事实上,我是他女儿劳拉的教父。"

"这么说,八月十号那天,你在他家和他一起共进的晚餐?"

"没错,就是这样。我和罗斯要讨论很多事,所以,我待到很晚才走,离开他家的时候肯定是下半夜了。"阿伦站起身,走向一张镀金的黑桌子,他打开一个抽屉,似乎是在找什么文件,接着,他又把抽屉关上了。他面带微笑转过身来。"重新回到瑞克这个话题上。事实上,只要还有人性的人都会为瑞克感到难过。他遭受了不公平的待遇,运气也不好,老天爷作证,他因此受到了惩罚。你懂我的意思。"

"我不太明白,阿伦先生。"波顿说,"如果你指的是他作为女王的客人曾经在梅灵汉姆和布瑞克斯顿的监狱里逗留过,又何谈运气不佳呢?"

阿伦的回应是一声包含了无限怜悯与同情的惆怅的大笑。他转向波顿,说:"请继续。"

波顿马上说:"九月二十四号晚八点到九点间,你在彭弗里特的美人鱼酒吧和他见过面吗?"

"见过。请允许我纠正一下,事实上,我先去的他在陶工路的家,时间大概是八点差一刻。事实上,我想带他出去吃饭,我已经想好了一个地方,切里顿森林酒店。事实上,我时不时地会带他出去吃一顿。但切里顿森林酒店的富丽堂皇把可怜的瑞克吓坏了,他说他没有合适的衣服可穿，你能想象这种情形。"

"穿灰色的抓绒连帽衫不行，我猜。"波顿插了一句。

听他这么说，阿伦露出犹豫不决的微笑，这是他第一次流露出些许的不自在。

"所以，八点钟左右你们就去了美人鱼酒吧？"

"完全正确。"阿伦突然不说话了，一个穿着深色连衣裙，脚蹬休闲鞋的中年女人走了进来，"二位先生需要用点心吗？茶？矿泉水？橙汁？"波顿和巴比尔异口同声地拒绝了。"不用，谢谢你，温迪，现在不用。刚才我说到哪儿了？啊，对了，事实上，我在瑞克家给美人鱼打了一个电话，让他们在啤酒屋给我们留一张双人桌。我和瑞克先在酒吧喝了一杯，然后吃了饭，准确地说是晚饭，而不是晚餐。事实上，我们确实在美人鱼酒吧。"

"这么说，他没在十英里外的约斯通树林？"

"约斯通树林？约斯通树林？啊，你是说那个危险的拐弯处？没有，他真的和我在美人鱼酒吧待到十点多一点儿。"

某个男子——瑞克——穿过约斯通树林，从桥上扔下一块混凝土的时间被掩盖过去了。波顿会去酒吧核实一下，但他不怀疑阿伦曾经和某个人去过那里。啤酒屋的工作人员可能记得有这么回事，但已经过去差不多四个月了，他们不会记得那个人是谁。阿伦行事谨慎，他会用现金付账。他站起身来，说："我可能还想见到您，阿伦先生。"与其说是希望，不如说是徒劳的威胁。

"我向来都很高兴见到您，警官。"

专题中提到他有一个女朋友，但这个房子里，除了阿伦和那个显然是管家的女人，没有任何其他人生活的痕迹。阿伦领着他们再次穿过那个大厅。

"你注意到他说了几次'事实上'吗?"上车后,巴比尔说,"我们在里面待了不到十分钟,'事实上'这个词他就说了八次。"

"他可能不知道这个词的意思是什么。"波顿沮丧地说。

"还有一个事。我不敢确定,也许是很不一样的东西,不过,你注意到他是怎么走到那张花哨的镀金桌子前打开抽屉的吗?"

"我想是的。"

"我们刚进屋的时候,桌上放着一个东西,但他打开抽屉后,那个东西就不见了。他把它收起来了。我可能说得不对,但那个东西看起来像把手枪。"

"我们永远不可能因为这个证据弄到搜查证。"韦克斯福德说,"我们不能因为巴比尔认为他看见了一把手枪,但又说不准是不是就去搜查一个人的家。"

"不过,我们可以记着那里可能有把枪。"

"是的,我们可以这么做。我们当然会记住。随着不在场证明越来越严谨缜密,他们越来越坚不可摧,人们也就越不相信他们。然而,一上法庭,所有的人都会相信他们,只因他们的陈述滴水不漏,所以,我们不可能提起指控。还起诉我们就知道任何控告都将以失败告终。找朋友发誓说三个月前的某个确定时间在某地不正常,但只有这样才能说服法庭。任何其他的证词都会受到严厉的申斥。"

"巴比尔去了美人鱼酒吧。"波顿说,"他们认识阿伦,也认识瑞克·桑菲尔。他们见过这两个人同时出现。当然,他们不会记得六月二十四号他们是不是都在那儿,也没有人会说他们不在。"

更不可思议,也更无法击破的是八月十号晚到八月十一号瑞克的不在场证明。他是在十一点一刻左右离开的他前妻在梅灵汉姆的家，艾莉森·罗利（她现在这么称呼自己）和她的伴侣可以作证。韦克斯福德认为他们是信誉良好的证人，他问自己，之所以这么想会不会有一部分原因是艾莉森离开了瑞克。汉娜·戈德史密斯因为他们的生活方式而喜欢他们，她认为这证明他们很诚实。难题是后来才出现的。瑞克想出一个故事，说他的车坏了，后来遇到一个司机。韦克斯福德和他的团队费了很大力气去找那个司机，就在他们打算放弃的时候，一个谢了顶、戴着大眼镜的中年男人走进警察局，并向值班警察宣称他去度了两个星期的假，刚听说警察在找他。

他给出的名字是斯蒂芬·劳森，住在弗拜的女士巷，他的职业是设在金斯马克海姆的一个慈善机构的募捐者。"如果我知道你们在找我，两个星期前就来了。"他说，"我反感任何种类的托词。如果我认为自己在逃避责任，晚上我会睡不着觉。"

"很高兴听你这么说，"韦克斯福德说，"但是你到底是干什么来的？"

劳森挺直身子，说："我是斯蒂芬·劳森。我看见有个人的车坏了，就停下来主动要送他一程，我就是那个司机。那是在夜里，凌晨一点钟，八月十一号那天。"

"好吧。如果你想跟戈德史密斯探长走，她会给你做笔录的。"他们正要离开办公室，韦克斯福德从后面叫住了他们，"你和瑞克·桑菲尔很熟，是不是？"

"谁？"劳森扭过头，脸上流露出迷惑不解的神情。

"那天晚上，我先和朋友们在切里顿森林酒店吃了饭，然后开车从迈福利特回来,当我把车开到 A3923 公路上时,"劳森讲了起来,"我看到一辆车停在那儿不动了,显然车坏了。司机掀起了发动机盖,正在朝里面看。我车上仪表盘上的时钟显示的时间是十二点三十二分。我把车开到路旁的植草带,问那个司机是否需要帮忙。他的车里好像没有电话,那是一辆蓝色的沃尔沃,有十五年左右的车龄。我没记住他的车牌号,不过里面有字母 VY,还有数字 7。

"那个司机说,他一直试图重新启动汽车,但二十分钟过去了,还是不行,这期间,有两辆车从他身边开过去了,但都没有停下来。我问他需不需要我给一个汽车协会打电话,AA 或者 RAC,他说他不是其中任何一个协会的会员。接着,我过去看了一眼那辆车,发现电瓶没电了,我不是汽车修理工,所以也帮不上什么忙。我问他要不要打电话向谁求助,他说:'我哥哥,但是太晚了,我不想在这个时候打扰他。'

"我没问他哥哥叫什么,电话号码是多少。他说他叫理查德,也没告诉我他姓什么。我主动提出送他一段路,只是他要去的是彭弗里特,我正好去反方向,所以他就拒绝了。我们当时所在的位置离彭弗里特大概有八英里,他说没有别的办法,只能走着回去了。看他走了以后,我就开车回家了。启动汽车时,我又看了一下表,时间是十二点五十二分。"

他所说的那几个在切里顿森林酒店和他一起吃饭的朋友结果是一对夫妻,还有一个从伯明翰过来的女性朋友,那个单身女人在那儿度了一个星期假。他们的故事不乏有趣之处。韦恩先是给他们打了电话,又在那个女同伴在伦敦的办公室见了她。他们确实在切里顿森林酒店住过几天,但去之前他们并不认识斯蒂芬·劳森。

"他上来和我搭讪。"那个女人说,"跟你说实话也无妨。我正在酒吧里等我的朋友,他朝我走过来,问可不可以请我喝一杯。那是星期二晚上八点钟左右的事。我想,为什么不可以呢。等了半个小时,我的朋友们才从楼上下来。我和他聊了会儿天,我的朋友来了以后,我们就都进去吃饭了。"

"劳森先生和你们一起吃的?"

"最开始没有。我们三个人一桌,他自己吃。吃到一半,我跟我的朋友们说要不要请他一起喝杯咖啡,我们就请他喝了咖啡。呃,是我请他喝了咖啡。服务员把咖啡端到休息厅,我们就都在那儿喝了。"

韦恩问他们都谈了些什么。

"森林,我想,还有乡下。那附近很漂亮。他说他住在被誉为英国第五美的村庄弗拜,我说,太糟糕了,才第五,接着,他告诉我们他是一个援助乌干达——不,肯尼亚——的协会的募捐者。他没完没了地谈贫穷和疾病,说那里的女人会生很多孩子,然后就把婴儿丢弃在垃圾堆上,因为她们没钱把孩子养大。我不认为我的朋友们喜欢这些话题。后来,他们告诉我他们不喜欢他,到了十点半,他们说该回房间休息了。我以为他会走,但是他没有。他让我跟他去酒吧,说再喝一杯就上路。

"反正,我去了。什么事也没发生,呃,我的意思是说,他没和我调情什么的。我们坐在酒吧的一张桌子旁,我喝了杯葡萄酒,他喝的是番茄汁,他管那叫圣母马利亚,因为里面没放伏特加[①]。他继续聊肯尼亚女人,说她们的生活有多么悲惨,到了十一点半左右,他说他要走了。他管我要电话号,我……呃,我编了一个号给他了,我真的再也不想见到他了。

[①] 有一种鸡尾酒叫"血腥玛丽",这种酒由伏特加、番茄汁、柠檬片、芹菜根混合而成,鲜红的蕃茄汁看起来很像鲜血,因此得名。

"那之后,我就跟他道了晚安,回房间睡觉去了。他还留在酒吧里,但酒吧半夜打烊,我想,他大概就是在那个时候离开的。"

韦克斯福德沿着那条未分类的小路穿过切里顿森林开三英里,在迈福利特上了 A3923 公路,接着再向北,他一边开车,一边计算着。瑞克肯定是慢慢悠悠开的,因为他到瑞克·桑菲尔自称车坏的地点时刚过十二点半。韦克斯福德丝毫不怀疑当时他走的就是这条路。那个组织大家提供不在现场证明的人的工作做得很彻底。瑞克的车牌上有字母 X 和 Y,还有数字 7。当他被问到是否相信瑞克·桑菲尔的车或者瑞克·桑菲尔本人来过这里时,他才开始怀疑。汉娜和巴比尔要做的是查明第二天那辆车是否送去修理了。

"车送到我哥哥家去了,他让科林帮着修。"瑞克对汉娜说,"那辆小货车里放着牵引杆,他是一个不错的机修工。"

没有人能证明科林·弗莱把瑞克那辆坏掉了的沃尔沃从伯斯里拖到了金斯马克海姆,当然,也没有人能证明他没做过。"他当然会说他做过。"他们沿着格莱布路向前开车时,汉娜说,"他会说他修了连杆大头、配电器,或者车上任何损坏的地方。"

"你不知道?"巴比尔的微笑让她心中产生了某种近乎被征服的感觉,"我以为你是这个方面的专家。我认为你样样精通,汉娜。"

"你想错了。"她语气尖锐。不管那种微笑能不能征服她,反正,她越来越生他的气。"人无完人。"

科林·弗莱那辆白色的小货车停在格莱布路那家干洗店门外,科林和他的女朋友艾玛都在家,两个人正在吃中午剩下来的已经放凉了的泰餐外卖。天气变得非常冷,艾玛穿了一条冲锋裤和一件紧身的白毛衣。汉娜觉得巴比尔看她的时间太长了。她心中暗想,只要艾玛给他个信号,他就会毫不迟疑地冲上去和她做。他不会尊重她,也不需要像对我这样严肃地对待她。她用特别粗暴的口气向科林询问瑞克那辆车的情况，巴比尔惊讶地瞥了她一眼。

"对，我把他那辆破老爷车从罗斯家拖走了。哪天？我可以立刻告诉你，是有记录以来最热的那天。电视上这么说的，有记录以来最热的一天。"

"你能把车修好吗，弗莱先生？"

"那辆车需要换一个新的电瓶。我去金斯马克海姆的沃尔沃专门店给他买了一个。中午的时候，是不是，嗯？"

"总共花了他多少钱？"巴比尔问。

"他没花钱，是罗斯付的账。一直都是罗斯出钱。他们特别看重彼此，罗斯和瑞克。没有什么是罗斯不能为瑞克做的，瑞克也很感激他，对不对，嗯？我要为瑞克说句话。他是个懂得感恩的人。"

那天，又有两名警官过来拜访科林·弗莱和艾玛·萨姆斯。他们是自称巴里和琳恩的韦恩警官和范考特警官，他们打听那天晚上七点到十一点间能否预订这个公寓，如果不行，那个星期随便一个晚上都可以。

"我不知道你们在说什么。"科林·弗莱说。

"我们是从罗伯森先生那儿知道你的名字的。"巴里说，"他向我们推荐了你。"

"不，他没有推荐我。我不认识什么罗伯森先生。"弗莱砰的一声关上了门，吓得琳恩向后跳了一步。然而对韦克斯福德来说，他令人震惊的反应和富有攻击性的敌对态度恰恰是一种情愿的表示，于是，韦克斯福德派科尔曼去监视那个地方。

23

现如今已经很少有人写信了,韦克斯福德觉得这挺叫人遗憾的,尽管他也承认,电子邮件更快更简单,电话就更好了。如果信箱里有什么东西的话,也无非是账单、广告传单和商品目录。因此,收到一封信确实出乎他的意料,这封信装在一个用糨糊封好的信封里,信封上用向前倾斜的大字写着姓名、地址,和"负责人"收的字样,还贴了一张德国邮票。这封信以"亲爱的长官"开头,信中的书面英文和英格丽德·斯黛勒的英语口语一样无可挑剔。

亲爱的长官:

正如您在这页纸的抬头上所看到的那样,我住在德国城市法兰克福的近郊。星期一,也就是十月十日,我将到贵国出差,届时,我希望能与您见面讨论一个重要的问题。请原谅我不能在信中细说。十月十一日星期二,或者十月十二日星期三下午的三四点您方便吗？

随信附上我的电邮地址和电话号码。

您诚挚的，

莱纳·康尼格－亨塞尔

"除非我大错特错，"韦克斯福德说，"这个家伙是想让梅根或安柏做代孕母亲的倒霉蛋中的一个。很可能是梅根。他还有可能是梅根被杀死时肚子里那个孩子的父亲。"

波顿从他手里接过那封信，又读了一遍，说："你是指可能的父亲中的一个？"

"至少他会告诉我们他们是怎么安排的，他怎么酬谢的那个女孩，他还有可能告诉我们桑菲尔兄弟和他们的亲信是从哪个点介入的。这一切可能都是罗斯组织的。他们肯定在某个点上参与了，但目前为止，我们什么也没发现。"

作为一名黑人，比如韦恩或阿奇博尔德，跟踪一个人或监视某个地方越来越困难。达蒙·科尔曼心想，不管怎么说，在金斯马克海姆地区，就在几年前，人群中如果出现一个非洲裔的人，就像一包扁豆里冒出一颗芸豆那么显眼。但现在非洲裔的人数已经增加到原来的四倍，像他这么黑的人再也不会在街上被人当成怪物盯着看。但即便如此，他还是比年轻的白人男子显眼，讽刺的是，别看他是执法人员，人们却把更多怀疑的目光投向他，而不是那些白人混混。无论他站着不动，往橱窗里看，绕着街区走，还是坐在他那辆车的方向盘后面，很多人，尤其是上了年纪的人，都会断定他是在四处游荡，并伺机作案。达蒙是个有幽默感的人，他觉得他们不满的目光很好笑，但他还是时常担心有人会把警察叫来。

他一直在监视那个干洗店，科林·弗莱在上面那个公寓连续住了好几个晚上。夏令时还没结束，时针还没往回拨那一个小时，六点钟天才会黑。街灯亮起来以后他就更显眼了。坐在车里也许是最安全的选择，但他的车每晚都停在那里也挺可疑的。两天前的那个晚上，科林·弗莱和他那个祸水女朋友从他的车旁边走过去时趴在驾驶座那边的窗户往里面看了，后来，他借了巴比尔的车，把自己的车留给了巴比尔。五点差一刻他就来蹲点了，但自从那天晚上第一次看到科林和艾玛从里面走出来，他就再也没看见一个人进去过，但他还是盼望十一点时会有一对男女出现，但科林和那个女孩早早就回来了，他们一路摇摇晃晃，勾肩搭背，到了第二天，他才放弃监视。

那天晚上，没有人进去，也没有一个房客从里面出来。据他所知是这样。但七点钟的时候，他看见一个三十五岁左右的男人进了那个红门，过了十分钟，他又开门放一个比他年轻很多的女人进去了，于是，他把巴比尔的车停在原地，自己去勘察房子的后部。从平行的那条路看过去，一小排商铺的后部被还没落叶的高大的树木挡住了，达蒙发现了一条小径，这条小径并不直接通向格莱布路，而是画了一个大弧线通向了格莱布巷。走到半路的时候他就看见了那家干洗店的后部和楼上那个公寓，在有灯光的黑暗之中，他看见之字形的铁制太平梯从上面那层楼延伸到后院，他还看见一条小路通向这条小巷。

这么说，前一天晚上科林和艾玛发现他了，尽管他们可能没有完全弄清他的身份和来意，但为了慎重起见，他们没有从街边的大门出来，而是从后门逃走了。可惜分身乏术，不过一旦看到科林和艾玛出发,他可以在两分钟之内赶回格莱布路,他有充足的时间看到一对男女走过来。或许这对"借"公寓用的男女也会走太平梯?

显然,他们会这么做的,要不然第二天晚上为什么没有人进出呢?在小巷里白等了一个小时后,七点半,达蒙朝车的方向走去,这时,他抬起头朝一扇亮着灯的窗户望去,结果,他发现科林·弗莱也在朝楼下看。但他看的不是巴比尔的车,他的目光在街上扫来扫去,他在找达蒙那辆车,毫无疑问,他已经记住那辆车的型号、颜色和车牌号了,他也可能是在找潜伏在某个门口的达蒙。虽然看到达蒙不在,他很开心,危险警报解除了,但那晚他似乎不打算出门。达蒙又在那儿等了一个小时,最终,快到九点的时候他才回家。

明天,他心想,他要把巴比尔的车停到他敢于停的最远的地方,但那个公寓仍将置于他的监视之下。

"先是毒品,现在又给别人生孩子,"乔治·马歇尔森说,"在我看来,她就是一个单纯的孩子,你们却把她说成了魔鬼。"

今天晚上,照顾布兰德的任务全都落在他一个人的肩上了。他说,戴安娜去迈福利特看她妹妹去了。走之前她已经把孩子哄上床,她说他已经睡着了,但乔治确定他听见了孩子的哭闹声,他正要上楼查看的时候,韦克斯福德和戈德史密斯来了。正说到这儿,楼上传来一声孩子的哭号,他很不情愿地站起身来。他走到门边竖起耳朵听,一脸的恼怒,但当他发现孩子没有继续哭下去时,又走回来,坐到刚才那把华丽的东方椅子上。

"我曾经问过您,您的女儿有没有跟您提起过代孕的事,马歇尔森先生,"汉娜说,"我的意思是代孕这个概念,不是说她打算做代孕妈妈。"

"我不记得她说过,"乔治说,"哦,但凡她提议给这个家再带来一个孩子,我会记得,我肯定会记得的。"

"她的想法不是把孩子留在身边,马歇尔森先生。"韦克斯福德说,他要保持语气的不偏不倚。

"按照你的说法,这个想法是荒谬可笑的。"

韦克斯福德把话题转向桑菲尔兄弟。"先生,上次我们谈这件事的时候,您说您不认为这些人接触过安柏。您有十足的把握吗?"

"她不在家的时候,我不知道她做了什么事,见过什么人,不是吗?显然我不能。如果我能对一切了如指掌,这些可怕的事就一件也不会发生了。也许她认识罗斯·桑菲尔,也许她认识另外那个人——他叫什么来着?瑞克,对不对——也许她认识他们。我无从得知。她没在我面前见过他们。"

"我告诉您我是怎么想的,马歇尔森先生,我所希望的东西或许这个星期就能得到证实。"康尼格-亨塞尔会把一切都说出来吗?"您的女儿和梅根·巴特罗可能共同参与了一种,呃,做代孕母亲的生意,这种事可能是完全合法的。"韦克斯福德当然知道这是不合法的。

"合法,"乔治说,"但是不太道德。"

"至于这个问题就见仁见智了。她们一开始可能是自己干,但后来好像被某个人控制了——我们姑且把这个人称做组织者。"

"怎么听起来他像个拉皮条的。"

韦克斯福德朝汉娜皱了一下眉,她马上会意了,于是说:"我们认为组织者有可能是桑菲尔兄弟中的一个,也有可能两个人都是,但就像总督察说的那样,我们希望尽快找到更多的相关证据。不过,您有什么看法吗?"

"我只知道苏哲瑞-桑菲尔公司给我们做过室内装饰,我对他们干的活儿很满意,如果有需要的话,我会毫不犹豫地再次请他们来做。在这一点上,我和我妻子想法一致。她见他们的次数可能比我多。"

这时,楼上又传来孩子的哭声,这次他哭个不停,他一下子跳了起来,用手拍了一下后腰,轻轻地叹了口气。

"我得去看看他,"他说,"去了也搞不清楚状况,可任由他哭闹下去也不行,只会为以后制造麻烦,我们可不想大半夜起来伺候他。"

第二天晚上,汉娜和她的朋友们在赛弗斯伯里吃饭,她身边坐着一个男人,她认为认识巴比尔以来只有这个人是真正有魅力的。她知道他会约她出去,结果,他真约她了。当然,她拒绝了,但在回家的路上,她后悔不迭,心想,你太蠢了,竟然为一个在别人看来不过是朋友的男人守身如玉。

后来,秋天来了,不见阳光,到处是褐色,人们神情倦怠,巴比尔邀请她出去共度周末,去萨默塞特一个村庄里的旅馆。哪个周末?他们都休息的第一个周末,从星期五晚上到星期一早上。

所以应该是下下个周末。几个月以来,他们头一次不用当班,可以从星期五晚上一直休息到星期一早上。星期五下班后,他们可以开车过去,到了那儿正好赶上吃晚饭的时间。他是他们在切里顿森林酒店吃晚饭时提出的这个建议,之前他们在酒吧喝了一杯餐前酒,斯蒂芬·劳森就是在这儿讨好过那个伯明翰来的游客。

汉娜烦透了(她这样告诉自己)和巴比尔端坐在酒吧里隔桌相望。酒吧的消费高得离谱,她坚持自己付账。他们通常只喝一小杯葡萄酒,只有一个人能稍微多喝点。现在为止,金斯马克海姆、彭弗里特和迈福利特所有还算像样的餐馆他们都去过了，也去过几个大饭店。如果他们留在家里，自己做饭，放自己爱听的音乐，自斟自饮，想喝多少就喝多少的话，那个不可避免的事情早就发生了，但巴比尔的目的就是要避免发生不可避免的事，因为，他要等到时机成熟，等到他们真正彼此了解。汉娜认为自己已经了解了巴比尔的一切——他的婴儿时期，童年，青春期，中学时代，大学时代，他是怎么加入警察队伍的，他的家庭，他的兄弟姐妹，他的父母。她了解他的品位和爱好，他最喜欢听的音乐，乃至他喜欢读哪类书。同样，他对她的一切也了如指掌。

"这个主意不错。"听到他邀请她共度周末，她如此回应道。由于主导这段关系的人是他——如果可以用主导这个词的话——所以，她感觉束手束脚的，不敢直截了当地问他是否在这几天计划让他们的关系达成圆满。她只能勉强地说："你是说，我们要在那儿过夜？"听他大笑着说"当然了，我就是这么打算的"，她像旧时代的少女那样羞红了脸。

过了一会儿，他开车送她回家，给了她一个纯洁的吻，这次他连楼都没上。

直至今日，聪明的英国人仍然认为德国人就该高大魁梧、一头金发，滚圆的脑袋瓜剃得晶光瓦亮，但莱纳·康尼格-亨塞尔一点也不典型，他中等个子，体型偏瘦，五官端正，面容庄重，眼珠是灰色的，皮肤是橄榄色的。他穿了一身精美的炭灰色的粗花呢西装，波顿最喜欢这种外套，但他今天没穿。韦克斯福德也注意到了德国人的这身行头，他难过地暗自承认，如果他也有这么一身西服，用不了几天肯定就皱皱巴巴、破破烂烂的了。

他们握了握手，康尼格-亨塞尔在韦克斯福德对面的那把椅子上坐了下来，和他之间隔了一张办公桌。也许他很尴尬，但至少脸上没有表现出来，他仍旧面无表情，甚至可以说表情僵硬。韦克斯福德心想，他是那种喜怒不形于色的人。不知道可不可以这么说，他的口语比书面语口音重，使用的英语语法可能有点太正确了，此外，他在话语间插入了太多的"你知道"。

"我和我太太，"他开口说，"不能生孩子。我是说，我太太不能生育。不到二十岁的时候，她就得了癌症，因为治疗癌症丧失了生育能力。我们是在十年前结的婚，她知道自己不能生育，我也知道。"说到这儿，他停顿了一下，沉着而又茫然地看着韦克斯福德。

"请继续说下去，康尼格-亨塞尔先生。"

"我并没有因此烦恼，你知道。这不是什么问题。你知道，对于男人来说通常不是问题。但是萨宾娜开始渴望有一个孩子，我们探索了体外授精的可能性，但对于我们来说还是不可能的。后来，我们听说了代孕。你知道，孩子是我的，但不是我妻子的。长话短说，总督察，我们在法兰克福听说有个组织，就加入了进去，和有同样情况的人交流了一下。我们还上网查了一些资料，找到了'孩子献给每个人'的网站。我们在网站注册，过了一段时间，他们就给了我们几个合适的代孕者的名字。你明白我的意思吗？"

"明白。"韦克斯福德回答。

"但是你知道，没有一个人符合我们的需要，我们也不愿意接受他们提供的咨询。我必须在这里解释一下，我太太最怕跟所谓的专家讨论这些问题，她不愿意谈自己的私生活和其他个人问题。'孩子献给每个人'也提醒注册的人，想要找到一个合适的代孕母亲可能要花上数月乃至数年的时间。我太太已经四十二岁了,我比她大六岁。你知道,我们觉得等不了那么久。你知道,尽管如此,我们还是把我们的名字给了'孩子献给每个人',反正这么做也没什么坏处。去年四月份的一天,我们收到一个叫梅根·巴特罗的小姐发来的邮件。"

"啊。"韦克斯福德说。

"总督察,你啊了一声,好像知道我要说什么。"

"我有一个想法,不过,请继续说。"

自从坐下来以后,康尼格-亨塞尔就没动过,但现在,他的屁股在椅子上蹭了几下,身体向前倾。"你知道,巴特罗小姐在邮件中告诉我们,她并没有在'孩子献给每个人'登记,你知道,但她能搞到有需求父母的名单。她和她的朋友,一个叫安柏·马歇尔森的小姐渴望成为代孕母亲……"

"不好意思,康尼格-亨塞尔先生,您手里有那封邮件吗?"

"我已经把它带在身上了。"

他的英语近乎完美,这是他犯的第一个语法错误。他从公文包里掏出一张纸递给韦克斯福德。韦克斯福德认为这封邮件是以梅根的名义发出去的,其实写信的人是安柏。全文是以文本信息格式写的,既没有空格,也没有区分大小写。

　　我和我的朋友安柏·马歇尔森小姐渴望成为代孕母亲,我们想为那些不能有自己的孩子的夫妇提供帮助。如果你们接受我们的报价,无须等候,无须审查资格或者接受专家指导,整个过程不会持续几个月之久。几个星期内我们就可以去法兰克福找你们。我们年轻、健康,而且都生过一个孩子。请给我们回信,我们不能在家里上网。苏塞克斯金斯马克海姆高街二三五号梅根·巴特罗收。"

　　他们就这么信以为真了？康尼格－亨塞尔似乎读懂了他的心思。"我从一开始就抱着怀疑的态度，但我太太读了这封邮件很开心。'我们又不会损失什么。'她一直说。法兰克福的那个小组告诉过我们，很多代孕活动是私下里安排的。'她们生过孩子。'她一个劲儿地跟我说，'我们知道她们可以做这件事。'说完，她很伤心地补充了一句，'不像我，她们会生孩子。'"

　　"你给她们回信了？"

　　"回了。过了一个星期左右回的。我让她们多提供点信息。巴特罗小姐寄来了她们孩子的出生文件——也就是出生证——的复印件。她还寄来了她的照片和马歇尔森小姐的照片，两个姑娘都很可爱。'我们又不会损失什么。'我太太说。所以，我就按照她的要求做了，建议她们到法兰克福来，当然，一切费用由我们承担。"

　　"你给了梅根·巴特罗多少钱？"

　　"预付了两千英镑，另外那两千等我们……等我们收到孩子以后再给。"

　　"她是五月末去的，安柏·马歇尔森和她一起去的？"

　　"这之前我和那个我跟你说过的小组里的人讨论过这件事，有一对夫妻也很感兴趣，你知道，他们也想见见这两位小姐。"

　　韦克斯福德无声地叹了口气。"让我猜猜啊。"他说，"她们来了。你安排她们住在一个价格适中的旅馆里，房费是你付的。我想不会是四匹马酒店吧？"

"不是。她们住的是耶格霍夫酒店,没住四星级酒店,也没有那个必要。这超越了——我相信,你会说——我的职责范围。我确实在四匹马酒店定了一个套房,但只在那儿住了一个晚上。"他迟疑了一下,苍白的脸淡淡地染上一抹红,"为了,呃,进行交易,你知道。巴特罗小姐和马歇尔森小姐走后,我和我太太留在那里吃了晚饭,还在那里过了夜。"

他想象得出来。对于这个妻管严男人而言,把太太带到那儿,感受一下奢华的环境,再共度一个良宵可以在一定程度上削弱这件事所附带的肮脏与荒谬。这也是一种庆祝受孕的方式?可能有助于让她产生一种幻觉,觉得这个孩子不只是他的,也是她的。"你的意思是,通过这个'交易'提供了一份精子样本?"

"是的。我的朋友迪特尔·温斯托克先生也在耶格霍夫酒店给马歇尔森小姐提供了样本。"

"在这之后你就再也没有收到她们俩的消息?"

"完全不是这样。我收到过她们的消息。她们给我们写过邮件,说两个人都怀上了,七月份又传来消息,说她们的身体很好,怀孕情况正常。我太太听了非常高兴。巴特罗小姐九月一号又写来一封信,说她很好,一个月后再和我们联系。她答应等她……显怀的时候给我们寄几张照片过来。过了那个月我们就再也没有她的消息了,直到我的朋友温斯托克先生三个星期前来到英国,你知道。他在飞机上看到一张英国报纸,上面有一篇文章,只有短短的几行字,说警方还没有找到杀害安柏·马歇尔森小姐的凶手。"

"我好像从来没对任何一起谋杀案的受害者像对这两个人这样心怀

敌意。"当韦克斯福德和波顿在他们常去的那个温暖舒适的酒吧——橄榄与白鸽——坐下来喝啤酒时,他说:"我觉得她们是罪有应得,我知道不该这么说,可是如果你听了那个男人……"

波顿耸了耸肩。"我希望你对他说了他非常愚蠢。"

"我当然说了——不过语气比较委婉。他似乎认为整件事对温斯托克而言远没有对他和他太太来得重要,知道梅根真的怀孕了至少对他是一种安慰。当然,安柏没怀上。她究竟是努力想让自己怀上那个轻信于人的温斯托克的孩子,还是把他的精液扔进了马桶,永远不会有人知道。我没告诉康尼格-亨塞尔梅根怀的孩子很可能不是他的。何必让他感觉更糟呢?梅根的孩子可能是普林斯普的,也可能是某个SOCC会员的。我敢肯定,那两个人联系过她们。别忘了她外套口袋里的那一千块钱。我几乎可以肯定地说,安柏去亮闪闪俱乐部之前顺路去过某个酒店的房间——她甚至可能在这儿也做过——取一小瓶神奇的液体。"

波顿做了个鬼脸。"细想一下,她们可能欺骗过好几十对这样的夫妻。"

"没有几十对,麦克。但愿没有那么多想孩子想疯了的夫妻上她们的当。可能有个三四对吧。"

"我想知道的是,罗斯·桑菲尔是从哪个点介入进来的。"

"乔治·马歇尔森说我们把他讲得像个皮条客,其实,这个说法不无道理。每当有无知的傻妞打算赚点所谓快钱的时候就会有一个不择手段的男人愿意接管她们,把她们组织起来。"

"不过看样子,这个交易好像是梅根和安柏自己组织的。"

"起初可能是他向梅根灌输的这个念头。罗斯的可能性更大。他为她们找到了所有的背景资料。比如,有这样一个苏塞克斯克服无子之痛协会。我们不知道梅根最初是怎么知道代孕的。我猜测她是在报纸上读过一个案例,这只是一种观点。也许是他让她产生的这个念头。"

波顿走到那个舒适的小吧台前又要了两杯窖藏啤酒①,酒吧招待坚持亲自把酒给他们端过来,也许这样他就有机会送给他们满满一大碗看起来肉多味美的大腰果。看到腰果,韦克斯福德呻吟了一声,但没有行动。

"你又要把腰果打包了,除非你就舔一口酒。"

"我知道。你能尽量多吃一点,然后把它们放在看不见的地方吗?"

波顿只吃了一粒腰果就端着那只碗走到窗台前,把它藏在窗帘的折边后面了。"好啦,这下子就诱惑不了人了。你那个理论说不通,雷格。你需要假定梅根认识瑞克·桑菲尔,而且两个人熟悉到可以共同谋划一件事。但我们已经确定,他杀死她是因为几个星期后她认出他就是那个她在约斯通树林里见过的男人。如果他是她的同谋,或者用马歇尔森的话来说,他是给她拉皮条的,她在树林里看到他的时候就会立刻认出来。"

"也许她当时就认出来了。"韦克斯福德说。

"什么?她看见他了,也认出他来了,当然他也认识她,但他明知她会把他和安柏的那起事故联系在一起,还是就这么放她走了?"

"别忘了,当时安柏还没有被杀,甚至没有受伤。报纸报导这起交通事故的时候,大家还不知道这里面牵涉到了安柏,上面只提到了安布罗斯夫妇。梅根只在约斯通树林见过瑞克·桑菲尔一次,她为什么要怀疑是他从桥上扔下的那块混凝土呢?她很可能不知道是哪天见

---

① 一种淡啤酒,酿成后通常贮藏数月,澄清后饮用。

到的他,或者不知道那起事故是什么时候发生的。但是,当安柏遇害,大家都知道扔混凝土块那件事也牵涉到她时,她才把他们俩联系到一起。她以前就认识瑞克。接近他很容易,随便找个理由在双方商定的地点见面,也就是维多利亚别墅四号。他们很可能在那里见过面,商讨下一个代孕骗局的细节,或者把他们从可怜的有代孕需求的夫妇那儿骗来的钱中他应得的那部分赃款给他。"

"你的意思是,"波顿说,"瑞克杀死她是因为她勒索了他。但他为什么要杀死安柏呢?抱歉,我知道这个比喻不太恰当,可是,她不是那只下金蛋的鸡吗?"

韦克斯福德在电话簿上查找SOCC,但上面没有他们的号码。尽管网络帮过他的忙,但总是到了最后一刻他才想起网络这个资料来源。他小心翼翼地登录了SOCC的网站,令他惊讶的是,屏幕上出现了一行醒目的大字"鹳鸟也可以来找你"。这是他头一次从那个恶魔般的机器里召唤出他真正想要的东西,肯定是因为他的心情很放松,或者本来就没抱什么希望。

那个首字母缩略词上有一幅画,一只飞翔的鹳鸟嘴里衔着一个用围巾包裹的婴儿。"苏塞克斯克服无子之痛协会。"他读道:

可以真正帮助你成为父母。我们提供咨询辅导、小组活动、心理治疗,以及脚踏实地切实可行的帮助。我们不仅可以让会员接触到体外授精治疗,还会把他们介绍给收养协会、代孕机构,以及获得梦寐以求的孩子的全新系统。毋庸赘言,一切都是合法的、正大光明的。

只要在第二页填上您的姓名和电邮地址,今天您就可以轻松加入。参与我们的某个计划后付款即可。

现在请点击"接下来"。

韦克斯福德点了一下"接下来",第二页上出现了一张被欣喜若狂的孕妇和抱着婴儿的幸福母亲的照片包围的报名表。

"不知道这个'获得梦寐以求的孩子的全新系统'指的是什么。"走到他身后的波顿说。

"不可能是代孕,因为前面提到了。"

"也不是体外授精,这个也提到了。"

"那天我说我懂性知识四十来年了,但现在有时候我还是会很纳闷。也许有一些令人惊奇的生殖秘密,我一直没有机会了解。"韦克斯福德摇了摇头,更多是出于不信,而不是怀疑,"他们的地址和电话在那张能点开的照片下面,照片里有一个胖胖的女人带着一对双胞胎,地址是:金斯马克海姆高街一六七号。"

韦克斯福德在高街的另一边走来走去,他断定SOCC就是一六三号高高斯商店所在的那排商店里的一个,梅根·巴特罗以前就住在高高斯商店楼上。可是,一六一号是个持照卖酒的商店,一六五号是个理发店,一六七号嘛——这里应该就是SOCC——是个宠物食品店,一六九号是个书报亭,一七一号是个眼镜店。他试着打过网上的那个电话,铃声响十下后转成了语音自动应答服务。

他穿过人行横道来到街对面,然后沿街仔细查看每一个店面,以及商店旁边通向过道和楼上公寓的门。普林斯普和巴特罗还住在那里,梅根死了以后他们也没搬家。其他住户的姓名印在门旁边的电铃按钮上,有的名字已经模糊不清了。他推开高高斯商店的门,门铃发出丁零当啷的响声。吉米·高森站在商店中央的一个桌子旁，正在把裹着国旗图案包装纸的巧克力块码放成金字塔，巧克力周围摆放着四英寸高的伦敦眼的模型。桌上放着一只烟灰缸，大概故意要设计成海德公园里那座戴安娜王妃纪念喷泉的形状，烟灰缸边缘上卡着他正在用的吸入器。

看到韦克斯福德来了，他把吸入器放进嘴里，使劲嘬出很大的动静。"哦，亲爱的，"他说，"如果我年轻那会儿就发明了这个玩意儿，我肯定会对它上瘾，才不会抽该死的烟。我能为你做些什么，雷吉？"

"你听说过SOCC吗？全称是苏塞克斯克服无子之痛协会。"

"隔壁第二家，"吉米说，"他们总是懒得用那么玩意儿把招牌盖住，雨水把字母都冲掉了。三楼。他们在楼后身有两间屋子。"

"谢谢。你帮了我一个大忙。"

"这我可不敢肯定，亲爱的。"吉米又往吸入器里插了一个新的尼古丁筒，又把最上面的那块巧克力稍稍往左挪了挪，然后转过身来。"晚上那儿才会有人，还不经常在。你应该先打个电话，留个口信。"

"我打过了。"

"他们会给你回电话的。等等吧。给他们一点时间。你听说可怜的老格蕾丝·摩根不在了吗？去天上那个伐木工人的小屋了。基斯过来告诉我的。这并不表明他，以及他们所有人跟她的关系近。"

虽然听吉米·高森这么说，韦克斯福德还是去三楼的一六七号按了门铃。没有人开门，他回到警察局时也没有SOCC的口信等着他。天上下起雨来。这么说，格蕾丝·摩根死了。现在那个小屋没有人住了，没有人会在黄昏时分看那几只獾来到树林里。她还活着的那个外孙女觉得那片林子很恐怖，不敢来看她，她的女儿需要每年邀请她来家里一次。

外孙女和女儿……她们让他想起了他自己的外孙子和女儿。他的两个女儿和两个外孙,以及西尔维娅即将出生的孩子,可能是个外孙女。联想的过程很有趣,他想,他的思绪从泛指的女儿移到西尔维娅身上,又从西尔维娅身上转到她不到两个月就要出生的孩子身上,从生孩子到生孩子的女人,又到助产士——玛丽·博蒙特是助产士。她不是说过她为 SOCC 工作吗?他当时没太在意……也许她知道?

他拿起电话,拨了西尔维娅的号码。

"玛丽?"她说,"她就在我这儿。要不你过来和她谈谈?"

24

雨从天上直直地落下来，仿佛水龙头拧到最大，起初，这场大雨似乎有意和达蒙作对，即便是他身上那件厚厚的橡胶雨衣也只能扛十分钟。也许钓鱼时穿的防水长靴管用，至少也得穿长筒雨靴。他个人认为，尽管黑人在阳光下比白人好看得多，而且天越热越好看，但雨天并不适合他们。雨天会让他看起来毫无生趣、可怜巴巴的。达蒙对自己的外表很自负，他发现波顿也认为自己是帅哥，他想，只要他不表现出来就无所谓。

达蒙虽然才二十五岁，但他也记得，曾几何时，虽然白人接受了黑人，但他们从不认为黑人漂亮。后来那些年，具备白人样貌特征的黑人男女被认为非常有魅力。这样的观点也随着时光一去不复返了，如今，纯种的西非人成了白人眼中的最爱，除非那个人是英国国家党党员或者极右翼分子。达蒙一边在格莱布巷闲荡，一边这样想。他还想，在金斯马克海姆这个地方生活不算太糟，尤其是当他回忆起在德特福德的童年生活的时候。

他一直盯着格莱布路那幢漆成黑色的建筑后部刷了白漆的之字形楼梯。只要一闭上眼睛,他就能看见白底上一团黑糊糊的东西。晚上做梦都能看见它们,要么是白底上一团黑,要么是黑底上一团白。这似乎是一种象征,或者说是一种预兆,但他穷其一生也无法搞懂其中的寓意。很有可能一点意义都没有。沿着格莱布路来回走时,他不禁暗自发笑。他早就料到雨水会从鞋底渗进来,果不其然。他感觉水在他的脚趾间吧唧吧唧地响。他脱下右脚的鞋,往外倒水,突然看见两个人影出现在之字形楼梯上。看到科林·弗莱的女朋友,他又笑了。她穿了件白色的光面雨衣,腰带扎得很紧,雨衣的下摆离膝盖足有八英寸左右的距离。时下女孩们都穿的那种松垮垮的靴子也许更适合今晚,但艾玛穿了一双露脚趾的凉鞋,鞋跟有四英寸高。艾玛下楼梯时紧紧地抓着科林的防水衣,达蒙所在的位置离太平梯足足有五十码远,但他仍然可以清楚地听到她尖叫着抱怨这该死的天气。

很可惜不能继续逗留下去了,但一定不能让他们发现自己。他沿着小巷跑去,跑得水花四溅,鞋里再次积满了水。他跑回到车边,钻进车里。上车之前把雨衣脱掉才是明智之举,现在车里到处都是水,浸透了地毯,座位上也湿漉漉的,连方向盘都在滴水。现在他只能脱下湿透了的鞋袜,后悔没事先准备一条毛巾。

为了安全起见,他几乎把巴比尔的车停到了格莱布路的尽头,科林·弗莱站在窗口看不见他。这同时也意味着,他只能勉强看到那扇漆成红色的大门。他发动汽车,把车迅速移到干洗店对面时停了下来。周围一个人也没有。平时,这条路上塞满了车,恨不得首尾相连,今天却空了一半。达蒙已经开始打哆嗦了,他想,偶尔,没有人用公寓的时候,他们也得出门。假设今晚就是这种情况。他想他们也许会出去一个小时——不，也许是一个半小时。想起来就觉得可怕，但肯定需要这么长时间。他问自己，为了车里有暖气而开着发动机是不是太浪费了，而且不环保，就在这时，一辆车开了过来，停在他旁边的车位上。车里下来一男一女。只有从他们苗条的身材和移动的速度上能判断出大概是年轻人，因为那个女人下车前用棉衣的兜帽遮住了头，那个男人的长雨衣从头一直盖到脚踝，而且脚刚一踏上路面就撑起了一把黑色的大伞。但他们奔着干洗店窗户旁边的那扇红门去了。达蒙看见那个男人在雨衣下面翻找了一阵，接着掏出一把钥匙插进锁眼里。二人闪身进屋后随手关上了门。

这是他第二次看见有人用钥匙打开科林·弗莱的房门。科林是不是有点太粗心了，怎么能把自己家的钥匙随便给人呢？也许他不是随便给的，达蒙开车回家的路上想，回家后，他要泡个热水澡，再叫一份马沙拉咖喱鸡外卖。可以使用这个公寓的人如果不是他的朋友，至少也是熟人，要么就是他信赖的人，或者他信赖的人推荐的人。他要把这个情况写进报告里，第二天晚上再回来。现在他的调查工作已经进入了一个令他非常兴奋的阶段。

"这个组织是完全合法的，"玛丽说，"或者说曾经是合法的。据我所知，仍然是合法的。它由一个为金斯马克海姆社会服务处工作的社工经营，除了他，还有我和两个受过培训的顾问。我们都是义工。我们的会员是自行管理的，我们只负责给他们提建议。我们是一个提供咨询服务的机构。"

西尔维娅端着一个托盘进来了，托盘上放着葡萄酒，还有两只装着腰果和薯片的碗。韦克斯福德把右手伸向坚果，又猛地抽了回来，仿佛腰果周围竖着一圈无形的高压电网。"什么样的建议？"

"哦，亲爱的，我们会告诉他们有哪些选择，也就是告诉他们人工授精是怎么回事。哦，有个顾问是草药专家，他会建议会员吃什么东西能增强生殖能力。"她做了个鬼脸，"还有基于'细胞记忆'的隐喻性技术。听医生们说，人的细胞会携带过往的创伤。你想象一个特别想怀孕但经历过一次难产的女人，她不会忘记那次生产的痛苦，惧怕重复那个过程会阻碍她怀孕。太蠢了，真的，亲爱的。有的人提供淋巴排毒按摩和催眠想象疗法。"玛丽说，"有的人还把象征繁殖力的水晶放在枕头底下。"

韦克斯福德的眉毛抬得很高。

"是，我知道。我从来就不热衷此道。如果这些方法都失败了，或者不可能成功，还有代孕这条路，就像西尔维娅这样帮朋友的忙，或者我们会指导他们加入'孩子献给每个人'这样的代理机构。当然，他们也可以选择收养和代养。我们给他们提建议，告诉他们该去找谁，怎么找，诸如此类的事。对了，我们还会开集体治疗会，一对对夫妻和想要成为父母的单身男女围坐成一圈，讨论各自的问题，说出自己的感受。亲爱的，你知道，听他们讲自己的故事挺让人伤心的。"

"有没有女性主动找到你要求提供代孕服务？"

"有，常有的事，"玛丽说，"我们会推荐她们去一些机构，比如'孩子献给每个人'和'未来父母'。我想那个被谋杀的女孩就来过我们这儿。"

"你是说梅根·巴特罗？"

"不是，另外那个，长得好看的那个。有一次我在电视上看到她的照片，当时我就琢磨，这个女孩是不是以前来过我们这儿。虽然不敢断言，但基本可以肯定。"

"你让她去找代理机构了?"

玛丽叹了口气。"她先是说她想做妈妈,但到了这儿以后——那时候治疗会还没开始呢——她就宣称自己要做代孕母亲,我们还没来得及阻止她,她就和那些人聊了起来。等我明白过来,请她出去之前她已经和好几个人谈过了。"

韦克斯福德心想,其中的一个人,更可能是一对夫妻私下里找到她,和她谈妥了,八月十号那天,她去了他们的家,或者在旅馆里见到了那个男人,并从他那里取走了一份精液样本。他也给了她一千英镑,她这么一个满不在乎的女孩,把钱揣进兜里就去了亮闪闪俱乐部。她打算给罗斯或瑞克·桑菲尔他们应得的那份钱吗?

他这么想也就这么问了玛丽。

"从来没听说过他们,亲爱的。我敢肯定他们和SOCC没有任何关系。"

"你刚才为什么说SOCC曾经是合法的?"

"我说,据我所知,他们仍然是合法的。"

"但你说'曾经是'是什么意思?"

玛丽喝了口酒,好像她需要这口酒似的。"我辞职了,如果你必须知道的话……"

"我想我必须知道,玛丽。"

"呃,我不喜欢那里发生的一些事。"

"我看了一眼他们的网站。"韦克斯福德用漫不经心的口吻说出这些话,给人感觉好像他每个小时都会浏览网页,他很自豪,但他知道,这种感觉很可笑。"什么是'获得梦寐以求的孩子的全新系统'?是不是我遗漏了什么生殖方式?"

"不知道,但这就是我辞职的原因。我只知道一个叫奎克伍德的顾问把想要成为母亲的女人介绍给伦敦的一个旅游代理商。也许他这么做只是想引入跨文化收养，可能仅此而已，但我就是不这么认为，所以，我不想再和SOCC有任何关系了。"

"我想我没明白你的意思。"

"我自己也不明白，"玛丽说，"我只知道在上个星期的小组问答会上，我们的一个会员说她准备去非洲，参加所谓的'生育一揽子旅行'。她好像说她要去内罗毕，然后从非洲带个孩子回来。后来，我们的社工问她金斯马克海姆社会服务部是否对她的情况做过评估——也就是他们所谓的家庭调查，评估领养者的住宅和经济状况是否适合领养在外国出生的孩子。如果是跨文化收养，要求就更严格了，而且通常会是一个漫长的过程。总之，这个女人说没有这个必要，因为孩子是她亲生的。她会在非洲生下孩子。我仔细观察了她一下，很显然，她没有怀孕，她说还有两个星期她就去非洲了。

"奎克伍德说，很显然，这个女人的心理很不正常。她丈夫抛弃了她，她的精神状态很糟糕。我们没什么可担心的，因为外国不会允许她把孩子带出非洲，更别说带到这儿来了。她很可能只是想入非非，他说。但是，我不知道，雷格，我不喜欢。我很重视这件事，又去找她谈过一次话，她跟我说这么做没问题，是正大光明的，她知道梅灵汉姆有个女人参加了'生育一揽子旅行'，她在内罗毕生完孩子后把孩子带回来了。当时我问了她一个问题。我问她那个朋友是不是白人，她说，是，当然了。我又问，那个孩子是不是小黑孩，她说是，当然了。在非洲出生的孩子是黑人。然后，她说，她认为我是一个种族主义者。

"我把这些话告诉了肯·奎克伍德。他说这和我们没有任何关系，但这个女人是我们的会员，而且她想把这件事告诉所有人。这就是我辞职的原因。"

"这是保密的，"韦克斯福德问，"还是你可以把这个女人的名字告诉我？"

"我只能告诉你，不是吗，雷格？如果我不告诉你她的名字，就用不着把这一切都告诉你了。她是一个叫格温达·布鲁克斯的女人，住在布瑞姆赫斯特珠宝别墅二号。"

他一时忘了这个人是谁，后来他想起来了，他和波顿在餐馆里偶遇过约翰·布鲁克斯和他的小情人。这个人是他的妻子，他那个没孩子、被忽视的妻子。

"她认识的那个住在梅灵汉姆的女人是谁？"

"我不知道，雷格。我知道的都告诉你了。"

这很像度蜜月，不是现在这种蜜月，虽然是新婚，其实两个人早就在一起了，没准已经同居好几个月了，而是像从前那样，在过去，害羞但骄傲的丈夫头一次带自己的处女新娘出门。新婚夜在前面等着他们，真正的新婚夜，那个晚上，他们将第一次发生肉体关系。

她和巴比尔就是这样。他们肩并肩默默地坐在达蒙·科尔曼的车上，体会着新娘和新郎的感觉，不过比这个感觉更糟糕，因为社会和社会的要求变了。她发现自己因此对巴比尔很不满。这一切都是他策划好的。是什么让他动了为了和她做爱共度周末的念头？他制造了一个虚假的情境，几乎可以说是一个严肃的重大仪式，而这一切本该水到渠成自然发生。如果他们两个月前上床（通常，她很鄙视这个委婉的说法），而且从那时起就一直做爱，他们会快乐得多。因为，她从他长时间的沉默和放弃一切，比如和她交谈上就能确定他和她一样紧张。

他们现在本可以说说笑笑，回忆最近发生的事，想到即将入住舒适的梅德海德酒店，而且房间里只有他们两个人而兴奋不已。

他们并没有谈论这些话题，相反，他问："我们离汤顿还有多远，你认为？"

汉娜查了一下导航仪。"十五英里吧。"

"还得过很长时间才能到那儿吃晚饭。"

晚饭！"是的。"她说。

他把车开进一个加油站给车加油。下午的天色逐渐变得灰暗起来，上个周末夏令时就结束了，时间往回拨了一个小时，才六点半，夜晚就已经来临。这不是那种浪漫的夜晚，有月亮和星星遮住晴朗的天空，而是眼前一团浓浓的厚重的灰暗，升起的薄雾将前路变得模糊不清，空气潮湿沉重。巴比尔把车默默地开出了加油站。又过了几分钟，就连他——她用了"就连他"这几个字，就连他都变得迟钝起来，所有的敏感都不见了，他也似乎意识到彼此的尴尬。

"怎么了，汉娜？"

她没有回答，他又把这个问题重复了一遍。

"你注意到了，看来，你的直觉不错。"

典型的男人，她母亲可能会这么说。"我做错了什么？"他说。

她做了一个决定。如果她什么也不做，如果她撒手不管，任凭这个晚上就这么下去，她知道结果会糟糕得多。他们当中的一个或者两个人都会深受其辱，而且由于他们缺少对彼此的爱，无法扭转这个局面。但短暂地回顾一下他们的关系，她不知道自己除此之外还能怎样。她究竟采取过什么行动，走了哪一步才将他们的关系引到如今的地步，让她在汤顿城外有不同的心境？他们什么也没做。无论她有多么不喜欢这种想法，责任还是在他。他非要依照过时的道德准则生活，而这个时代的人既不想这么做，也无法理解这种做法。

"这样不好，巴比尔。"她说，"也许是我的错——"她知道不是她的错，"但这样肯定不行。对不起。"

"你在说什么，汉娜？"

"我们已经走得太远了。你没有这种感觉吗？你难道不明白吗？这种事应该是自然的、自发的。我告诉过你，可是你不愿意听。你说要严肃对待，要互相了解……什么的。现在太晚了。"

他把车开进紧急停车带。"你想怎么办？分房睡？可以啊。我一直都说延迟才是最明智的做法。"

"是，你看我们都走到哪一步了。你继续走吧。把我放在汤顿，我自己坐火车回去。汤顿是在干线上吧？"

"别傻了。"他说，他的脸色像窗外的天空一样阴沉，"我们当然要开车回去。"

他真的这么做了。他一言不发，克制着自己，偶尔会发出无声的动静，仿佛被压抑的咆哮。

"我要上厕所。"车开到西苏塞克斯时，她说。他们喝了杯咖啡，想起还没吃晚饭，于是每个人吃了一块猪肉馅饼和一个西红柿。

"我想你是疯了。"巴比尔说。

她耸了耸肩。

"好像结束了，你不这么认为吗？"

"从来就没有真正开始过。"她说。

即使又累又气，他看上去还是那么英俊。真是浪费。她真的喜欢过他，她会想念他，问题是，她没有机会想念他，因为他一直在她身边。也许她会申请调到别的部门去，可是调离岗位的人为什么是她呢？她又不是过错方。他继续向前开，再次陷入沉默。

路上的车少了，尤其是朝东的方向。和往常一样，司机们禁不住超速行驶，将车速提到八十多，甚至九十多英里。当然，巴比尔很守规矩，将车速保持在七十英里，当测速的摄像头朝着快车道上开到八十七英里的车辆闪烁时，他一点也不担心。

他们再也没说话，直到开过一个写着"欢迎来到古城金斯马克海姆"的路牌。巴比尔没有左转，而是绕着环状交叉路口转了一圈，汉娜说："你走错了。"

他一本正经毫不留情地笑道："我们俩有一个走错了，这是肯定的。"

他再也不会用那种方式说"我们"了，她想。他把车掉了个头，开上果园路，在她家的那个街区外面猛地停了下来，她转过身看他，但他没有看她。他的手还放在方向盘上，紧紧地握着。

下车时，她又说了一遍"对不起"。

达蒙怎么也搞不明白，电台和电视台的天气预报员说雨水向北（或向南，向西）移动后将继之以阳光和阵雨到底是什么意思。阵雨难道不是雨吗？小时候，他父母家的一个白人邻居经常在他身后大喊大叫，让他回到属于他的地方去。他就出生在伦敦，完全不知道她说的地方在哪儿。有一天，他转过身，问了那个女人。他非常有礼貌地问了她。

"一个炎热的地方。"她说，"热得能把你烧死的地方，臭不要脸的猴子。"

但从那以后，她就再也没在他身后喊叫过。达蒙以为炎热的地方从不下雨，他倒是很想去那儿看看。回到格莱布巷时，他想起了这段往事，他注视着之字形的太平梯，琢磨着是不是又要下阵雨了。这是一个没有月亮，也没有星星的夜晚。天空可能是晴朗的，也可能布满了乌云，无法判断。以防万一，他又套上了那件厚厚的雨衣，雨衣里面的他感觉捂得慌。热得能把你烧死，臭不要脸的猴子。达蒙暗暗发笑。邻居们都知道那个可怜的老女人是个疯子，如果她现在敢跟他说这种话肯定会被送上法庭。这个世界真滑稽。

不管怎么说，他开的是巴比尔的车，而且把车停到了一个比较隐蔽的地方，科林·弗莱和艾玛可能又决定走前门了。他对此无能为力。他不可能同时出现在两个地方。一滴雨落在他的鼻尖上，当他抬起手擦掉这滴雨时，他们出现在太平梯口的门旁。他片刻都没有迟疑，沿着这条小巷跑进格莱布巷，然后钻进车里。今天一大早他就把车里好好地收拾了一番，确实漂亮多了，但还是感觉潮乎乎的。他把车沿着格莱布路开了十多码，停在剩下来的那个空车位上。如果科林家现在有客人来，他会把车停在哪儿呢？

显然，他会把车停在下一条街上，要不然，他就是坐公交车来的，因为那个正在向干洗店靠近，用钥匙打开红门的人就是走着来的。那是一个高个男人，穿了件看起来很贵的系腰带的巴宝莉雨衣，手里拿着雨伞。门开了以后，他必然要把伞收起来，当他迈步进门，将雨伞上的水滴抖落在门前的台阶上时，达蒙借着灯光看见了他的脸。他认出了那张脸。也就是说，他在哪儿见过这个人，但一时半会儿又想不起来他是谁。

他无声地骂了一句。他必须想起来这是谁的脸。他在哪儿见过这个人？他要记起最近去过的所有地方，和他交谈过的所有人……

街道上不再空空荡荡。一个女人从格莱布路高街尽头那边走过来。她戴了一副不适合这个天气的墨镜，穿了一件长及脚踝的雨衣，打着一把男人用的大伞。她也要去科林·弗莱家吗？

看样子是。她走到之前，雨就停了，她放下伞，环顾四周，左瞧瞧，右看看，然后把眼镜推到头巾上面。达蒙从来没见过这个女人。他只能说她四十来岁，或者更年轻一点，但是当女人把头发梳到脑后，把眼角向后拉，下巴向上提时，你也很难判断她们究竟多大岁数。他老家那儿的人对此有个专门的称呼——克罗伊敦拉皮。

她径直向干洗店旁边的那扇门走去，还没等她碰到门铃，门就开了，于是她快步走了进去。

25

天气最好的那个星期往往出现在十月份，这个星期终于来了。这个"小夏天"从汉娜·戈德史密斯一周年假的第一天开始，所以，她希望上个星期才预定的克里特岛六日行不要太过仓促。她这么晚才休假是因为她盼望到了这个时候可以和巴比尔一起去。但自从那次以失败告终的萨默塞特之旅以来，巴比尔除了谈工作就没和她说过一句话，他又像从前那样叫她"探长"了，而她也只是在必要的时候才和他说话，并且对他没有任何称呼。现在她要孤身出发了，她从来没这么不想放假。

达蒙在记忆中搜索那个他看着走进科林·弗莱家的人，但没有成功。他多次梦到那个白色的"之"字形太平梯，却再也没有召唤出那张脸。要紧吗？达蒙认为要紧，因为韦克斯福德总是说，谋杀案中的任何事，无论多么小的事都很重要。

《金斯马克海姆信使报》登了一篇跨页报道，好像已经升任首席记者的达伦·拉夫雷斯在文章中惋惜过去苏格兰场是如何介入诸如本地区八九月份发生的谋杀案的。那是在谋杀案组和重案组成立之前。他写道,眼下需要创建英国的联邦调查局,同时强行裁掉韦克斯福德这种"老古董"。

读了这篇报道,韦克斯福德心里很不是滋味。他知道第二天感觉就不会这么糟了,再过两天就会完全淡忘。但这种想法在他读报道的当口没有任何帮助。他再次展开《信使报》,看着自己那张狂饮啤酒的老照片。当年,报纸的态度很温和,没有任何恶意,生怕惹恼家门口的读者。如果说达伦·拉夫雷斯后悔当初他写的那篇对警察机关的报道不够准确,韦克斯福德则对往事充满了留恋和不舍,过去《信使报》上登的大事都是区议会的会议、花展和高考成绩。他用双手把报纸揉成一团,正往再循环废纸篓里丢时,警卫报告说有一位巴特罗先生想见他。要见吗?

"让他上来吧。"

跟他谈过话的人是汉娜,这是韦克斯福德第一次见到梅根的父亲。他先是做了自我介绍,接着马上说他刚参加完前岳母的葬礼。"格蕾丝·摩根,"他说,"也许你和她谈过话。那是个善良的老太太,那群人里最好的一个。九十三岁是高寿了,但我还是会想念她,尽管没有别人会这样。我早就该来见您。这次来金斯马克海姆参加葬礼,我就顺道过来了。"

"您是为什么来的,巴特罗先生?"

"哦,我的女儿梅根。当然是为了我的女儿梅根。"

"是啊。我很遗憾,"韦克斯福德说。

"她没告诉我,您知道。"韦克斯福德没有必要问"她"是谁。"我是在电视上看见的。"巴特罗说,"呃,我太太在电视上看到的,然后她告诉了我,很委婉地把坏消息告诉了我,我想你们会这样说。除了拉莱，我和我太太还有两个孩子，但这并不能阻止我为死去的孩子伤心。"

"当然阻止不了。"

巴特罗在椅子上变换了一个坐姿。"您也许会认为我要告诉您的只是，呃，一堆废话。确实没什么。有个年轻的女探员找过我，我想过要不要告诉她，但说实话，我担心她听了会觉得荒唐，但这个问题一直困扰着我。我太太说没什么，让我把那件事忘了，但昨天我跟她说要来参加老格蕾丝的葬礼，她让我来这里找你们，把我的心事讲出来。如果您认为我说的是废话，呃，您就直接这么说，没关系。"

"您说说看。"韦克斯福德说。

"好。事情是这样的。我告诉过那位姑娘，梅根在伯斯里集市那天来过我这儿。我们在集市上喝了点茶，梅根说她要赶在天黑前到家。对此我完全赞同。我不希望她和拉莱天黑了还一个人在外面。谁也没想到，她是在大白天遇害的，不是吗？"韦克斯福德点了点头，他继续说，"我步行送她到苏英伯里汽车站。那儿离集市只有大约半英里远。每两个小时发一趟车，我希望她正好赶上那班车。我们沿着那条叫伯斯里大街的路向前走。那条街两边有很多大房子，我没看见有一幢房子门前的车道上停着一辆车，有个小伙子从车里下来。我见过那个人，但不知道他叫什么名字。

"梅根盯着他看。我们其实只能看见他的侧脸。他看上去大概三十五到四十岁的样子，一头浓密的黑头发。就像我说的那样，梅根盯着他看。他走进了那个房子，没朝我们这边看。我跟梅根开玩笑说：'如果再见到他，你肯定能认出他来。'她说：'你没开玩笑。我肯定能认出他来。'事情就是这样。我们继续往前走，我把她送上车，呃，那就是我最后一次见到她。现在我把我想说的告诉您了，但听起来比以前更像废话了。"

"我不这么认为,"韦克斯福德说,接着,他又问,"您还记得那个房子的门牌号了吗?"

"没记住,但我忍不住注意了一下名字。那个名字也太……他以为他是谁啊?居然叫庄园。"

韦克斯福德、波顿和达蒙·科尔曼又去苏哲瑞-桑菲尔公司的网站上看了一眼,更确切地说,他们是想看那两兄弟的照片。达蒙说:"确定无疑,长官,那天我就是看见这个人进了科林·弗莱的公寓。这个叫罗斯的人,满头黑发。就是他。我第一次去的时候见过他两回。第一回他是自己进门,第二回是给一个女人开门。后来我回去的时候看见他们一起从里面走出来。"

"再见到他,你还能认识他吗?你还能认出他来吗?"

"能,我能,长官。"

"那个女人呢?"

"她可能是任何人,长官。我甚至看不出她的真实年龄。我只知道她不是十几岁的小姑娘,个子挺高的——五英尺七、八英寸的样子,不胖。当时雨下得很大,她打了一把伞,头上还裹着头巾。"

"达蒙观察得很仔细,"韦克斯福德单独和波顿在一起时说,"但那又怎样?好吧,罗斯·桑菲尔在众人面前装出一副感人的顾家好男人的样子,其实背地里鬼鬼祟祟地偷情,但通奸不属于违法行为。更重要的是,加里·巴特罗送梅根去苏英伯里汽车站的路上见到的情况。很显然,那个从车里钻出来的家伙就是罗斯,而且梅根认出了他。事实上,这一点恰恰证明了我们一直在说的……"

"是你一直在说。"波顿大方地插了一句。

"好吧，我一直这么说。梅根认出了六月二十四号她在约斯通树林见到的那个男人。既然她知道他住在什么地方，也能查出这个人的名字，她就毫不犹豫地着手去敲诈他了。"

"敲诈罗斯·桑菲尔这样的人是非常危险的。"

韦克斯福德沉默了片刻。每当陷入沉思时，他都会集中精力，身体保持完全静止，双手很放松地搭在桌子上，眼睛盯着对面的墙，但显然他什么也没看。波顿经常看到他这副样子，每次韦克斯福德处于这个状态，他都会在一旁耐心地等待，不愿打断他的思路。韦克斯福德终于开口了，他说："这么说，罗斯就是那个穿过约斯通树林企图用混凝土块砸死安柏的人？不可能是他。他当时和老婆孩子在西班牙。况且，我觉得他不仅办事效率高，而且心狠手辣，你不这么认为吗？"

"我也这么认为。"

"首先他就不会选择从桥上往下扔混凝土块这个方式。这么做的风险太大了，能否砸中完全靠运气。如果他在维多利亚别墅杀死了梅根，为什么要把她的尸体藏在衣橱里呢，还不算把尸体丢在那里四天？"

"但第一件事肯定是他干的，否则，梅根不可能认出他来，正因为她认出了他，他才杀死了梅根。"

"我知道，"韦克斯福德说，"但我注意到凶手是个无能之辈，不像罗斯作为，反倒很像是瑞克干的。"

"开妓院？"科林·弗莱嘴一撇，用难以置信的眼神看着汉娜和达蒙，"我不知道你们什么意思。开妓院得养一大群女孩。把房子借给朋友用一个晚上不能叫开妓院吧。"

"告诉我们你干了什么就行了，弗莱先生，"汉娜说，"有没有收他们的钱？"

"别告诉我们你纯粹出于一片好心，"达蒙说，"那对男女来的时候，你和你女朋友出去了。上个星期另一对男女来的时候，你们也出去了。"

"出去了又怎么样？"

"弗莱先生，如果你能告诉我们星期四晚——达蒙看了一眼笔记本——七点十二分来这儿的那个男人和七点十六分来的女人是谁，我们可能会考虑对你进行宽大处理。"

汉娜非常肯定这里没发生什么违法的事，她插嘴道："我们什么也保证不了，请你注意。不过，有可能会宽大处理。"

"那个人是罗斯·桑菲尔，对不对，科林？"

就在这时，艾玛端着几杯茶进来了，没人要求喝茶，她也没问大家想不想喝茶，达蒙很快发现茶很难喝，因为糖放得太多了。艾玛弯下腰把茶杯递给科林，她的短裙往上缩，露出长筒袜的根部和镶褶边的黑色吊袜带，见此情景，达蒙极力克制自己不要睁大眼睛。这个地方并不完全不像妓院……

"好吧，"科林说，"是罗斯。如果他知道我把这件事告诉你们，他会杀了我的。"后来他意识到自己说了什么，于是用手捂住了嘴。

"你没告诉我们，是我们告诉你的。他给你多少钱？"

"一个小时二十英镑。"科林闷闷不乐地说。

"他在这儿待了三个小时。这个钱真好赚。你有其他的客户吗？别撒谎。我们知道你有。"

"都是朋友。"艾玛立即为科林辩解，"他们想付钱。我们是在帮他们的忙。趁我们出去的时候用我们的地方又有什么害处呢？我们自己想出去。给钱相当于送礼了。"

"好吧。和罗斯在一起的那个女人是谁？"

这个自封的女发言人艾玛在这方面比科林强多了。她永远不会承认他们收的钱是报酬。给钱等于送礼，为了感谢他们所提供的服务。汉娜知道艾玛在撒谎，但回答这个问题时，汉娜确定她说的是真话。

"我不知道。科林也不知道。他不愿意告诉科林那个女人叫什么。他为什么要告诉我们？"

确实，他为什么要这么做呢？对于汉娜而言，一个已婚男人租一个地方和一个不是自己老婆的女人睡觉这个概念不仅陌生，而且几乎令人费解，她试着让自己站在他的角度想问题。她设想自己把这个计划告诉了租给她房子的朋友，这点她或多或少还能做到，但她发现，在这种情况下，她也不会提那个女人的名字。这么做有什么用呢？

"好吧。"她说，"今天先到这儿吧。我们希望晚一点儿在警察局见到你们。下午三点怎么样？"

"那个时间我应该在工作。"科林差点儿哭了，"我现在就该在工作。"

"亲爱的，哦，亲爱的，"达蒙说，"既然你是罗斯·桑菲尔的雇员，我相信你能给他一个满意的解释。"

开车的是达蒙，汉娜坐在他身边，她多么希望达蒙是巴比尔。可是上个星期，巴比尔开的是达蒙的车，达蒙开的是巴比尔的车，他把一个玛氏巧克力棒和一本封面上写着"巴塔查亚"名字的《新政治家》周刊落在车的后座上了。汉娜突然有了一个可怕的念头，她渴望触摸他触摸过的东西，甚至把写在杂志上的他的名字压在嘴唇上。傻瓜，她自言自语。两个人凝视彼此的眼睛，滔滔不绝地说一大通话后各自走开，而不是做出更健康的选择——一起睡觉、做爱——就是这个结果。

她气鼓鼓地迈步走进警察局。

26

从米尔巷驶出一辆深蓝色的奔驰车，开车的人是罗斯·桑菲尔。他肯定是去克利夫顿跟马歇尔森夫妇商谈室内装饰的事了，韦克斯福德心想。当他把车停在维多利亚别墅对面时，他看见莉迪亚·伯顿站在大门里，好像刚和什么人挥手道过别。个子高高的，韦克斯福德回忆达蒙·科尔曼有限的描述，当然不胖，不是很年轻，但也说不上是中年人……她就是那个罗斯在科林·弗莱家见的女人？看样子是。可是她没有必要借用别人的住处。她自己有房子，又是单身。肯定是他决定去弗莱家的。但是为什么呢？是因为布瑞姆赫斯特离伯斯里太远吗？还是他认识的什么人就住在这附近，能把他认出来？哦，马歇尔森夫妇……

天已经很凉了。莉迪亚朝他和汉娜招手，完全看不出她有任何内疚感——不过，她为什么要内疚呢？她又没结婚。她迈着轻快的步子进了屋。格温达·布鲁克斯开门速度之快给人感觉她一直站在门口等着。作为一名经验丰富的护士和助产士，玛丽很容易就能看出一个女人是否怀孕，哪怕她处于怀孕最初期。他懂什么？汉娜又知道什么？然而，他们俩都看得出来，两个星期内，或者半年内，格温达是不可能生孩子的。约翰·布鲁克斯离她而去后，她的体重下降了许多。棕色的格子连衣裙遮住臀部和平坦的小腹，就像松垮而又时髦的衣服穿在十五岁的模特身上。她形容憔悴，脖颈上有那种过去被称做"盐瓶"的深窝。

汉娜来过这间起居室，这里并没显得比上次更糟糕。这个地方让韦克斯福德联想到三流旅馆的房间，所有的东西都是粥和全麦面包的颜色，没有任何装饰品和照片。格温达坐在椅子边上，两个膝盖紧紧地并在一起。她又一次说："我不知道这和警方有什么关系。这是我的私事。"

尽管称呼某个女人"太太"违背汉娜的意愿，她还是这么做了，考虑到韦克斯福德的感受，她必须作出让步。"布鲁克斯太太，您要跟团去肯尼亚旅游，对吗？"

"你知道是这样。我就是这么说的。"

"这次旅行的目的是让您和其他同去的女人在那里生孩子？"

"是，这是目的之一。旅行社还安排我们观光一周。我真不明白为什么要把这一切告诉你们。但如果你坚持要问，我就告诉你，是的，我们要观光一周，在狩猎公园住两个晚上，然后我们会被带到那个内罗毕的私人医院生孩子，应该是无痛自然分娩。"

"您看过医生吗，布鲁克斯太太？"汉娜问，"我的意思是您在这里的全科医生。"

这个女人似乎感觉遭受了越来越大的侮辱，她说："我没有必要去看医生，我一点毛病没有。"

汉娜暗自叹了口气。韦克斯福德本可以告诉她这样刨根问底没有用。他们现在只需要一些具体的事实。她似乎最终领悟到了这一点,于是只问了她在梅灵汉姆的熟人和向布鲁克斯太太出售"生育旅行团"的旅游代理商的名字。

"我不该泄露这些信息,"她愤慨地说,"我签了一份保密协议。"

我料到你签了,韦克斯福德心想。他说:"告诉警察没问题,警方会为您保密的。"他说。当然,这句话并不完全属实。

"那好吧。她叫莎伦·卢卡斯,旅行社在伦敦,名字是卡洛斯地奇迹之旅,西区一号。"她不无自豪地非常清晰地说出这个地址,给人感觉近乎可悲。她可不是天真胆怯的乡巴佬,而是一个资助梅菲尔①旅行社的老于世故的女人。

"您的意思是您去找了他们,"汉娜说,"无缘无故地?"

"当然不是。"格温达·布鲁克斯不高兴了,"是莎伦告诉我的,SOCC 的顾问向我推荐的他们。你们知道 SOCC 是做什么的吧?"

"哦,是的,我们知道。那个顾问是谁?"

她说出了他的姓名。正如玛丽所言,那个顾问是肯·奎克伍德。韦克斯福德本来希望听到罗斯·桑菲尔的名字,结果不是他,他感觉自己被失望之矛刺中了。他们刚从格温达家里出来,汉娜就忍不住大声说:"你相信竟然有人会这么疯狂吗,老爸?"

"很容易啊,"韦克斯福德说,"探长,我打算派你'西上',像过去常说的那样。你可以花一天的时间购购物,再顺路去一趟奇迹之旅。"

* * *

---

①伦敦的上流住宅区。

科林·弗莱很晚才到警察局,他绷着一张脸,穿了件带兜帽的棉服,韦克斯福德暗自发誓,从此以后他要放弃认为兜帽与本案有任何关联的念头。当被再次问到和韦克斯福德在一起的那个女人是谁时,弗莱仍然说他不知道。

"你见过她吗,弗莱先生?"

弗莱沉默地思考起来,遇到类似的问题,一个诚实的人根本不用想这么久。"可能见过吧。"最终,他审慎地回答。

"她长什么样?"

"三十好几,四十出头的样子。身材不错。长得也算漂亮——不知道,我不擅长描述相貌。"

"她是不是叫莉迪亚·伯顿?"

"可能吧。"弗莱的语气很谨慎,"我想。"和韦克斯福德四目相对时,他把视线移开了。"我不想让罗斯知道我说过这个话,"他说,"我不想。你知道他可是我的……生计来源。我还得靠他生活呢。你们不在乎让谁丢掉饭碗。这对你们来说是家常便饭。"

韦克斯福德站在窗口目送他离去,他穿过前院,向停放小货车的地方走去,他用棉袄裹紧身子,耸起肩膀。天冷了。用波顿的话说,这种天气是"不合时令"的,韦克斯福德则说,用这个词来形容这个国家一年中任何时候的任何天气都属于用词不当,因为他见过六月下雪,也经历过十二月的高温。他们下一个要拜访的对象是布鲁克斯太太提到的那个莎伦·卢卡斯。他们的车虽然只在前院停了不到一个小时,但出发前唐纳德森不得不先除去后窗和挡风玻璃上的冰。

"想起来,时间过得可真快,"波顿说,"刚接手这个案子的时候,天热得令人难以置信,安柏遇害那天是有记录以来最热的一天。"

"就是这样。"韦克斯福德此刻反应很快,"至于说这天气难以置信,我倒觉得信起来不难。"他的想象一飞冲天,"即使明天下雪,或者气温飞升至四十度,或者等我们到梅灵汉姆的时候正赶上一场雷电交加的暴风雨,我都不会认为难以置信。"

意识到这是他要发飙的前兆,波顿没再说什么,平静片刻后,韦克斯福德说:"我多么希望可以说达蒙的努力没有白费。我多么希望我们能证明弗莱是在开妓院,因为这意味着,他这个人不可信,他作为不在场证明的提供者的身份就化为了泡影。但正如他所说,没有什么能够阻止一个人把自己的房子借给朋友一晚。就算他收点钱又怎么样呢?你可以雇人看房子,如果愿意的话,还可以找人看孩子,或者照顾猫猫狗狗,你不得付人家钱吗?"

"这表明罗斯·桑菲尔是个通奸者。"

"我相信在一些酋长国和非洲的一部分地区通奸是犯罪行为,但在英国不是,比如我就希望永远不是。"

"是,但是他的行为败坏了他的名声。他不再纯洁无瑕了。"

"他纯洁无瑕过吗,麦克?他看起来很纯洁,但我们知道他不是。达蒙监视他之前我们就知道,我们知道瑞克杀死了那两个女孩,罗斯正在设法包庇他。"

"不过,还有一个小问题。科林·弗莱。弗莱不是圣人,但如果他真的认为是瑞克杀死了梅根,他肯定不会在瑞克的行踪上说谎。他说九月一号瑞克和他在老银行大楼。雷格,如果他相信是瑞克杀死了梅根,我想他不会这么说。"

"那他提供不在场证明又是怎么回事?"

"人们一直相信或者说服自己相信的东西吧。我们让某个人难堪,是因为他有前科。如果他能帮朋友摆脱困境,为什么不呢?这和设法让朋友免于谋杀指控完全不是一回事。"

莎伦·卢卡斯住的公寓非常小，比工作室大不了多少，其中包括一个十五英尺乘十二英尺的单人间，一面长墙上开了两扇门，推开门，一间是很小的厨房，更小的那间是浴室。韦克斯福德首先想到的是，如果对她的家庭环境进行评估，没有一个社会服务部门会认可这是一个适合孩子成长的环境。这个地方太小了，太像临时的住所。莎伦·卢卡斯的床是可以折叠到墙里的那种，但今天床没有收起来，尽管已经快中午了。婴儿躺在一个抽屉里，波顿用不可思议的眼神瞥了一眼这个婴儿床的替代品，但韦克斯福德以前听说过这种东西，他的祖母告诉过他，买不起摇篮的穷人会用这个东西。

他是个小黑人儿，更确切地说，小男孩的皮肤是浅咖啡色的，韦克斯福德把他漂亮的脸和高贵的头颅和索马里人联系在了一起，他这么想也许是错的。他匀称的脑壳上顶着一头细密的黑色的羊毛卷如同戴了一顶俄国的羔羊皮帽。他完全醒着，非常平静，圆乎乎的褐色胳膊从被单里抬起来向他们摆手，注视着他们投射在白墙上的移动的影子。如果这个孩子是两个星期、或者甚至四个星期前出生的，韦克斯福德心想，那我就是夏洛克·福尔摩斯。我多希望自己就是他。

一路上本已中烧的怒火此刻越烧越旺，即将爆发。他很高兴奎克伍德不在。对此人施暴意味着韦克斯福德事业的终结，如果见到他，韦克斯福德肯定会忍不住揍他一顿……他深吸了一口气，几乎是第一次正眼看这个他们想找的女人。她是个可怜人，他想，怒气渐渐消退成绝望，这个四十岁的女人身材干瘪，皮包骨头，眼睛贼亮，皮肤是奶白色的，由于贫血，看上去像个白化病人。

"我想问您几个问题，卢卡斯太太。"他向她介绍了波顿，然后坐在床上。

"其实应该是小姐。"她的语气中充满了歉意，听起来近乎巴结。

房间里只有一把扶手椅，波顿不想坐在那儿，于是坐在了一个厨房凳上。他也看着那个婴儿，似乎陷入了沉思。韦克斯福德的下一个问题让他吃了一惊。

"这个孩子叫什么名字？"

"埃尔卡纳。"莎伦·卢卡斯回答道。

"真的吗？是从《圣经》里找的名字吗？"

她摇摇头。"您知道《急诊室》里那个叫埃尔卡纳·琼斯的斯特德曼医生吗？那个电视剧？"

这个说法更容易接受，而且提问者不会追问下去。

"他是黑人，你知道，而且非常英俊。"

"我想是的。"韦克斯福德说，"您的埃尔卡纳也是黑人吧？您不是。他的父亲是黑人吗？"

"哦，不。总之，我已经有好几个月没见过他了。"她似乎没明白他们认为这个解释不够充分。

韦克斯福德想不起自己什么时候曾经如此不知所措过，一时间他不知该对她说什么好。他失语了，他们说的不是同一种语言。他被迫和形形色色的怪人谈过话，但她似乎和他们操的都不是同一种语言。她睁着大眼睛，眼神茫然而又简单。她身上的那种天然呆滞令他哑口无言。当他寻找合适的词语时，波顿说："您去非洲旅行过，是不是，卢卡斯小姐？"

"奇迹之旅。"她说。

"地点安排在哪里？"

"什么？"

波顿又说了一遍。"跟我们讲讲您的非洲之旅，卢卡斯小姐。您去了内罗毕,是吗?您是去度假吗?"

他没想到她会这样回答。"去治疗不育。"

"去非洲?"

她几乎愤怒地摇了摇头,说:"治疗是在这儿。我们要吃很特别的东西,吃维生素片,不能喝酒,也不能喝咖啡。这样治疗半年后去内罗毕寻找奇迹。"

"什么奇迹?"韦克斯福德问,他感谢波顿为他的问题做了一个很好的铺垫。

"我不知道其他人怎么样,后来我再也没见过她们。她们不住在这附近。我去了那个私人医院。那是一个大房子,很漂亮,也很干净,里面有一个穿医生袍的大夫和两个护士。他们都是黑人。大夫给我打了一针,我就睡着了。"

"给您打了麻醉剂?"

"对,是麻醉剂。等我醒过来的时候,他们把我的孩子放到我怀里。"

"仅此而已?"

"护士说生产过程很顺利,过一两个小时我就可以带着埃尔卡纳离开了。飞机上一共有十个人,她们都来自不同的地方。等我和埃尔卡纳到家时,那个陪我们一起去非洲的人,大家管他叫导游,就把埃尔卡纳的护照送过来了。真好,他这么小就有护照了。"

埃尔卡纳看腻了自己的手在墙上的倒影,小声地哭闹起来。莎伦用柴枝一般的白胳膊将他抱起来,她的胳膊看起来没什么劲,好像抱不动他。但是当她把他举到肩头,他胖乎乎的褐色脸蛋挨着她的瘦下巴时,她的脸上露出温柔的慈爱,几乎将她变成了一个美人。韦克斯福德想起了另一个和孩子在一起的女人,那个女人对孩子的态度截然不同,有那么一刻,他似乎看到戴安娜·马歇尔森那一脸耐心的冷漠。

"卢卡斯小姐,您介意告诉我们您为了这次奇迹之旅支付了多少费用吗?"

"很贵。他们解释过原因。"她抱着埃尔卡纳走进厨房,从一个特别小的冰箱里取出一只奶瓶。她一边努力握住在热水龙头下冲洗的奶瓶,一边尽量挡着,不让尖叫的婴儿的手碰到它,整个过程就像玩杂耍。韦克斯福德不想知道这个孩子究竟有多大。护照上可能写着呢——或者说,那个假护照上可能写了。奶瓶里装的东西已经足够热乎了,莎伦心满意足地抱着埃尔卡纳坐下来,把橡皮奶头塞进他的嘴里,脸上洋溢着幸福的笑。"我得拿出一部分房屋抵押贷款。一万英镑。不过,这笔钱涵盖了所有费用,食疗、飞机票、分娩的费用,还有埃尔卡纳的护照。"

"您有工作吗,卢卡斯小姐?"

"晚上我在乐购超市做收银员。一个星期工作四个晚上。上班的时候,我妈妈过来帮我照看埃尔卡纳。"她似乎隐约而且有点困惑地意识到,她需要就花费给出更多的解释。"你知道,我真的想要一个属于自己的孩子。我试了很多次。我渴望有一个孩子。以前每次看到带着孩子的女人,我就想抢过来一个,我就是这么渴望要孩子。"埃尔卡纳兴致勃勃地嘬着奶嘴,速度极快。莎伦无限温柔地爱抚着他的小脑袋。"不过,现在好了。"她说,"我有自己的孩子了。"

"我们得把他从她身边带走,"韦克斯福德说,"我们必须把孩子从那些女人身边带走,否则,别的人就会这么干。我不忍心这么做,也不忍心继续调查下去。为什么我们不假装从来没听见格温达·布鲁克斯说过什么呢？"

"当然，你是在开玩笑。"波顿严厉地说，语气近乎凶狠，"我们当然要继续调查下去。我们当然要这么做。难道让那些坏人继续欺骗这些傻女人吗？就让他们继续这么轻而易举地一次赚到十万块钱，这是我碰到过的最肮脏的骗局。"

"我刚才是在开玩笑，麦克，如果可以用玩笑这个词的话。必须制止他这么做。我只是希望……哦，我希望人不要这么邪恶。听起来很傻，是不是？我这样的老警察竟然会说出这种话。我们派汉娜参加这个奇迹之旅，让她伪装成一个急于想要孩子渴望成为母亲的人怎么样？"

"可以。不过，你不会相信吧？这种故事是没法编出来的。一群想孩子想疯了的女人愿意相信她们可以去非洲，不怀孕就生孩子，然后把一个非洲孩子当成自己的孩子带回来？"

"我背过伯特兰·罗素[①]说过的一句话。我看看我还能不能想起来。他说：'许多人持有一种见解，这个事实并不能证明这种见解并非全然荒谬。其实，有鉴于大多数人的愚笨，普遍的信条更可能是愚蠢的，而不是明智的。'"

"这不是阵痛，亲爱的，"玛丽说，"是子宫无痛性收缩。这很可能意味着一两个星期后你就要生小孩了，也有可能更早。"

[①]伯特兰·罗素（Bertrand Russell，1872—1970），二十世纪英国哲学家、数学家、逻辑学家、历史学家，无神论或者不可知论者，也是上世纪西方最著名、影响最大的学者和和平主义社会活动家之一。

西尔维娅把沉重的身子从沙发上抬起来。"怀本的时候也出现过这种情况,但我忘了。又到了这个阶段,我真想停下来。我的意思是赶快把孩子生出来。你注意到什么了吗?除非你注意到了,但是没告诉我,我们已经有两天没听到娜奥米的消息了。"

"我注意到了。"

"出了什么事,你不能告诉我吗?"

玛丽走进厨房,大约过了两分钟,她拿着一瓶接骨木花味的苏打水和两只杯子回来了。她将两只杯子斟满,把其中一杯递给西尔维娅,说:"我不知道你听了会是什么感觉,总之我觉得你不会太爱听。女人都这样,即使她们不再喜欢那个男人了。"

"看在上帝的分上,到底是怎么回事?"

"再过两个星期,娜奥米和尼尔就要结婚了。"

西尔维娅小口喝着杯中的苏打水,然后把杯子放下,说:"我觉得没什么呀。不是她,也会是别人。反正是我不要他的。我没什么可抱怨的。"她闭上眼睛,慢悠悠地说,"是啊,我想我确实在乎,我不喜欢这样。哦,我真是个傻瓜,玛丽。"

她哭了起来,泪水从她紧闭的双眼中汩汩流出。玛丽走过来坐在她身边,握住她的手。

27

汉娜穿着从母亲那儿借来的裘皮大衣,坐上了十点五十一分由金斯马克海姆开往伦敦的火车。她下身穿了一条灰色的法兰绒裤子,脚上蹬了一双短靴,头上还裹了一条印有马具和黄铜马饰图案的丝绸围巾。打扮成这个样子,她的心情很沮丧,而且浑身不自在。因为,在她毫不伪饰的真实生活中,她做梦也想不到自己有一天会穿水貂皮大衣、围头巾,或者长裤配长大衣。不过,至少身上很暖和。平时她跑起来没有高跟鞋来碍事,也不用担心裤袜抽丝。她在火车上摘下了头巾,感觉好一点了。

她是在伦敦上的大学,所以对这里很熟悉。她乘地铁从维多利亚站到绿园站,然后走上地面。这里比苏塞克斯暖和很多——大多数时候是这样——但她又把头巾戴上了。据说,伦敦更暖和是因为这儿有很多热水管。真的是这样吗?她路过妮基·克拉克美发沙龙,脑子里突然闪过一个荒唐的想法,里面的人肯定都在看她,觉得这个人怎么穿得这么过时,还用围巾把头发包起来,她的发型肯定糟糕透顶。

奇迹旅行社就在不远处。这家旅行社不像商铺,而像是挤在两个乔治王朝时代优雅的高大建筑间的一间有着弓形窗的办公室。进去之前要先按门铃。汉娜心想,如果他们知道她来者不善,肯定不会放她进去。她按了一下门铃,门发出一声低吼,她推门而入。

这是一间温暖惬意的小办公室,一个留了一头金色长发的年轻姑娘坐在一张堆满常见的宣传册的办公桌前。祖母绿的地毯又厚又软,家具是用金色的木头和钢制成的。墙上贴着凡是旅行社都会有的为去沙姆沙伊赫①、因斯布鲁克②、槟榔屿和里约热内卢度假做宣传的广告,不过所有的相框都是钢制的。

"有什么我可以为您效劳的吗?"

汉娜希望自己的指甲也能修得像这个女孩的指甲一样,但她从来没做到过。这是绝不可能的事。这个女孩的指甲奇长,显然为了加长还戴了假指甲,而且每个指甲上面画着热带地区的银色沙滩、棕榈树和不断变换颜色的蓝色海洋。她用渴望的眼神看着她的指甲,接着,她将目光移开,言归正传。

"我听说你们安排,哦,奇迹之旅。"她能感觉到自己有点紧张,但这样的效果反而更好,无论是谁打听这种事都会紧张。

女孩的回答很谨慎。"我们是奇迹旅行社。是您认识的人推荐您到我们这儿来的吗?"

"布鲁克斯太太,"汉娜意识到这句话似乎没有达到预期的效果,她灵机一动,说,"她让我去找奎克伍德先生。"

"哦,是的。"热带海滩小姐的腔调渐渐优雅起来,汉娜也随之振

---

①位于西奈半岛南端的一个沙漠城市,濒临埃及西奈半岛东南端小海湾红海亚喀巴湾。
②奥地利西部城市。

作起精神。她肯定给这个女孩留下了正确的印象。"哦,好极了,请您告诉我怎么称呼您?"

"我叫安娜·史密森。"汉娜答道。

"您的家庭住址呢?"

汉娜留下了自己的住址。谁能证明没有一个叫安娜·史密森的人住在那里?

"您希望有怎样一次奇迹之旅?"

女人之间坦诚相见敞开心扉的时刻到了。"我非常想要孩子,为此试遍了所有的方法,奇迹之旅是我最后的希望了。我的心情糟透了,我想,如果不能有孩子,我会做出什么——哦,可怕的事来结束这一切。你觉得我很傻吗?"

这样的说话方式与汉娜的性格格格不入。这些话仿佛卡在她的喉咙里,但她意识到,这种透不过气来的尴尬反而更好,比流利地陈述强十倍。热带海滩小姐呆滞的蓝眼睛里冒出同情的火花。

"您最好和我们的总经理谈谈,只是,他下午才能上来。您能三点,呃,三点半再过来一趟吗?"

汉娜能来。屋外的寒冷让她的心情很不愉快,而且没有车可以钻进去。刚才那女孩说"上来"是什么意思?"他下午才能上来?"这之前他到不了伦敦,还是起不了床?当然不会是后者。韦克斯福德说可以购购物。为什么不呢?再次出现时手里拎着两个邦德街的购物袋会让她的伪装更逼真,她已经很长时间没买新东西了……

平房外的水泥板路上停着一辆新的红色丰田车,不再是先前那辆破旧的沃尔沃。走近了一看才发现这辆车不是太新,尽管它是罗斯送给瑞克的礼物,但罗斯的本意是提供必需品,而不是纯粹出于利他主义。瑞克已经成功地把那辆小沃尔沃报废了,尽管那辆车很坚固,但架不住他把车倒上一条单行道,然后以在那种情况下令人难以想象的极其猛烈悲惨的方式撞上一辆停在路边的四轮驱动的陆地巡洋舰。

"他们说我总是惹祸。"瑞克说。他的样子很可怜,左膝受到撞击,脚一瘸一拐的,手腕扭伤了,右胳膊上挂着吊腕带,脑袋撞在后视镜上,一半的额头贴着纱布。"我根本没看见那辆四轮驱动车。我告诉那辆车的车主,我想,我当时中风了。戴安娜王妃医院的大夫说我没中风,但我只能这样解释。"

波顿摇了摇头,说:"有这么一个哥哥,你的运气不错,对不对?"

瑞克愤愤不平地看了他一眼。"难道我不是一直这么说的吗?我当然知道什么叫感恩戴德。"

他开始给自己卷烟。波顿确信那只被瑞克当成烟灰缸的汤盘自从他上次来瑞克家以后就没倒过。他尤其认得那个变了形的带油渍的烟头。让被提问者大感意外是门艺术,当巴里·韦恩向瑞克了解更多有关事故的细节时,波顿正谋划着发动突然袭击。

瑞克吐出了最后一个可恶的单音节词,波顿说:"罗斯和莉迪亚·伯顿交往多久了?"

作为突击战术,未能产生预期效果实在令人失望。"现在和她在一起?真的吗?"瑞克一贯委靡的语调保持不变,"如果你问我,我会说,男人有一个女人就够了。脚踩两只船意味着两个人会把你的钱全拿走,如果一个女人占了你的房子,另一个女人就会带走你的孩子。"

娜奥米听起来很兴奋。寒冷的天气适合她。她说:"我真是幸福到了极点，西尔维娅。这么多年我一直抗拒婚姻，但不知道怎么搞的，尼尔让我嫁给他的时候，我的两条腿都软了。这说明一个男人真的爱你，是不是这样，如果他向你求婚的话？"

出乎意料的是，她这么一说倒是让西尔维娅想起了尼尔向她求婚时的情景。那时他们都很年轻，也非常相爱。天上没有下雪，但月光下那个仲夏夜和他们的感受将永远留在记忆里。西尔维娅知道她应该祝福娜奥米，她应该为她和尼尔感到幸福，因为就在那天上午她在报纸上读到这样一句话："已婚夫妇比同居伴侣更能给孩子提供一个稳定的生活环境。"而且，这两个人要有孩子了。似乎是为了证实这一点，那个孩子突然斜过身使劲踢了她一脚。她不仅能感觉到，还能看见。

"我希望你们非常幸福。"她的口气像是在宣布坏消息。

"我想我们会很幸福的。婚礼定在这个周六举行。我们当然希望你能来，只是我们想……"

"别想了。"西尔维娅说，"我不像房子那么大，我简直大得像座宫殿。"

"哦，没多长时间了。再见。我明天再来看你。别担心下雪。不会结冰的。"

家里只剩下西尔维娅一个人了，儿子们都去上学了，玛丽在戴安娜王妃医院上班，她试着给母亲打了个电话，但接电话的是答录机。她妹妹在一个叫波拉波拉的地方，她连波拉波拉在哪儿都不知道，不过，那里应该有手机信号。她想给妹妹打个电话，但是没找到她的电话号码。她很沮丧，躺倒在沙发上，拿起刚才读的那本书，但是一个字也没看进去。她望着雪花飘落在草坪上，慢慢地盖住草叶，让它们消失不见。眼看着油漆干掉大概是一个人能做的最慢的事情。等待孩子降临人世更慢。通常，对一个孩子有耐心总是能得到回报。然而，这次不同，这次不行。

汉娜花了远远超过她承受能力的大价钱买了一件圣诞节时穿的礼服和一套裤装，所以，她只能在午饭上省钱了，她在离牛津街不远的一个咖啡馆吃了一个三明治。后来，她心里想，花完几百块钱，省下十英镑还是不一样。她拎着两个光面的大购物袋返回卡洛斯广场，心里想着巴比尔。这些天他们几乎没说话，尽管如此，她还想在，比如说圣诞夜和他约会时穿上这件礼服。她突然想象他用一种她无法拒绝的方式邀请她，他还解释说，他改主意了，他想要她，真的想要她，而且这一切都是自发的行为。

热带海滩小姐开门让她进来，说："总经理现在要见您。"

他难道没有名字吗？汉娜想过一会儿就知道了，但是当她被领进后面那间屋子，那个男人只是伸出手来欢迎她，说见到她很高兴。他让她想起了扮演大侦探波洛的那个演员大卫·苏切特，只是没有那撮小胡子。这里既没有海报，也没有宣传册，小客厅里摆满了十八世纪的法国家具。汉娜觉得墙上挂的那两幅油画应该出自托马斯·庚斯博罗[①]之手。她对面的那幅画上画了一个非常年轻的女人，她穿了一条白裙子，领口开得很低，戴了一顶特别夸大的白帽子，帽子上缀满了丝带和羽毛。令汉娜困惑的是，这个房间怎么怪怪的，后来，她明白了，没窗户。

他递给她一支烟。在过去的十年间，这不是第一次有人给汉娜递烟，但也很可能只是第三次。

[①] 托马斯·庚斯博罗（Thomas Gainsborough, 1727—1788），英国画家，以社会肖像画和风景画著称。

"哦,不,谢谢。"她在不知不觉间变得滔滔不绝起来。

"您不介意我抽烟吧?"

"当然不介意。这是您的地盘。"她对他苦笑了一下,"不知道那位小姐是否告诉了您我多么渴望要一个孩子。我和我先生,我的意思是,呃,我愿意去任何地方,做任何事……"

他露出微笑,嘴里呼出蓝色的烟。"您不需要做太多的事,史密森太太。您要做的,我希望,是一件乐事。舒舒服服地乘飞机到非洲一个美丽的地方,住进非常好的酒店,玩一圈,包括两晚的狩猎酒店,最后得到您想要的东西。"

如果能把他的话录下来就好了,但这种证据法庭不予采信……"最终我会生孩子。"

他没有回答。"我相信,您和布鲁克斯太太谈过了吧?"

"对。"

"好。那您应该知道要做一些必要的准备工作。通常,客户需要六个月的时间通过食疗和锻炼来增强体质。"

她坚持不懈地问下去。"我……我会在内罗毕生孩子吗?"

"事实上,那个私人医院配备了非常好的医疗设备和一支训练有素的医护队伍,其中包括两名高级医疗从业者。在您出门之前,萨姆会给您一个小册子、一份规定的饮食单,还有一些诸如此类的东西。但我不想催促您贸然行事。我希望您仔细研究一下那个小册子和其他的信息,回去和您先生商量一下再回来找我。现在您住在金斯马克海姆吧?"

"对。"

"其实我在彭弗里特附近有个家,等您拿定了主意,也许可以去那里找我。"

"我已经下定决心了。"

他露出慈父般的笑容。"不，史密森太太，相信我，您还没有想好。您需要再考虑一下，等您想好了，如果您愿意的话，可以再来找我。其实，您可以打这儿的电话，我们定个日子。"

他们又握了握手。他没把他的名字告诉她，需要他确认奇迹之旅的目的时，他总是避而不答。她提到了生育和婴儿，但他没有。她几乎钦佩他将医生称做"医疗从业者"，而不是妇产科大夫。在外面的办公室，当热带海滩小姐萨姆把一扎包装得很漂亮的文件递给她时，汉娜问她这个总经理怎么称呼。

"哦，阿伦先生。诺曼·阿伦先生。我没说吗？"

28

  正如韦克斯福德所言，就算你拿篦子把那几张纸从头到尾仔细梳一遍也找不到一个词说这次旅游的目的是得到一个孩子，弄到一张孩子的护照，再把他或她带回英国来。"孩子"和"出生"这两个词没有出现在任何地方。即便找一个破译密码的专家过来，除了非洲之旅的广告，他也发现不了什么，唯一蹊跷的是似乎要价太高。除了宣传册，旅行社还附赠一张规定饮食表，这是一本色彩鲜亮的铜版纸印刷的小册子，上面没有注明为什么读者需要吃红薯、白萝卜、柿子椒、椰子，吞下多种维生素片、银杏和钩果草。也没解释为什么要推荐可以在伦敦的某些市场里买到的野味。看到这个，汉娜吓得直往后缩。

  "让我印象深刻的是，"韦克斯福德说，"这些食物的原产地都在非洲，要么就是在非洲被发现的。好像阿伦，无论写这个东西的人是谁，想向那些容易上当的客户灌输一个理念，就是吃非洲的植物能让她们更适合成为非洲孩子的母亲。"

汉娜把注意力转向那本介绍旅行中的接待条件和娱乐项目的小册子，"真够贵的，"她说，"一万块钱好像是最低的底价。特别廉价的旅馆，没有迎宾车。如果是顶级旅行，总共得花掉你两万多块钱。"

"我奇怪的是这些孩子是从哪儿来的。是被绑架的吗？还是家里太穷，妈妈把他们给卖了？"韦克斯福德问，"无论是哪种情况，想起来都觉得很残忍。"

"我们已经查清楚了，不是吗？"波顿说，"我们认为阿伦和瑞克关于那个仲夏夜不在场的证明不可信，我们也不相信罗斯从八月十号晚到十一号不在现场。"

韦克斯福德从那本宣传册上抬起头来。"你是不是过于乐观了？劳森仍然证明瑞克在八月的那一天不在场，但是，如果没有阿伦的话，罗斯就没有不在场的证明，你以为他会怎么样。瑞克和罗斯都无法证明自己九月一号不在犯罪现场。科林·弗莱坚信当时他和他们兄弟俩都在老银行大楼，但他在楼上，他们在一楼。他们俩当中任何一个都可以在他不知情的情况下出去一个小时。梅根认出罗斯就是那个她在约斯通树林见过的人，但事实上，他不在国内，而是在西班牙度假。"

"她弄错人了。"

"什么，他明知道她不可能认出他，还让她勒索自己？他还封住了她的嘴？他本可以证明自己当时在西班牙却还让瑞克杀了她？我不这样认为。至于八月十号晚到十一号，我们不喜欢劳森的说辞和他提供的帮助。我们可以肯定劳森的整个故事是天花乱坠的谎言，但陪审团会相信他，特别是科林·弗莱说瑞克的车确实坏了，电瓶确实没电了，第二天，科林帮着换了电瓶。那个体贴的哥哥罗斯有充足的时间把车弄到自己家鼓捣一番。

"而且，你们别忘了，虽然严格来讲，我们不需要提供犯罪动机，但知道动机是什么会对破案有帮助。到目前为止,我们对动机是什么毫无头绪。瑞克杀害年轻女性是因为他心理变态吗?没有证据可以证明这一点。我们知道他有实施暴力的能力,但殴打自己的妻子和在酒吧门口把人打得不省人事不能算是他杀害陌生女孩的前兆,显然他是随机杀人。瑞克恨女人是因为他认为他的妻子伤害了他?但他为什么要杀死两个未婚的女孩,两个他从来没有见过的女孩呢?最重要的是,我们从来没有问过自己这个——他这么做能得到什么好处?"

"你这么说是什么意思,老爸?"

"我宁愿认为,"韦克斯福德说,"瑞克为了钱可以做任何事。他总是抱怨前妻拿走了他的钱。除此之外,他还会为了什么杀人?他的确杀了人,我敢肯定。我几乎可以说,我知道他杀了人。福尔摩斯说过,'当其余的一切都不可能时,剩下来的肯定就是了'。瑞克不可能因为单纯的仇恨、报复、激情或恐惧杀人,所以剩下的只有钱。他负责杀人,但动机在别人那儿。他犯这些罪是为了钱,有人给他钱,通过罗斯把钱转交给他。这正是罗斯愿意做的事——给他弟弟找个活儿干相当于帮他弟弟一个忙。瑞克很小心,还没花掉这笔钱。也许不需要等太久了。"

"那他是怎么处理这些钱的?"波顿问。

"我可以猜一猜吗?他没把钱存进自己的银行账户,没用它来购买ISA或者国家储蓄债券,也没把钱放在家里,因为担心我们搜查。他把钱交给了罗斯,他可爱的哥哥罗斯,让他代为妥善保管。"

"但这不能解释为什么有人会买凶杀死那两个女孩。"汉娜说。

再次把宣传册和规定饮食单仔细研究一番后,她意识到,这么做没有任何意义,反正她也要给诺曼·阿伦打电话。她打算尽快去彭弗里特霍尔见他。只有一点迟迟没有决定,她敢不敢把他们的对话录下来。

她已经从卡洛斯地奇迹之旅旅行社回来三天了,也该给他打电话了。接电话的那个女人的声音听起来完全不像热带海滩小姐。她说阿伦先生不在,当汉娜告诉她自己是史密森太太后,她把彭弗里特霍尔的电话号码给了汉娜。拨通那个号码后,接电话的不是阿伦本人,但那个声音听起来很耳熟。在这一个来月的时间里,她听过这个声音,此人操着一口伦敦东郊的口音,也就是人们常说的泰晤士河口英语①。他把电话递给了阿伦。

"您的决定做得真快,史密森太太。"

"我在伦敦见到您的时候就告诉过您我要做这件事。"

"啊,确实如此,"他说,"您来这儿找我怎么样,哦,时间就定在下星期二,好吗?星期二下午三点?我想,您到时候开车来吧?"

汉娜说她会开车来,但她马上意识到这么做不明智。她应该坐出租车去。那个声音到底是谁的呢?"

斯蒂芬·劳森第二次被叫到警察局协助调查,这次他几乎一字不差地复述了上次说过的话,只是稍微润色了一下。奇怪的是,这些经过修饰的内容几乎和那个他在酒吧搭讪的女人所描述的他与"切尔顿森林酒店的朋友们"见面的情形基本吻合。这让韦克斯福德回忆起那个女人说过的话,她说,劳森谈到他为一个援助非洲的协会筹集资金,他还谈到那里的孩子被人像垃圾一样随意丢弃。

这难道和奇迹之旅有什么关联吗?韦克斯福德想到就问了,劳森

---

① 英国东南部方言发音和非地区性语言的混合体。

斩钉截铁地回答，他从来没听说过阿伦这个人，也没听说过他的旅行社。韦克斯福德又把话题拉回到他和瑞克见面的情形以及那辆抛锚的车，劳森和上次说的完全一样。到了这个时候，韦克斯福德明白了，劳森关于那晚方方面面的讲述都是真实的，从他在切里顿森林酒店吃的那顿晚饭，到他开车穿越荒凉的乡村公路，再到他最后回家。只有他和瑞克见面的内容是新添上去的。这部分的故事是编造的，所有的细节都是预先商定的，创造这个故事的人很可能是罗斯·桑菲尔，他肯定就是罗斯干的。

当劳森离开警察局向他的车走去时，第一片雪花从天上飘落下来。韦克斯福德站在窗前看了会儿雪，然后转过身听到波顿说："不会结冰的。这个时候不会结冰。"

当第三个孩子即将降生时，西尔维娅不安地意识到她那两个大一点的孩子开始排斥她了。说排斥可能有点重，不如说他们收回了往日她从他们那里接受的自在、自信的感情，他们俩都用困惑怨恨的眼神看她。他们简直搞不懂她到底在干什么，她为什么要这么做。虽然他们年纪小，但诡异的是，他们似乎明白事情不该这样。依据传统不该这样，这也是不被社会认同的，不是理所应当的样子。这么做等于公然冒犯社会、习俗和家庭。她自己意识到这一点了吗？

不，她告诉自己，她只是意识到她的儿子们更因循守旧，她这个成年人则希望正常普通的日子可以持续下去。她做的是正确的事。这可能不算什么新鲜事，因为对她而言，有史以来，女人就为别的女人和她们的男人做这件事，只是过去的人过分拘谨，从来不去谈论它。她是对的，但他们近乎排斥的态度还是让她感到非常的孤独。她和她母亲的关系向来亲密，但最近这几个月，母亲对她的态度也很冷淡。以前她们每天都会通电话，这个习惯会让两个人都觉得安心，但这已经是很久以前的事了。至于她的父亲，他对她不错，一度，也就是说，最初他也震惊过，但已经过了那个阶段了。但她知道，他并不真正赞同。他不喜欢这样。

这场雪让她有了一种与世隔绝的感觉。雪从午饭前就开始不慌不忙地下，不是那种顶着风吹过来的骤雨般的雪粒，而是从天上垂直落下、像羽毛般柔软如蕾丝窗帘一般厚厚的雪花。雪花落在草坪和无叶的灌木上停住，湿漉漉的，闪着光，但只要碰到石头，雪就会立刻融化。温暖与阳光是结伴同行的，而雪就像大雨一样，会将你与这个世界隔断，将你囚禁在孤独中，筑起一道墙，把你围在里面。

她曾经很抵触玛丽，现在却盼着她来，希望有她在身边，希望看到她活泼乐观的样子。但今天，玛丽在戴安娜王妃医院上班，从星期五开始，她就一直在上班。如果雪下得太大，如果道路受阻，玛丽明天就到不了斯道尔顿了……

"别瞎想了。"她大声说，"不会结冰的。"

汉娜已经将母亲的裘皮大衣据为己有了，现在她又管母亲借了车开去彭弗里特霍尔。她这么做有两个原因。她从来没有真正考虑过要开自己的车，那辆车是局里给她配的，属于公家的财产，开它去可能会被认出来。汉娜觉得这种情况不太可能发生，甚至认为自己疑神疑鬼，但她不想冒任何风险。出租车是她的首选。星期一她上床睡觉时雪还在下，但没有结冰，天气预报说，那天晚上气温将会升高。

醒来后，她看到眼前是一片银白的世界，大雪纷飞，狂风呼啸。

她给两个出租汽车公司打了电话,但他们固执己见,说司机拒绝在这种天气条件下走乡间小路。因此,她去梅灵汉姆管妈妈借了那辆四轮驱动的越野车,一辆银白色的庞然大物,底盘高,内部温暖舒适。由于挡风玻璃那儿没放通行证,这个庞然大物在警察局的停车场里没有专用车位,于是汉娜把车停在高街上一个四个小时为一个计费单位的停车表旁。

如果她和巴比尔还是那次倒霉的汤顿之行之前的关系,她会找他商量这些事,但这些天他们几乎没说过话。况且,他和韦克斯福德一起去找莉迪亚·伯顿了,天气恶劣的缘故,她的学校关门了。此刻波顿正在戴安娜王妃医院,一个用身体运毒的人生命垂危,一袋可卡因在他的胃里爆裂,他正在接受手术。她已经告诉波顿和韦克斯福德今天她又要去见诺曼·阿伦了,但为了慎重起见,出门前她又把这件事告诉了达蒙·科尔曼。

29

驾驶这个大家伙的感觉太爽了,车身离路面很高,树篱在下面,前方的视野极其宽阔,乐而忘忧的汉娜希望她行驶的距离不只短短的七英里。就连轻轻飘落的雪花和被白雪覆盖的田野都增添了乐趣,这让她产生了一种幻觉,她感觉自己是在穿越南极荒地,就像当代的(装备更好的)斯科特和阿蒙森①。她不得不严厉地提醒自己,大家批评这种车不够环保。想要加入与全球变暖和气候变化的斗争的人应该开电动车。

从彭弗里特高街出来的那个转弯处很宽,足可以让两辆汽车轻松地并排通过,而且路面上的积雪已经清理过了,还撒上了沙砾。但再往前走一英里,她就要转入一条被厚厚的新雪覆盖着的窄巷。这个

---

① 斯科特被英国人称为二十世纪初探险时代的伟大英雄。一九一〇年六月一日,他带领探险队离开英国,向南极点发起冲刺。当时,挪威人罗阿尔德·阿蒙森也率领着另外一支探险队向南极点进发。两支队伍展开了激烈角逐,都想争取"国家荣誉"。结果,阿蒙森队于一九一一年十二月十四日捷足先登。

大家伙可以轻松应付这种路况。她慢悠悠地又往前开了一段路，疾风已经把天气预报员所说的大量的"降雪"从路面吹到了田野里。诺曼·阿伦的手下早已将长长的车道清扫干净了，她把车开到他家门口，车轮轧过一层薄薄的、在微弱的阳光下开始融化的雪。

这个地方给波顿留下了深刻的印象，这一点有点吓到汉娜。毕竟波顿见过宏伟堂皇的建筑，虽然他可能只是在度假时见过，或者看到的是被改建成乡间酒店的房子。汉娜只在图片上见过，或者远远地隔着宽阔的河流，背景是连绵的青山。她原以为会是一座气派的农舍。她从庞然大物上下来，思索了片刻这个东西的用途后，她登上了左手边的台阶，拉响了门铃。

给她开门的是一个一身黑衣黑裤的女人。汉娜报上"史密森太太"的名字，那个女人一句话也没说，只是点了点头就领着她穿过一个偌大的门厅和一条比普通的屋子还要宽的走廊。波顿好像说过，他和阿伦是在一个"黄色的客厅"里见的面，"黄色的客厅"是波顿给那间屋子起的绰号，说这话时，波顿的语气里透着讥讽。因此，当她们走到目的地，也就是一个用黑木和皮座套装饰的摆着一排排书架的房间时，汉娜明白了，这次阿伦选择了不同的谈话地点。他很可能管这里叫"图书馆"。格温达·布鲁克斯来过这儿吗？莎伦·卢卡斯来过吗？

她坐下来等。大约五分钟后，诺曼·阿伦进来了，形象和在伦敦那次大不一样，开司米毛衣外面套一件粗花呢的夹克，下着灯芯绒的裤子。他和她握了一下手，然后坐到一张宽大的红木桌后面。"其实，"他说，"史密森太太，即使您不来，我也不会惊讶。这样的天气您是开车来的？"

"我的车是四驱的。"她说。

"哦，祝贺你，这么危险的路也能开过来。"

她告诉他她把宣传册和简介逐字逐句仔细读过了,是的,毫无疑问,她要参与这个项目。尽管她不敢配备录音设备,但她知道,一定要让他坦率无误地说出最终她会得到什么。她要想方设法让他说出她会从非洲带回一个孩子和那个孩子的护照。但目前为止,他谈论的仅仅是她应该尽快开始食疗,向奇迹之旅的医疗顾问咨询,必须接受各种各样非饮食类的治疗。

"我想有个孩子。"她坚定地说,尽量让语气中饱含诚挚和热情,"为此我可以做任何事。只要最后能有个孩子,让我吃什么都没问题,让我接受什么治疗都行。"

"我们之间必须有一定程度的信任,史密森太太。"他的眼睛死死地盯着她,被他这样细细打量,她绝不能流露出坐立不安的神情。她承认眼前的这个男人很难对付。"除非您承认宣传册上的内容是真实的,或者将要成为事实,否则,我们不可能合作。您见过布鲁克斯太太,奎克伍德先生也告诉过您我们能保证什么,您可以期待什么。"他没告诉她。她是不是应该先见一下奎克伍德先生?"事实上,史密森太太,一旦您交了定金,开始执行各种方案,宣传册中的承诺就会一一兑现。"

她刚想让他放心,她真的信任他,她相信宣传册上所写的内容是真实的,只是天底下哪有这么好的事,就在这时,她身后的门开了,一个人走了进来。阿伦抬起眼,点了点头,似乎他等的正是此人。只见这个新来的人向书桌走去,然后绕过桌子,走到阿伦身边,趴在他耳边说了话什么,说完那个人抬起头来看着她。她费了好大力气才没让自己倒吸一口凉气。

此人是斯蒂芬·劳森,就是他给瑞克·桑菲尔提供了不在场证明。

* * *

在金斯马克海姆,你感觉到的不过是凉爽的和风,而在辽远的村庄,劲风的时速高达七十英里。狂风吹走了田野里的雪,在狭窄的马路上积起厚厚的雪堆。大风吹倒了从沙图到迈兰德中间的一棵五十英尺高的山毛榉树,大树横在路中央,切断了赫斯特沙图和少数住户与外界的交通往来。

下午两点,西尔维娅第一次感觉到宫缩。"谢天谢地。"她说。等了很久第二次宫缩也没来,她怀疑自己是不是搞错了,但是没有。她暂时不会给玛丽打电话。这种天气不到万不得已还是不要麻烦别人。况且,大家都说,这场荒唐的不合季节的雪落下来也不会结冰,说不定什么时候雪就停了。透过餐厅的窗户,她用批判的目光审视着飘雪的过程,她似乎觉得落雪的速度开始慢下来,雪花也变小了。接着,她忽然想起汽车开进来可能有困难。

也许现在应该给玛丽打电话了。再等半个小时吧。如果担心车开不进来,那个替她去学校接孩子的朋友会把他们留在身边。她必须再打个电话,打这个女人的手机。她快生了,哦,再过几个小时,也许再过七八个小时。可怕的冒险——向来如此。我应该去戴安娜王妃医院生孩子,她想,那儿没人知道尼尔和娜奥米,也没有人知道孩子生下来不归我养。他们会祝贺我,他们会说:"祝贺您,费尔法克斯太太。您生了一个可爱的女儿或者儿子。"而我甚至不敢去抱他……

不过,他们会清理路面。今年他们干得不错,把除雪车开出来了。最好给妈妈打个电话,告诉她再过一个小时我要去医院。她缓慢吃力地挪进起居室,拿起电话。然而,听筒里一点声音也没有,就像一个玩具电话,又像没插电的乐器。她能走着去玛丽家吗?也就两百来码的距离。冒着雪去？其实，雪下得并不大，而是路上积了厚厚的雪。她能想象自己滑倒后再也爬不起来的样子。似乎是想给她点颜色看看，她被一阵阵越来越剧烈的疼痛控制了，那一下又一下的猛抽仿佛要把她变成一个残废。她伏在桌子上，紧紧抓着桌角，慢慢地呼吸。疼痛抓住她，挤压她，把她搞得筋疲力尽后再放开她。不疼了，真好，她想，不疼的感觉真好，为了体会这种美妙的感觉似乎疼几下也是值得的。天色渐渐暗下来了。她去开灯，却发现没电。她站在半明半暗中，感觉有液体顺着她的两条腿往下流。羊水破了。

钥匙在锁眼里转动。她深吸了一口气，走到门厅里，迎面看见了玛丽。

"我要生了。"

"我看出来了。好的，亲爱的，我先把这个东西清理干净，然后马上给你检查身体。我没办法送你去戴安娜王妃医院。有棵树倒下来了，路被堵上了。"

西尔维娅的眼睛睁得大大的。"那我们怎么办？"还有谁能比一个分娩的孕妇更无助呢？"我们该怎么办，玛丽？没电了，也打不了电话。"

"打不了座机，但你的手机能用，亲爱的。你是不是没想到这一点？我们有两个选择，我可以给急救中心打电话，看他们能不能派一架直升机过来把你接走，还有一个选择，有我这个非常合格的助产士帮助你，你可以安安静静地在家里生产。"

"至少这次咱们这儿没停电，"朵拉说，"但愿路上没结冰，这样我就可以去沙图了。西尔维娅马上就生了。她用手机给我打了电话。她那个什么电话不能用了。"

"固定电话。"韦克斯福德叹了口气,说,"恐怕我不能对这个孩子太感兴趣。我想我是故意控制自己不要这么做的。"他向窗外望去,"如果你愿意的话,我可以送你去戴安娜王妃医院,我还要出去一趟。他们正往路上撒沙砾呢。"

"她不在戴安娜王妃医院。她们到不了那儿。一棵树倒下来,横在马路上了。玛丽·博蒙特和她在一起。"

"你不去可能更好,"他说,"你不希望亲眼看着自己的外孙被移交给娜奥米·温德汉姆吧。"

"你不在乎,我想。"

他比她高很多,也壮很多,站在她面前的他仿佛一座巨塔。他抓着她的肩膀,恫吓她,一时间,她变成了他的囚徒。他说:"朵拉,最糟糕的事就要发生了。如果你和我对立,谁来支持我们?我们必须团结起来,真正地团结在一起,而不是装装门面。我得走了。亲我一下。"

她亲了他。正要转身离开时,他看见她哭了。

唐纳德森开车把他送到了布瑞姆赫斯特普利多。两个小时前雪就停了,气温开始回升,四英寸厚的冰壳好似正在融化的冰沙。雪水流进排水沟里,天上下起了蒙蒙细雨。不再有封闭的道路和无法通行的小巷。十一月反常的暴风雪戛然而止。

尽管韦克斯福德对罗斯·桑菲尔的风流韵事不感兴趣,但他还是打算去拜访一下莉迪亚·伯顿,听她讲任何关于桑菲尔兄弟的事。上次他和巴塔查亚找她,她家就没人。唐纳德森开着车沿米尔巷慢慢向前,开过半融的积雪和水洼。天色已经黄昏,他看见珠宝别墅三号笼罩在一片黑暗之中。也许她又去科林·弗莱家幽会了。他提醒自己,终究要决定采取怎样的行动。以开妓院为由起诉他,还是命令他立刻停止这些活动?突然,他想起了什么。安柏遇害那晚,莉迪亚·伯顿和一个男人出去了,和他在某个地方吃了饭。半夜他还开车送她回了家。这个人是罗斯,还是别的什么人?他必须把这件事查清楚,因为罗斯声称那晚他招待了诺曼·阿伦……

门厅和起居室里都点上了蜡烛。西尔维娅和玛丽只找到一盏油灯,那盏灯现在放在西尔维娅的卧室里。玛丽点着两堆煤火,但是没有办法做饭。

"你想拿开水做什么?"

听她这么说,玛丽哈哈大笑。"烧开水只是书上的说法,亲爱的。"

那个帮西尔维娅接孩子放学的女人给她的手机打了电话,说如果可以就把孩子送回来,要么就让孩子在她家住一晚。门铃响时,玛丽以为是这个女人送孩子回来了。但来者不是她,而是娜奥米。

"你的动作可真迅速,孩子还没生呢。"

娜奥米一副被蹂躏过的样子。玛丽每次见到她,她至少都是衣冠整齐的,喷着香水,涂脂抹粉,今天娜奥米好像生病了,蓬头垢面,心神不安,脸上挂着泪珠,鞋子和裤子全湿透了。玛丽让她进来,跟在她身后,向她解释为什么不能送西尔维娅去妇产医院。

"我不想见她,"娜奥米说,"我再也不想见到她了。"

"那你为什么还来?"

"我决心要来。我看见树被大风吹倒了,我把车停在树那边,下了车走着过来的,所以身上这么湿。我不得不来。既然你在这儿,我就不用见她了。我可以告诉你。"

"娜奥米,"玛丽说,"你还是先把鞋和袜子脱下来吧。西尔维娅可以借给你一双鞋。她和你的尺码差不多。"

娜奥米踢掉鞋，拉下袜子。她瘦长的脚冻得发白，而且湿淋淋的，抬起脚时，水从脚趾上滴下来。她抬起头看玛丽的眼神仿佛看到了恐怖的景象，眼前的情景如此可怕震撼，令人永生难忘。玛丽还没来得及开口问她，就听见楼上传来西尔维娅的声音。"玛丽，玛丽……"

"我马上就回来。你先坐在火堆旁暖暖身子。等我回来的时候给你冲杯热饮。"

上楼时，玛丽决定不让西尔维娅知道来的人是谁。即使西尔维娅听到有人说话，也猜不出是谁，这个房子太大了，犹如洞穴一般。不管为什么娜奥米会变成现在这番模样，还是不要让待产的女人知道为好。玛丽走进卧室，给西尔维娅检查身体。

"很好，亲爱的，"玛丽说，"一切都很好，不过，你得忍一会儿。想喊就喊出来吧。没有人会介意的。"

"没有谁？"西尔维娅气喘吁吁地说，"我听见一个女人的声音。"

"隔壁的邻居，为拯救儿童协会募捐的。"

"我怎么听着是娜奥米的声音。"

"真的吗？"玛丽说，"我想有人的声音和她的很像吧，亲爱的。我把她打发走了就回来。"

"我不想喝热的，"娜奥米说，"我是来告诉你出了什么事。我本以为要告诉西尔维娅，现在没这个必要了，我很高兴。我再也不想见到她了。"

"你是这么说的。"

娜奥米把脚伸到火边，身体向前倾，眼睛盯着自己的膝盖。"尼尔走了，"她开口道，"我把他赶走了。我不知道他会去哪儿，我也不在乎。玛丽，他全告诉我了。我们本来应该明天结婚，呃，结婚前，我们想坦白一下彼此的过去。我的意思是说，承认自己过去做过什么，把那些自认为应该让对方了解的东西说出来。"她痛苦地抽泣起来,把头埋进手心里。玛丽静静地等待,心里却想着楼上的那个女人。"我没有什么要对他说的,"娜奥米声音哽咽,"我们刚在一起的时候,我就把一切都告诉他了。"她抬起头,凝视玛丽的脸。

"但是他告诉你了?"

"你知道?"

"我什么也不知道,亲爱的。一分钟内我得回到西尔维娅那儿去。"

"他把他们是怎么有的这个孩子的事告诉我了。根本不是什么,叫什么来着,人工授精。他们发生性关系了。他们发生了性关系。就在这儿。二月的一个下午他来做人工授精。他告诉我她说:'我们可以直接做。这样更简单,也更有把握。'他说她就是这么说的。他对我不忠,和她做了那种事,这就是结果。我不想要这个孩子。我永远不想看到他,摸一下我都受不了。你把这话告诉她。"

显然,斯蒂芬·劳森在她认出他之前就已经认出了她。他在诺曼·阿伦耳边说的肯定就是这句话。他们会把她赶出去,就是这样。她站了起来。阿伦的语调和先前相比没有丝毫的变化,他说:"坐下,史密森太太。也许我应该称呼您戈德史密斯探长?"

否认是没有意义的。她点了点头说:"很好,我走了。"

"我不这样认为。"

这不是汉娜第一次看见男人手里真的拿把枪。在她最初执行巡逻任务那几年,有个"亚迪"[①]曾用一把短管的霰弹枪朝她开过枪,子

[①] 从事国际毒品交易的牙买加秘密犯罪集团成员。

弹从她的右耳边呼啸而过。还有一次，一个醉汉在街头斗殴，她和另一名警官出现时，他掏出一把军用左轮手枪，但还没等他开枪就被制服了。这两个人要么吸了毒，要么喝过酒，都处于极其兴奋疯狂的状态之中，而此时的诺曼·阿伦冷静得令人胆寒，他只是坐在那儿盯着她，手里握着个东西。那个东西像是一把特别小的手枪，尽管他宽大的手掌遮住了大部分。她看见枪管直直地对着她。他慢慢站起身，命令她也站起来，那只枪几乎埋在他的大手心里。她站起来了，她知道，遇到这种情况，最好对方让你干什么你就干什么。

斯蒂芬·劳森走到她面前，迅速脱掉她的裘皮大衣，把她的两只胳膊并到一块儿。她第一次在警察局见到劳森时就很反感他。她讨厌他那两片肥厚油腻的嘴唇。现在，他的手碰到她的皮肤，她不由地打了个冷战，身体猛地抽搐了一下。

"你害怕了，是吗，戈德史密斯小姐？害怕就对了。"

她以为劳森会把她的两只手捆起来，但他却给她戴上了一副手铐。这比那把枪更让她害怕。

"我不知道你为什么要这么做。"她说，她生自己的气，因为她的声音微弱嘶哑，"你什么都没告诉我。"

阿伦笑了。

"他们会来找我的。"

"也许吧，"他说，"而且他们会找到你。他们会在你的车里发现你，你的车在冰面上打滑，冲出了约斯通桥的护栏。那里发生的第二起可怕的交通事故。毫无疑问，这将促使相关部门针对那座桥和约斯通路采取更为严格的安全防护措施。"

他们把她带离这个房间，沿着一条不同的走廊，送到厨房旁边一间看似用人房的屋子。这间屋子里有一张单人床，一个衣橱，一张桌子和一把椅子。通往浴室的门虚掩着。至少得让他们把手铐摘下来,她在心中默默地向那个人祷告,遇到这种情形,无论是谁都会向他祷告。他们没有摘掉手铐,而是粗暴地把她推到床上坐下后就走了,走的时候还随手锁上了那扇原本看着就很结实的门。

房间里有一扇窗户,但窗户上安了百叶窗,而且百叶窗是关着的。浴室里没有窗户,只有一个排风扇,很可能一开灯,排风扇就会转动起来。她发现,用肩膀顶住开关就能开灯。洗手盆里有半盆水。她想,肯定是谁打开水龙头接了点冷水,免得她脱水。她把这看做令人鼓舞的迹象。如果他们打算一个来小时内就杀了她,是不会费心为她留水的。

书上说,像他们俩这种人如果囚禁了谁,绝不会立刻杀掉人质,而是会先找个地方把那个人关上几个小时,甚至几天。这一点一直令她不解。这种事真的会在现实中发生吗,还是作者故意用拖延时间的技巧制造悬念,好让囚徒有机会获救?当然,有时候绑匪这么做是为了索要赎金。他们是不会把她扣作人质索要赎金的。他们不需要钱,他们有钱,而且希望继续赚钱。他们要除掉她这个绊脚石。他们在非洲和英国干的勾当肯定既能让他们牟取暴利,又骇人听闻,因此,必须除掉她。然而,阿伦几乎没说什么,只在一两句中提到过诊所和医生……

达蒙知道她在哪儿。抓住这个想法不放,她想,抓住这个想法不放。

虽然已经走到门口了,但韦克斯福德忘记要问什么了。现在只需要找到一个答案,但他没有理由认为能在这里找到。虽然没有找到犯罪动机,那个难以捉摸的为什么,但他已经知道罪犯是谁了。他没完没了地为布兰德这个小男孩担心，也许来这家是为了平复他焦虑的情绪，同时让自己安心，等案子破了以后，他就不必再为安柏的儿子担忧了。也许布兰德的外祖父一句充满希望的话，他的继外祖母一个充满爱意的眼神，就能起到这种作用。也许他们中间有谁会告诉他一个消息，说希尔兰德夫妇或者戴安娜的妹妹愿意收养他……

他在门前的台阶上，在寒风中站了几分钟，思考着各种可能性，想着希望永远会在人的心头滋生。最终，他还是按响了门铃。开门的是乔治·马歇尔森。他已经是个老头了，弓腰驼背，向前伸出来的头仿佛是在张望一个邪恶的世界。韦克斯福德感觉他在四个月里老了二十岁。他已经不能正常走路了，而是蹒跚而行，他说起话来声音嘶哑，而且调门很高。他开口说的第一句话就浇灭了韦克斯福德心头的希望。

"我太太正在安顿孩子睡觉，感谢上帝。我受不了了，你知道，我都这把年纪了。小孩子的精力永远那么充沛，闹闹哄哄，从来不知道累，也不好好睡觉。她刚一下楼，他就哭喊起来。"

韦克斯福德耸了耸肩。对此，他无话可答。他跟着马歇尔森走进室内设计师的起居室，坐在那把东方的椅子上。上了漆、着了色的诸神的鼻子、额头和手戳进他的后背。

"这个案子已经基本上到了收官阶段，马歇尔森先生。"也许他这次来就是想告诉他这个，他甚至想过马歇尔森会感兴趣，"我们很快就要对犯罪嫌疑人实施逮捕了。"

"坦白地说，我不在乎，"马歇尔森说，"就算找到杀害她的凶手也不能让她死而复生。过去常听人在电视上说这样的话，我曾经嗤之以鼻。我嗤之以鼻，总督察。"他的眼中噙满泪水。韦克斯福德心想，这是常有的事。人一老就会变得脆弱，爱哭鼻子，更何况他有很多让他哭的理由。"现在我知道他们是什么意思了。我不在乎。我什么都不在乎。她不是完人,你知道。你当然知道了。按照我过时的标准,她是个放荡的女孩。她贪婪、懒惰、不负责任,但即使是这样,我也愿意付出一切来换回她的生命。"

"我相信你会的。"

"所以,不要告诉我这些事。别告诉我你要逮捕谁,为什么逮捕他。上楼去告诉我的太太吧。你会在婴儿房里找到她。你肯定能找到她,他们俩吵死人了。"

韦克斯福德很高兴离开这个不快乐的男人,马歇尔森的悲伤唤起了他的怜悯心,几乎令他热泪盈眶。韦克斯福德看到发生在马歇尔森身上的情况反复出现在刚刚失去亲人的父母身上。经历了最初的震惊,他们似乎适应了,变得逆来顺受,接受了亲人亡故的现实。然而,再过一段时间,几个星期或几个月后,他们才能充分体会到痛苦的滋味,到了那个时候,痛苦会把他们包围。伤心、消沉、麻木、冷漠、愤懑,毫无解脱的希望无情地抓住他们,有时甚至一辈子也不松手。提到亡者的名字,从小就不哭的人也会号啕大哭。

他慢慢地向楼上走去。他来过这儿,但只是为了搜查安柏的房间。那个房间的门关着,但走廊尽头的另一扇门开着,灯光从里面流淌出来。灯光从一扇敞开的门泻入一个黑暗的地方总能给人带来奇怪的温暖和希望。他听到里面有人说话,戴安娜的声音,还有布兰德的声音,他的欢笑声,布兰德很开心。他默默地站在门口,看着他们,看见了他们的脸。

他惊得一时说不出话来。

30

随着天色黑下来，气温越来越低，化了一半的雪又冻上了。巴比尔回到他和一个律师朋友合住的公寓，琢磨着要做几个星期来一直犹豫该不该做的事：打电话给汉娜，约她出来喝酒。那次糟糕的行为使汤顿之旅流产后不久，他就懊悔起来。巴比尔喜欢懊悔这个词，它充分表达了他的内心感受。"懊悔"比后悔来得重，但又比悔恨来得轻。他不仅像个道学家，自命不凡，还表现得像个比自己的年龄大两倍的人，他奉行的是年长他三倍的人所遵循的道德准则和价值观。现在他自己也不明白了，为什么当初要那么做。他到底是怎么了？竟然有胆量告诉一个聪明的女人他打算把她"保存"起来直到他充分了解她？他拒绝和他见过的最漂亮的女人上床，只因为他奉行十几岁处男的原则：保持纯洁的关系，直到完全熟悉彼此的品位和需求？

她可能除了谈工作再也不会跟他说一句话了，不过，他可以试一下。如果连试都不试，他就是傻子。他的室友出去了，他可以独享客厅了，于是，他扑在沙发上，拨通她家的电话号码，他振作精神等着听她告诉自己做什么，去哪里。没人接电话。好吧，才七点半。他又试着打了一下她的手机。她肯定会接手机。警察必须随时接电话。电话通了，一声，两声……接着，电话突然挂断了。奇怪。

他从冰箱里拿了一罐可乐回来后给警察局打了电话。戈德史密斯探长已经走了。

"去哪儿了？"

"回家了吧。"值班的警察说，"我四点钟上岗后就没见过她。"

不，当然不是，巴比尔心想。她去见诺曼·阿伦了。她坐火车去伦敦了。达蒙和韦克斯福德想见莉迪亚·伯顿，结果没见成，他们回来后，他听达蒙就是这么对韦克斯福德说的。他犹豫了一会儿拨通了达蒙的手机。汉娜大概是在几点钟说她要去伦敦的？十一点左右，达蒙说。也许她会在伦敦逗留一下，巴比尔想，见见朋友，或者购购物。无论多聪明的女人都喜欢购物。当然，她也有可能回家了，只是现在不在家，和哪个家伙约会去了。还有什么比这个可能性更大呢？他以为她会待在家里夜复一夜地想念他吗？他们可能在哪个地方吃饭，她还是那么的美丽动人，和每次跟他出去吃饭时一样，只不过，这个新男友送她回家时可不会像他那样傻到只给她一个纯洁的吻。

巴比尔走进厨房，闷闷不乐地从冰箱里拿出从玛莎百货买来的即食快餐。

西尔维娅刚把孩子生下来，伯斯里和沙图就来电了。西尔维娅大吼了一声，最后一用力，随着屋子里充满明亮的灯光，孩子降生了。

"是个可爱的小女孩。"玛丽说着举起拼命叫喊的婴儿，"个头不小啊。如果她的体重不足四公斤,我肯定会觉得很奇怪。"

"我不明白你的意思。四公斤相当于多少磅?"

"我马上给她称重。来,接着她。"

"不,不,我不能抱她!她不能再靠近我了。把她带走。哦,上帝,上帝,把她带走。"

玛丽还没把纳奥米的话告诉她,现在她噼里啪啦全说了,西尔维娅泪流满面,伸出双臂接过孩子。玛丽注视着她们,让她们母女俩单独待一会儿吧。来电了,她可以去泡茶了。她泡了茶,又把她烤好的一块蛋糕放在一个大盘子上,然后端着装着茶杯和蛋糕的托盘回到楼上。西尔维娅怀抱婴儿,一脸的幸福,似笑非笑,眼神里充满了疼爱。

"是真的吗,"玛丽说,"你和尼尔那件事?"

"给我块蛋糕吃,好吗?我要饿死了。当然是真的。毕竟他做了我很多年的丈夫。那个傻瓜为什么要对她说实话?换了我绝对不会这么做。她是不是漂亮极了?我本来想放弃她,你知道吗,那样做我会难过死的。"

"你打算叫她什么?"

"玛丽。还能叫什么?"

唐纳德森开车送他从布瑞姆赫斯特回来时,韦克斯福德得知了玛丽出生的消息。他妻子激动地把事情的经过一股脑儿地倾诉给他,一时间他理解不了她所讲的内容,放下电话,他一脸的困惑,只隐约知道尼尔和纳奥米分手了,烛光下他九磅半重的外孙女降生了,还有莫名其妙的西尔维娅"令人震惊的不道德行为"。

"只要我还活着,我就再也不想看到或听到任何关于婴儿的消息。"

他说。

"您再说一遍,长官?"唐纳德森似乎很吃惊。

"没什么,我在自言自语。"

明天就要逮捕嫌疑人了,到了那个时候,他会把一切都告诉他们。不,先告诉波顿,再告诉警察局局长,还有所有为破案辛苦工作过的人。这个可怕的结果……

尽管已经推断出汉娜的行踪,那一晚巴比尔还是试着又给她打了几次电话。他只打她的手机,当发现她关机后,他越发不安起来。汉娜从来不关手机。他想起他们共进的那几次纯洁的晚餐,想起他每次都很得体地送她回家。她的手机响过几次,每次她都会接电话。有一次,他很生气地对她说,看在上帝的分上,把手机关了吧,现在不是工作时间。但她还是没有关机。她不愿意关机。这次她为什么要关机呢?

十点钟,他给住在梅灵汉姆的她母亲打了个电话。汉娜和她在一起吗?

戈德史密斯太太似乎没觉得这个问题奇怪。汉娜没和她在一起。早上女儿把她的车借走了,从那以后,她就没见过她。

"把您的车借走了?可是她要坐火车去伦敦。"

"她跟我说的是彭弗里特。"汉娜的母亲说。

她不会在彭弗里特遭遇什么不测吧?他第一次想对了。她肯定是和别人约会去了。她不会感谢他大半夜往她家里打电话的,尤其是有那个家伙在她身边的时候,不过,让这个想法见鬼去吧。他就这么做了,否则,他睡不好觉。

＊　＊　＊

　　她把手机放在母亲那件裘皮大衣的口袋里。现在那件大衣在阿伦手上。手提包也在他们那儿。汉娜想知道现在几点了。手表就戴在她的手腕上，尽管她用尽全力转动戴着手铐的手腕，向左，再向右，但无论如何就是看不见时间。她甚至看不到表，因为表被毛衣的袖口遮住了。实在无事可做，她躺倒在床上，思索着自己的困境。身为囚徒的首要职责是逃跑。她把这句话重复了三遍。戴手铐的囚徒又该怎么办呢？

　　他们真的会杀了她吗，把她塞进她母亲的汽车，把车开到约斯通桥，然后连车带人一起推下桥？至少得有两个人才能做成这件事，也许阿伦能召集到更多的人。比如那个穿黑裤子的女人。类似这种事发生之前达蒙会告诉所有人她在哪儿。他会告诉巴比尔、凯伦，还有韦克斯福德。她的左胳膊麻了。阿伦是拿枪指过她吗？也许他手里拿的只是一根管子，甚至有可能是一个硬纸筒。恐惧影响了你的判断力，你怎么能分辨出那个东西到底是什么呢？

　　她走进浴室弯下腰舔洗手盆里的水。她立刻觉得这个水的"味道怪怪的"。总之，水里有一股化学药品、铁和金属的味道。她的常识出来帮忙了，告诉她这么想很正常，是恐惧让她这样想的。饮用水本来就是这个味道。这和净化有关。她怎么就没想到把手机塞在乳沟里，或者揣在裤兜里呢？他们没搜她的身。她忽然明白了，他们没搜她的身是因为他们已经在她的裘皮大衣里摸到了手机。

　　他们会用什么方法杀死她呢？肯定不会朝她开枪。如果他们想让她的死看起来是一起意外事故就不会开枪杀死她。只要把她放进那辆四驱车里推下桥就可以了。也许他们就靠这个了……她坐在床上，竖起耳朵听。彭弗里特霍尔的这座地狱悄无声息,既没有脚步声,也没有关门声。她荒唐地想,死之前,我想和巴比尔过一夜,尽管死了之后,一切都将变得无关紧要……

在你惊慌失措之前,他告诉自己,再打一次她的手机。半夜的时候,他又试了一下,还是没有人接,他脱掉衣服上了床。他当然睡不好。他做了个梦,这个梦肯定源于他和汉娜那次去找格温达·布鲁克斯谈话,那个可悲的女人拿出一本杂志,给他们看登在上面的阿伦的房子和花园。他和波顿去过那里,他还在那儿看到一样东西,现在他确定那不可能是把手枪。他梦见自己拿起那个不是手枪的东西,突然,那个玩意儿"砰"的一声响了,他被惊醒了。他立刻想到了汉娜,以及她身在何处。她不在伦敦,她在彭弗里特霍尔。对,她去的就是那个地方,肯定没错。她应该带他一起去,巴比尔想,如果没有那次荒唐的争吵,她肯定会这么做。但这件事肯定需要她独立完成,一个独自外出的女人,一个穿裘皮大衣的女人……

他不想打扰他的同屋,不想把他卷进来。反正,那个家伙睡得像个死人一样。巴比尔拨通了波顿的电话。过了很长时间,波顿才接起电话,只听电话那头的他咆哮道:"什么事?"

巴比尔把自己的想法告诉了他。"我不信。"波顿说,"阿伦不会这么做。他不敢。"

"您还记得我们一起去找他那次吗,长官?他有枪。"

"你的意思是说,你认为你看到了一把枪。"

"好吧,我就是这个意思,可是我们敢冒这个险吗?"

"交给我来办吧。"波顿低吼了一声,"你去局里,叫上达蒙。"

* * *

"我不希望任何人携带武器。"韦克斯福德说,"我不相信阿伦有枪。那种人不会把枪随便放在客厅里。在这儿不行。在英国不行。"

"我们去碰碰运气。"

"麦克,我们每天都在碰运气。记住,阿伦是个坏蛋,但他不是亚迪,也不是一个十几岁的小混混。听着,这个时间我们能叫几个人过来?"韦克斯福德看了一下表,"现在是两点半。"

"四个警察。"达蒙说,"还有长官您、波顿先生、我,凯伦和巴比尔。"

"好。我们九个人开三辆车去。大张旗鼓地去。开着警灯,但别拉警笛。"

屋子里有一盏小床头灯,但汉娜怎么也打不开。她只能把身子靠在墙上,用胳膊肘压住开关打开顶灯。想开床头灯的话,她必须把插头插进踢脚板上的插座上。虽然她能看见,手却够不着,只能用脚。尽管她可以用脚来操作插座开关,但脚趾头包在袜子里,而袜子是脱不掉的。

她有两个选择,要么坐在强烈的灯光下,要么坐在深深的黑暗里。灯光很刺眼,让她想起某些国家的囚犯所遭受的酷刑。但从另一个方面来讲,黑暗更令人恐惧,她竭尽全力不让恐慌靠近她,但黑了灯难免会增加她的恐慌感,万一她睡着了——这种事不太可能发生,但也不代表完全没有这种可能——醒来后有那么一两秒钟,她会以为自己在家里,躺在自己的床上。于是,她继续让灯亮着。

强光酷刑让她想起她在报纸上读过或者在电视上看过的情景,可怜的人质哀求匪徒放过自己,她当时就暗下决心,万一哪天自己被绑架了,她绝不会这么做。即使在读书面声明时,那些人在一旁吓唬她,也没有关系。即便他们对她拳打脚踢,她也不会丑态百出地乞求英国政府或任何人救她一命。坐在一个没有灯罩的一百五十瓦的灯泡下面,她大声地自言自语:"我真的这么想过吗?连勇敢的人都挺不住,我真以为自己扛得住吗?我疯了吗?我会跪地求饶,我知道我会这么做。给我一半的机会。为了换回性命,我什么都能给他们,我什么都能做,我可以放弃一切,也可以对天发誓。"

她开始在屋子里来回踱步。她被关在这里多久了?五个小时?十个小时?还是两个小时?关在这个被百叶窗遮蔽起来的空间里,她无从知道时间。达蒙应该知道她在这儿,老爸也知道,还有巴里,但是他们为什么要做点什么呢?他们可能以为她来这儿或者伦敦见过诺曼·阿伦,然后回家写报告去了。他们肯定是这么想的。他们什么也不会做。巴比尔甚至不会想她可能在哪里。他很可能再也没有想过她。她不期待任何人打电话,或者来看她,她母亲也说明天还车就行。汉娜突然想,太可怕了,她可怜的母亲为那辆车感到骄傲,他们就要把那辆车推到桥下去了……

她怎么会这么想,简直是疯了。难道她真的相信,女儿死了,她的母亲还会为一辆该死的车烦心吗?她再次坐了下来。上次吃饭肯定是好几个小时前了,但她一点也不饿。后来,她又把舌头伸进洗手盆里舔了一两次水。她再次站起身走到门口竖起耳朵听。外面似乎不再悄无声息,她听见远远地传来微弱的回声,好像是脚步声。两个人的脚步声,还是三个人的?令她沮丧的是,她发现自己在发抖。

也许没有人会来营救她,也许他们来得太迟。但她必须做点什么,让他们知道她来过这里。她颤抖的双手仍然铐在一起，她把两只手举过头顶，使劲把它们背到脖子后面。由于注意力都集中在这件事上，她的身体停止了颤抖。她把手指捏在一起，解开手链上的搭扣，然后再把手举过头顶，放回膝头，她把链子紧紧地攥在手心里。

他们已经到门外了。她听见钥匙在锁眼里转动。那条攥在手心里的链子给她带来了一种奇妙的安慰。

他没来得及告诉老爸他还想起了别的事。当然，他很清楚为什么韦克斯福德不让他参与营救汉娜的行动，因为韦克斯福德认为巴比尔和汉娜有私情，或者说，他们正在交往——她喜欢这样定义两个人的关系。当他在心里引述她的话时，他会温柔地，甚至饶有兴味地想起她。"交往"是他能想到的最破坏激情的词，绝对会让人联想到一对穿着冲锋衣和步行靴在斯诺登尼亚国家公园宿营的认真的情侣。

他真的认为他在那个荒唐的黄色会客室里听到的话有什么意义吗？但是，如果阿伦没留意某个危险的角落可能会对他有用，他为什么要说起那条路和那座桥呢？早晚有一天会派上用场。很难说你什么时候需要它。从另一方面来讲，他可能是个坏蛋，他就是个坏蛋，但他同样也是公民。他和所有人一样都会为自己的安全和环境担忧。

巴比尔没有回家，而是把车停在离高街不远的地方，他坐在车里，目送那三辆车开走。天非常冷，但他不想在汽车静止不动时通过运转发动机来加热。当然，如果他去约斯通桥就可以打开暖风。去那儿没有任何坏处。即使现在回家，他也睡不着，他会躺在床上不停地琢磨是不是应该坚决要求和韦克斯福德谈话，大喊大叫，盖过所有的声音，跟着他出去，坐上他的车，而不是任由他摆布，然后乖乖地走开。他打开点火装置和暖风。和往常一样，暖风出来之前是冰冷的风，一阵八级大风。巴比尔不太清楚约斯通的具体位置——切里顿森林往西，通往苏英伯里的路上？和世界上的任何一个地方相比，英国的路标都是最差劲的。指示牌上写的都是苏英伯里和斯道尔顿，只在离岔路一百码远的地方才能看见约斯通这个名字。即使到了这个时候也没标出约斯通巷。他知道就在这儿，因为在他的左边，约斯通树林已经隐约可见。他把车拐进一条窄巷。远光灯在他的前方营造出一片淡蓝色的薄雾，薄雾中，树干可怖地巍然耸立，又黑又直，仿佛幻想作品中的人物。

小路突然向左来了一个几乎呈直角的急转弯。如果没有右边那个黑白的箭头，他可能会径直在高高的黑影中开出一条路来。他渐渐意识到他的整个行动是愚蠢的，没有任何依据，仅凭某种没有真实根据的预感。当他把车停在树下时，他第一次真正开始为汉娜担忧，害怕她真的会遭遇不测。

来到彭弗里特霍尔后，他们发现每扇窗户都亮着灯。韦克斯福德下了车，来到大门前，拉响门铃，波顿和凯伦跟在他身后，其余的人站在他们身后几码远的地方。没有人开门。韦克斯福德又拉了几下门铃，抬起拳头捶击木制的控制板。他让巴里和达蒙绕到后面去。这个房子太大了，"绕到后面"意味着要走好几百码的路。就像韦克斯福德说的那样，房子的后部更像前花园，那边又有两个双楼梯向上通向露台，露台上还有一个双扇门。窗户里泻出来的光照着结了霜的草坪、花坛、灌木丛和外面的草坪闪闪发光。

韦克斯福德拉铃砸门，但就是招不来人。除了他们自己弄出来的动静，房子里没有一丝响动。

"我们必须进去。"韦克斯福德说，"把这扇门砸开。"

单凭他们的力气是做不到的。波顿、巴里·韦恩和达蒙·科尔曼齐一起用力也撞不开厚重的橡木门。达蒙来到楼梯下面，这里放着几个大石缸和一架梯子，他在墙上找到了一扇相对粗陋的门。当他第二次撞门时，木头发颤，门锁裂开，门终于开了。所有人都进去了，他们穿过堆满花盆、扫帚和园艺工具的房间，又穿过一个洗衣间，来到用最先进的设备整修过的厨房。

"就一个人自己住这儿？"达蒙从来没见过这么大的房子。

每个房间似乎都亮着灯。"为什么会这样？"巴里问，但没有人知道答案，"肯定是不想让来访的客人知道这里有人。"

"也许是他怕黑。"波顿说，"我想起来了，上次我和巴比尔一起来的时候是下午一两点钟，那天他也开了很多灯。"

灯火通明搞得这里热得像个阳光灿烂的夏日。韦克斯福德的脑子里闪过一个念头，发现安柏尸体的那个八月的一天就是这么热。他们爬上楼梯，来到走廊和二楼，当他们来到一个双扇门前时，达蒙突然说："汉娜的车在哪儿？"

"她没开车来。"波顿说，"她的车停在咱们局外头。等一下，她是怎么到这儿的？"

"坐出租车来的？"韦克斯福德推开门，门后露出一间有一张四柱床的偌大的卧室，这间屋子整洁得仿佛从来没有人在这里脱过衣服，睡过觉，穿过衣服。"她肯定是坐出租车来的。达蒙，给局里打个电话，让他们现在就联系一下出租汽车公司。"

他想，她来过这儿吗，她真的来过这儿吗？我们只知道她要见阿伦。她可能会在一个中立地带见他。其他人似乎也抱有同样的想法，在卧室间穿行时,他们把心里想的说了出来。

凯伦和巴里几乎异口同声地说:"我们不知道她来这儿了。"

"不知道,但我们必须搜查一下。"韦克斯福德说。

他们爬上四楼,这里的空房间更多,灯光也更亮。他们又从楼上下来了,穿过走廊,顺着宽大曲折的楼梯来到大厅、餐厅和那间巴比尔可能见过枪也可能没见过枪的黄色会客室。他们穿过这个寂静的空房子再次回到大厅,这里似乎常年无人居住,就像一个星期里只在特定的日子向游客和导游开放的景点。

"又怎么了,长官?"巴里说。

韦克斯福德没有回答他,而是弯下腰从地上捡起一条细如发丝的金链子。"她来过这儿。"他说,"我见她戴过这个。"

"我也见过。"凯伦说,"这是巴比尔送给她的礼物。"

韦克斯福德想了一下。"让巴比尔回家是个错误。他可能知道的比我们多。我要给他打个电话。"

他听到远处传来四驱车发动机的声音。车灯发出的光在树干间晃动,接着,那辆车缓缓地、小心翼翼地沿着约斯通巷开过来。他的心跳开始加速,但他想,不过是一辆车。可能有人参加完派对回家,或者有人开车走远路。不,那是一辆银白色的车,汉娜的母亲有一辆一模一样的。类似的车有好几百辆。这很有可能是最受当地人欢迎的车型了。他想,他们要开车上桥,去这条路的另一边。但车在桥这边十来码的地方停了下来,有个人从车里钻了出来。那个人是瑞克·桑菲尔。

他仍像往常一样戴着兜帽。他走到桥上,朝下面那条路看了一眼,四驱车的大灯将这一切清晰地呈现在巴比尔眼前。如果只有他一个人,我自己对付得了，没问题，巴比尔心想。他问自己阿伦去哪儿了，就在这时，阿伦从驾驶座上下来了。还有别人吗？这时，他的手机突然响了，吓了他一跳。

不是韦克斯福德，就是波顿打来的，不会是别人。如果接电话，他们肯定会告诉他……他们会告诉他什么呢？肯定是让人无法接受的事。他不接电话，尽管讨厌这个声音，他还是任凭铃声响个不停。接着，他看到了汉娜的脸。她坐在后座上，脸从窗户上映出来。巴比尔接起了电话。

韦克斯福德的声音说，"你他妈在哪儿呢？"

"约斯通桥。"巴比尔说，"长官。他们把汉娜弄到这儿来了。"

他挂断了电话，明知这么做可能会让他丢掉饭碗。

他们想干什么？他浑身打了一个冷战，仿佛冰凉的水顺着他的脊柱流下来。除非他们强迫她，否则她不会待在那里。就在这时，她真的不能待在那儿了。车门开了，她从后座上迈步走下来，好像出于自愿似的。接着，他看到她身后有个人，令他惊讶的是，他认出了那个叫劳森的人，就是他为瑞克提供了八月十一日不在现场的证明。他肯定拿着什么东西顶住了汉娜的后腰——那天他在黄色会客室里见到的那把枪？

瑞克来到了桥的另一边，诺曼·阿伦和他在一起。他们趴在低矮的护栏上向下看，这时，一辆车从他们身下开了过去。瑞克往桥下扔那块混凝土的时候，安柏·马歇尔森的车也正好从桥下经过。汉娜依然站在那里，几乎靠在粗壮的劳森身上。他想，他们要把她重新塞回车里，然后连车带人推下桥去？试图这么做……但他们没有。瑞克仍然站在桥的远端，阿伦却回来了。无论阿伦是用什么方法让汉娜的身体保持僵硬并向后仰，总之，他接管了汉娜。劳森回到车里，坐到驾驶座上，在引擎的轰鸣声中，他把车向后倒了一段距离，然后向前沿着斜坡开向那座桥。

激起巴比尔行动起来的是那副手铐。他看见阿伦一手拿枪，没错就是枪，另一只手打开手铐，汉娜举起双手捂住脸。巴比尔跳下汽车，不假思索，完全置谨慎和恐惧于不顾。事后细想起来，打仗的时候就是这种感觉，战士们"跳出战壕发动进攻"时就是这种感觉，肾上腺素大量分泌，将害怕的想法置于休眠状态时就是这种感觉。

他像动物扑向猎物一般扑到阿伦身上，向阿伦发起猛攻，几乎没注意到那声巨响，那辆四驱车冲出了护栏，劳森在最后一刻跳到了桥上。阿伦膝盖发软，身体摇晃，扑倒在地，这时，巴比尔才看见那把小手枪，那是一个用超薄超轻的炮铜色塑料做成的儿童玩具。瑞克开始往回跑，现在汉娜的手解放出来了，她转过身，来了一个高踢腿，一脚踹在他的裤裆上。他弯下腰时，劳森向她扑过来，伸出双手去抓她的脖子。这次是巴比尔把他踢开了，劳森倒在地上，沿着小路开来的警车的灯光照亮了他那张痛苦万分的脸。

瑞克扭过头，向另一个方向跑去，汉娜在他后面追。跑到桥中央时，他转过身面向汉娜，但汉娜刚才那一脚踢得着实不轻。他再次疼得弯下了腰，还用手捂着大腿根，汉娜再次向他发动进攻，他仿佛害怕再挨一脚似的，先是躲闪，当她的手要抓住他时，他开始向后退，仿佛服用了有毒生物碱的人那样肌肉痉挛。他的身子向后仰，从护栏上侧歪了下去，他呜咽了一句什么，又大喊了一句什么，拼命想重新站稳脚跟。然而，他的鞋跟在冰面上打滑，他抬起的胳膊在空中画圈，他尖叫着从护栏上掉了下去，摔到了下面离桥面三十英尺高的那条马路上。

31

"他掉下去的时候说的是什么?"波顿问。

"好像说什么该死的女人,"韦克斯福德说,"很讽刺,是不是?有个念头一直困扰着他,他认为女人注定要毁了他,结果还真是个女人……"

"我没想要他的命,老爸。"

"所有的人都知道你没那么想,汉娜。如果能杀了你,他会很高兴。你知道,你最好去医院检查一下。那边有辆救护车正等着送你去医院呢。"

"必须去吗?"

他疲倦地笑了,他本以为自己再也不会笑了。"不,不是非去不可。巴比尔可以送你回家。"

这时雨下大了,把他们浑身淋透。巴里·韦恩和达蒙·科尔曼把诺曼·阿伦押进车里带回警察局,第二天早上接受讯问前,他将在警察局的一间牢房里度过那一夜剩下的时间。

"我们指控他什么？"等找到避雨的地方时，波顿问韦克斯福德，"非法持有枪支？杀人未遂？还是非法监禁？"

"除此之外还有很多罪名。比如，欺诈和妨碍司法公正。将来还有更多的指控。"

唐纳德森下车为他们开车门。上车时，波顿说："那些女人真有那么傻吗，她们相信去了非洲，打一针麻药，醒过来的时候孩子就在身边了？还是个小黑孩？"

"我想，我们男人永远也无法真正地理解某些女人——呃，很多女人——对孩子的渴望。据说性欲和自我保护意识是人类最强烈的本能。也许这只是针对男人而言。女人最强烈的本能是渴望拥有一个属于自己的孩子。那些被诺曼·阿伦欺骗的女人是自己愿意相信，她们在心理上武装自己，自愿放弃所有的理性去相信，因为，她们最最想要的就是孩子。一个孩子一万英镑？两万英镑？能有一个自己的孩子，这个价格算便宜的。飞去非洲，打一针麻醉剂，办个护照，她们明明知道这是违法的事，但能拥有属于自己的宝贝，这点代价不算什么。对了，我女儿西尔维娅生了个女儿，她要留着自己抚养。再见了，代孕。"

"这又是怎么一回事？"

"明天我再告诉你。明天我会把一切都告诉你。现在我们得去睡会儿觉了。"

到了她家，他打算抱着她上楼。他隐约记得电影《乱世佳人》中白瑞德抱着斯嘉丽走上美国内战前的大楼梯。他试着抱她上楼，但汉娜家的楼梯比十九世纪六十年代亚特兰大的楼梯陡，走到第六个台阶，他们就摔倒在地，嘻嘻哈哈笑做一团，接着，两个人激吻起来。汉娜终于站起来了，低声说了句"我们不能待在这儿"，她把他从地上拉起来,两个人紧紧地依偎在一起走进了汉娜的家。

"我觉得身上很脏。"汉娜说。

"我不在乎。"

"我们可以泡个澡。"

"我们可以明天早上再泡澡。"巴比尔说,他又试着把她抱起来,这次,他成功了。他把她抱到了床上。她把衣服脱下来,从他的头上扔过去,衣服落在各种各样的家具上,他也脱掉衣服,把牛仔服、裤子、毛衣和衬衫丢在地上。等他关了灯,上了床,躺在她身边时,她已经睡熟了。他从身后紧紧地抱住她,好似两只勺子叠在一起,他用胳膊搂住她的腰,在黑暗中微笑。他拒绝了她那么长时间,现在他很乐意,何止是乐意,他简直迫不及待地想要,但她拒绝了他。没关系,早晨会来的。

法庭对诺曼·阿伦提出多项指控,并把他送回监狱羁押候审,结束后,韦克斯福德和波顿穿过法院向警察局走去。后半夜,下了雪,下了雨,又下了一阵冰雹,现在迎来了一个温暖晴朗的早晨,淡淡的太阳挂在天上,街道上依旧很湿,闪着微光。

"你打算拿巴塔查亚怎么办?"波顿问。

"该做的我已经做了。那就是,什么都不做。批评他两句,仅此而已。他救了汉娜。如果没有他,她可能已经死了。但愿感激不会坏了他们的好事。"

波顿用怀疑的目光看着他。

"哦,你知道那个老掉牙的笑话。'他为什么这么恨我?我从来就没做过对他有益的事。'"

波顿换了个话题。"你还记得吃油煎菜那天吗?我还想去那个地方。不是为了吃煎蛋和炸薯条,而是想来一杯咖啡和一大块丹麦甜糕饼。"

"我本来不该去,"韦克斯福德说,"不过,我会陪你去。我太累了,吃不下早饭。"

皇后街上那个廉价小餐馆并不比上次看起来更诱人,只是他们发现这次可供选择的食物多了。十种不同种类的咖啡精致得令人难以想象,他们很难在丹麦甜糕饼和佛罗伦萨糕点之间作出选择。

"滑稽的是,"当他们在窗边坐下来时,韦克斯福德说,"除了丹麦人,所有人都管这个东西叫丹麦甜糕饼。"

"那丹麦人怎么叫?"

"维也纳面包。"

"为什么?"

"不知道,"韦克斯福德说,"不过,肯定是有原因的,只是我不知道原因是什么。"

"不要说丹麦甜糕饼了,你昨天说要把一切都告诉我,可是,现在为止,你只把阿伦做过的诸多恶行告诉了我。你的意思是,你已经对一切了如指掌了?整个事情的来龙去脉?"

"哦,是的。我喜欢在咖啡上撒一点巧克力粉,虽然我知道这样对我的身体很不好。"韦克斯福德喝了一小口巧克力味的泡沫,然后放下杯子,沉默了片刻后,他讲了起来。

"这一切都是从乔治·马歇尔森的第一任妻子去世时开始的,那年安柏七岁,"韦克斯福德说,"或者更确切地说,是从他再婚时开始的。戴安娜的第一任夫给她留下了一幢价值两百万英镑的房子,外加四百万的财产。她为什么要嫁给乔治,这是一个谜。我猜,她爱过他。也许她认为自己早晚能和安柏和睦相处。当然,乔治以为他给了她第二个母亲。这些愿望都没有实现。安柏从一开始就不喜欢戴安娜。为了和安柏处好关系,戴安娜到底付出了怎样的努力,我们不得而知,但结果是失败了。乔治非常喜欢他的女儿,而这并不能让他和妻子的关系变得更融洽。

"安柏非常漂亮、聪明、活泼。当然,她交了个男朋友,后来,她怀孕了。乔治和戴安娜发现的时候,她已经有五个月的身孕了。也许我应该说是戴安娜发现的。戴安娜看见的。如果他们早一点知道这件事,两个人肯定都会建议她流产。她一年多以前就拿到了高中毕业证,她打算参加高考,并最终上大学。如果是这样,现在又会是怎样一个情况呢?"

波顿打断他的话。"安柏又会怎么样?当时她十七岁?"

"七月份她满十七周岁,布拉德是九月份出生的。大家很快就明白了,她没有退学的打算。不,她会返回学校,把孩子留在家里让乔治和戴安娜照看,实际上,这等于把孩子交给了戴安娜,你知道,遇到类似的情况,男人要继续工作,女人嘛……负责饮食起居。"

"我有充分的理由知道是怎么回事。"波顿说。波顿的第一任妻子去世后他把孩子们交给她处境艰难的姐姐照顾。

"乔治只是偶尔照看一下孩子。"韦克斯福德继续说,"安柏上了驾驶课,第二年二月通过了驾驶执照考试。溺爱她的父亲给她买了一辆车。与此同时,那个不太溺爱她的继母留在家里照料孩子。她确实请过保姆——别忘了,她请得起保姆,那对她来说是小钱——但不知道为什么,这个做法行不通,于是,她放弃了工作。

"大概就在这个时候,也就是布拉德出生后的那个冬天,安柏开始往亮闪闪俱乐部跑——她自己开车去,顺便说一句,这个状态一直持续到六月末。她的朋友本·米勒和拉莱·巴特罗也去亮闪闪俱乐部,一天晚上,拉莱把她姐姐也带去了。接下来是我猜的,但实际上,她们真的很有可能谈到了各自的孩子,安柏的孩子和她生活在一起,梅根的孩子三年前送人了。那天晚上,也有可能是后来,梅根提出了代孕的想法。这两个人不是一类人,她们的社会背景和教育背景也各不相同,但她们都有梅根所说的'资格'。

"想要了解更多有关代孕的情况,她们必须懂得更多的知识,最好的办法就是上网查。梅根没有电脑,安柏有,或者说,她有机会使用电脑。她让约翰·布鲁克斯教她怎么搜索网站。我猜,约翰·布鲁克斯找到了好几个代孕网站,特别是SOCC的网站。"

"他肯定会问她们为什么要找那些网站吧?"

"为什么肯定会?我想从他自己和他妻子的角度来讲,他也对这样的网站特别感兴趣。格温达·布鲁克斯想要孩子。也许他也想要——当时。别忘了,这是很早以前的事,当时他还没认识现在这个男友,甚至可能还不知道自己会被同性吸引。他告诉妻子他联系上了SOCC,又通过他们联系上了诺曼·阿伦和奇迹之旅。剩下的,俗话说,就是历史了,大家都知道。"

"安柏和梅根去了法兰克福。"波顿说,"她们在四匹马酒店完成了人工授精,随便你怎么叫它——也许她们没做这个,但她们自称做了——把'定金'揣在兜里回了家。她们可能骗那里的人相信他们怀上了那些人的孩子。康尼格-亨塞尔提供的精子样本可能让梅根怀孕了。只有通过DNA检测才能知道血缘关系。孩子也有可能是正常性交的结果,这个可能性更大,也许是和一个偶然遇到的男人,也许是跟那个能击败绝育手术的勇敢的普林斯普。"

韦克斯福德喝光了咖啡,充满歉意地看着杯底浓郁的咖啡沉渣。他叹了口气,说:"但是,你知道,麦克,这都是不相干的事。所有这些代孕骗局和残忍的诡计都与本案无关。无疑我们在这些方面浪费了公众的钱。我们在这上面花了几个星期的时间。在社会底层搜查,寻找它与毒品的关联,结果一无所获。"

"不过,我的确发现可卡因的价格下跌了很多,最近一个细长条可卡因只能卖出一杯卡布奇诺的价钱。"

"真的吗?"韦克斯福德沉默了片刻,仔细体会他说的话。接着,他说:"唯一对我们有用的信息是那两个女孩早就认识。没别的了。安柏和梅根的代孕骗局是我在整个职业生涯中遇到过的最能混淆视听的事实。她们遇害都不是因为做代孕妈妈或讹诈他人的钱财。虽然欺诈也是犯罪行为,但并不是我们要调查的罪行。"

"可以说梅根的死是因为她认识安柏,但杀死安柏又是为了什么呢?"

"安柏被杀是因为她接受了薇薇安·希尔兰德的那套公寓,一套位于伦敦郊区的公寓。如果她拒绝了,现在她可能还活着,如果她还活着,梅根也就活着。然而,她接受了,她当然会接受。她这个处境的年轻女孩怎么会拒绝呢?"

"有一点我不明白,"波顿说,"为什么乔治和戴安娜·马歇尔森不给她买套房子呢?乔治相当富有,戴安娜腰缠万贯。我想他们手头的钱绝对不会比希尔兰德夫妇少。"

"是啊,尽管乔治想摆脱布兰德,但他不想失去自己的女儿。他甚至不愿意她去上大学。如果他给她买套房子可能就再也见不到她了。她接受希尔兰德的馈赠一个星期后,有人第一次试图夺去她的性命,也就是在六月二十四号那天,再过一个多星期她就满十八岁了。这件事也与本案无关,尽管有很长一段时间我以为有关系。"

"那次,"波顿边埋单边说,"是瑞克·桑菲尔试图杀死她,对吗?"

"当然是他。"他们离开咖啡馆,走进阳光里,外面暖和得出乎他们的意料,韦克斯福德说,"当然是他了。但主意不是他出的,他也没有杀人动机。他只是个杀手,有人付给他钱,唆使他这么做。麦克,除了那些帮凶,这个案子里有三个凶手,阿伦、劳森和那个相当幼稚的弗莱。现在我们就回局里,把小组里没有出去服务感恩的民众的都叫到一起,听我讲接下来的故事。"

他们聚在他的办公室里。达蒙·科尔曼已经在那儿了,快要睡着的他站了起来,问能不能坐下,韦克斯福德也借着这个机会让所有人就坐。戈德史密斯探长和巴塔查亚探员虽然表现得很得体,但还是比在不太正式的社交场合挨得近。如果允许手拉手的话,这样显然更合他们的心意。凯伦·玛拉海德时不时地瞥他们一眼,眼神多少有点伤感,巴里·韦恩则对他们视而不见。他可能没注意到,因为他的脑海中再现了《拉美莫尔的露琪亚》[①]中那个疯狂的场景。其他人坐在后面,目光中既充满希望,又不无忧虑。

"我想先对大家表示感谢,"韦克斯福德开口道,"感谢大家为调查本案所付出的努力。我们的办案进度不算快,从开始寻找答案那天起,已经过去四个月了,但经过一番彻底的调查和辛苦的工作,我们终于成功地破案了。所以,非常感谢你们。"

他说完这番话,没有人能确定是谁第一个带头鼓的掌。波顿随着其他人一起拍手,三心二意,不以为然,他断然否认这其中有自己的份儿。在他看来,这都是亲亲抱抱的过分礼貌掩饰了内心的淡漠。人们是因为一时冲动才向陌生人的死亡地点献上了玻璃纸花。韦克斯福德的表情高深莫测,总督察是否和他思路一致,他无从判断。

等大家静下来以后,韦克斯福德说:"本案有三个凶手,不是桑菲尔兄弟自己干的。我们就直接说六月二十四号仲夏节那天发生的事吧,瑞克·桑菲尔把车停在约斯通树林,然后穿过树林来到约斯通桥上,他在背包里装了一块从某个建筑工地上捡来的混凝土,在衣服外面罩

---

① 三幕歌剧,是意大利作曲家唐尼采蒂最有名的作品,被称为"最难的歌剧",该剧以其《六重唱》和《疯狂场景》而著称。

了一件灰色的抓绒衣，还竖起了兜帽。那天并不冷，所以，我猜他这么穿是为了伪装自己。从不远处看，一个穿连帽衫的人和另一个同样穿连帽衫的人没有多大区别。

"瑞克此行的目的是等安柏·马歇尔森开着她那辆银白色的本田车从桥下经过时把那块混凝土从桥上扔下去。他没有杀人的动机。他这么做只是得人钱财，与人消灾：杀掉安柏。但是由于他是一个笨手笨脚、容易惹祸、什么事也干不好的人，所以他把这件事弄得一团糟。他搞砸了，砸错了车，犯了一个典型的错误，他砸中的是詹姆斯·安布罗斯开的那辆深灰色的本田车。梅维斯·安布罗斯因此受了重伤，并最终死于这场事故。这是第一起谋杀案。

"虽然瑞克的理解能力很差，但他肯定知道自己砸错了车。他在逃离犯罪现场之前看见安柏活得好好的，只是受到了惊吓。他按原路返回，当他靠近停车的林中空地时，梅根·巴特罗看见了他，她刚从外祖母家出来，骑着车回家。究竟他有没有看到她，他没说。我认为，她只看见了一个穿连帽衫的男人，而且自行车的车灯只照到了他的侧脸。"

凯伦像参加记者招待会一样举手提问，"什么事，凯伦？"

"他肯定看见她的车灯了吧，长官？当时天已经很黑了。"

"你的意思是，既然企图杀死一个女孩，为什么不把那个看见他的女的也杀了？我猜，这么做违背他的信条。他只想杀死安柏·马歇尔森。未经批准就杀死另一个人会把事情搞乱。罗斯会不高兴的。瑞克会这么想。我想，用什么办法杀人由他自己决定。如果换作是他的哥哥罗斯，他才不会想到风险这么高的方法。这是要看运气的，不是吗？他确实砸中了，但没有砸中目标。

"对，罗斯·桑菲尔是那个幕后指使的人。他唆使瑞克做这件事，但掏钱的人并不是他。也许听起来很奇怪，但罗斯把杀掉安柏的任务交给自己的弟弟完全是出于手足之情。实际上,他是给瑞克找了个活儿,这种事他可没少干。报酬丰厚的一次性工作。酬劳是五千英镑。他对瑞克的工作效率产生了误判,同时也低估了他惹是生非的能力,他以前也犯过类似的错误。爱人者往往会对被爱之人做出这种事。

"罗斯从未触犯过法律,也就是说,他从来没被起诉过,从来没被抓住过。但我怀疑,他和他兄弟同样小罪不断。他肯定和诺曼·阿伦合作很长时间了。显然,他们兄弟俩和诺曼·阿伦是校友。所以,诺曼·阿伦上了他们的当,给瑞克提供了仲夏节那天不在现场的证明。我们被告知,他和瑞克在瑞克从桥上扔混凝土块的那段时间一直在美人鱼酒吧喝酒,后来,又在那儿吃了饭。

"毋庸置疑,其他人对真正实施杀人行为非常厌恶。瑞克曾因使用暴力被定过两次罪。和罗斯不一样,他知道暴力是怎么回事,所以肯定还得让瑞克干一票。他干了。八月十一号。那天凌晨两点前,本·米勒让安柏在布瑞姆赫斯特普利多的米尔巷的街角下了车。瑞克穿的还是那件抓绒的连帽衫,他再次把车停在一个隐蔽的地方等她。"

"他是怎么知道她会在那个时间出现在那个地点的,长官?"这次提问的是达蒙·科尔曼,他对在马路上和街角等人很内行。

"有人告诉他的。"韦克斯福德说,"罗斯告诉他的,罗斯把查找这些信息当生意来做,因为他掌握了内部信息,他知道安柏什么时间会从桥下经过。这次,他知道安柏从亮闪闪俱乐部出来后大概几点到家。众所周知,这次瑞克成功了。不过,有人看见了他。莉迪亚·伯顿半夜出门遛狗的时候看见一个穿连帽衫的男人沿着路边的草坪走。也许你们会觉得她这个人很奇怪,她的处境这么特殊,竟然向我们提起这件事,她大概别有用心吧。我们会搞清楚的。"

达蒙举手提问,"她是三人组中的第三个凶手吗,长官?"

"啊,你是这样理解的,是吗?先不说这个。我们问问自己,为什么瑞克没拿安柏口袋里那一千英镑?答案很可能是他哥哥罗斯让他干什么他就干什么,他的任务里不包括随便拿安柏的财物。还有一点我们不知道,那些钱是谁给安柏的,我们只知道这是她答应做代孕母亲的酬劳。这个人肯定是SOCC的会员,那个无子协会的倡导者是诺曼·阿伦,也许,除此之外,我们不需要知道更多的情况。但阿伦和这件事没有直接的关系,他和谋杀安柏也没有直接的关系。斯蒂芬·劳森就是从这个点开始介入的。达蒙,他不是第三个凶手,这个故事听起来像是出自《麦克白》,对不对?"

他们茫然而又礼貌的表情告诉他,他们不清楚这个故事是不是出自《麦克白》。抱怨这个国家的文化理念中丧失了诗意是毫无用处的。他猜,诗意这个玩意儿已经一去不复返了。"斯蒂芬·劳森可能是某个慈善组织的筹款人。他也为诺曼·阿伦工作,或者曾经为他工作过。有人——"他继续说,"有人花钱让他编造了那个故事,说他在从苏英伯里到彭福瑞特的路上遇到了车抛锚的瑞克。遇到瑞克是假的,但其余的话都是真的。

"我们必须假定,罗斯对他亲爱的弟弟所获得的成功非常满意。下次他去科林·弗莱的钟点房和情妇约会时肯定会大致描述一下瑞克的成就。我预计他会说,物超所值。一切都很好,他们四个都得到了自己想要的东西——即便从中得不到什么好处,至少造孽作恶也能给阿伦带来满足感,这是他最喜欢的消遣活动。如果没有梅根·巴特罗,一切都应该很好。"

韦克斯福德又把安柏和梅根的骗局跟其余的人概述了一下,波顿不得不再听他讲一遍。他继续说:"即便梅根看到报纸上说一块混凝土从桥上掉下来把梅维斯·安布罗斯砸死了,她也没意识到她在树林里看到的究竟是什么,那起事故与安柏唯一的联系是出事的车辆里也有安柏的车。直到安柏遇害,她才根据事实做出了推断。

"她当时没认出那个穿连帽衫的男人是谁,但过了一段时间,大概两三个星期,她和她父亲在苏英伯里的一条街上走时看见罗斯·桑菲尔从车里下来进了家门。她看到了他的轮廓,很可能是从他身后看到的。天色渐渐暗下来,树林里的那个人戴着兜帽,唯一的光亮是她的车灯。我认为她只看到了他的轮廓。她后来看见的也是罗斯的轮廓。他有一头浓密的黑色鬈发,看起来很健康,但瑞克不是。不过,千万别忘了,他们是双胞胎。同卵双胞胎。他们曾经长得一模一样,毫无疑问,两个人都有一头浓密的黑色鬈发、明亮的眼睛,皮肤也都很好。然而,岁月、监狱、抽烟,很可能还有不良的饮食对瑞克造成了伤害,就连他的哥哥也无法挽救他的命运。梅根看见的是罗斯。树林里的那个男人也有同样的轮廓,只是这个人没穿连帽衫,而且这次是在大白天。她把他们当成了一个人,同一个人。

"她是怎么联系上他的,我不知道,但她知道他的住址。很可能他刚从家里出来,她就跟上去告诉他她认出了他,而且扬言要报警。罗斯可以说她看见的那个人不是他,但这样就会暴露他的双胞胎弟弟,他心爱的弟弟。所以,梅根必须死,但罗斯再也不敢把任务交给瑞克了。如果他又搞砸了,就没有第二次机会了。他必须亲自动手。也许他想,凡事都有第一次,迈出第一步是最关键的。不管怎么说,最后他和梅根商量好在维多利亚别墅见面,他很快就要翻修那里的房子了。"

汉娜举起手。"为什么约在那儿,老爸?"

"我比较倾向于用最省事的方式回答你,为什么不呢?他不可能大白天约她在室外见面,这样会被人看见。如果告诉她天黑以后见,她肯定不愿意出来,因为她会非常害怕。他不可能去她家,她也不可能来他这儿。他提议去维多利亚别墅的时候,她好像觉得那个地方没问题。别忘了,前一天晚上她去那儿看了一圈,显然,她认为那附近的人挺多的,她的安全有保证。

"至于罗斯,早上八点他和瑞克,还有科林·弗莱,去了老银行大楼。他给科林分配了一个活儿,让他在楼上刷涂料——这一点很重要——他不能干到一半就不干了。一旦开始干活儿,他就得刷完整面墙。罗斯把这个事搞定了。他和瑞克在一楼。九点差十分时,他上了停在银行前院的车,把车开到斯道尔顿,他在维多利亚别墅外面的砖堆上捡了一块砖,见到梅根后就杀死了她。他把她的尸体塞进衣橱后开车返回。整个过程也就半个小时,最多四十分钟。

"科林·弗莱没看到罗斯离开,因为他必须专心刷墙。为什么罗斯要把尸体装进衣橱呢?他肯定不能把尸体拖到光天化日之下,别忘了,当时是上午九点半到十点之间。我暂时还不知道他为什么要把尸体留在那里,但据我的猜测,他想让瑞克把尸体处理掉,而且要等天黑之后。瑞克光棍一条,这是一个重要因素。罗斯很少一个人待着。他有太太和两个孩子。他要经营公司。此外,他还有一个女朋友,那个女朋友对他来说一定非常重要,否则,他不会为她做出这种事。但瑞克是孤家寡人一个。没有人盯着他。当时也没有人怀疑他。瑞克的缺点是粗心大意,而且容易惹祸。也许罗斯向他反复强调过处理掉梅根的尸体有多么的重要。如果梅根的尸体被埋在或者藏在什么地方,几个月可能都没人发现,也没人把它和安柏的死联系在一起。但瑞克并没有执行他的指令。

"他为什么不这么做?我们不知道——暂时还不知道。也许他不知道怎么办,不知道该埋在哪儿。也许等他决定好地点和方法后,已经过去好几天了。如果你们还记得的话,当时天还很热,尸体已经开始发臭,腐烂了。也许他不敢碰那具尸体,不想把它弄出去,他想了一下，觉得过些天臭味就会散去，反正在那儿干活的只有他、瑞克和科林·弗莱，可以让罗斯自己把梅根的尸体运走。

"大家先休息一下，喝杯咖啡，过一刻钟我再接着讲。"

韦克斯福德给助理警察局局长办公室打了个电话，请求约见他。如果可能的话，最好是在当天。时间定在下午四点。他独自一人默默地喝着咖啡，思前想后，琢磨着如果瑞克把梅根的尸体挪走埋掉，将会发生怎样的事。如果是那样，尸体就没那么容易被发现了，可能至今也没人发现。他们就永远不会把这两个女孩联系到一起，代孕骗局不会大白于天下，诺曼·阿伦的欺诈行为也不会曝光。

有那么一刻，他让自己的思绪停在西尔维娅和她的新生儿身上。孩子的名字叫玛丽·费尔法克斯。这个名字挺好听的。朵拉又开始幻想西尔维娅和玛丽的父亲重归于好了。当然啦，小孩应该有父亲和母亲生活在一起，尽管现在有太多的孩子没父亲在身边。他回过神来，现在优先考虑的是这个案子，怎样才能给他的团队，以及接下来的助理警察局局长一个满意的解释，还要说一下那些和这桩缺德生意有关的婴儿——那些没娘的非洲孩子，他们今后会怎么样？——那个梅根送给别人养的孩子，那个梅根没能生下来的孩子，那两对德国夫妇和格温达·布鲁克斯渴望的孩子，还有布兰德。他回到办公室，他的团队在那里等他。还没等他开口，就有人举起手来。

"第三个凶手是谁，长官？"这次提问的是巴里·韦恩。

"这个凶手很快就会浮出水面了。"韦克斯福德说，"现在我想回过头来说一说安柏·马歇尔森。"他继续说，"有的父母会溺爱自己的独生子女，他们想要什么就给他们什么，可怜的小安柏就是一个典型的例子。他父亲给了她想要的一切，管她叫公主，说她是有车轮以来人世间最绝妙的作品。"

"对不起,打断一下,长官,"这次又是巴里,"不应该是'有切片面包以来'①吗?"

"我想没有必要重复陈词滥调,巴里。我们回到安柏这个话题上。那些暂时还没孩子但总有一天会要孩子的人一定要以此为戒。乔治·马歇尔森给了他女儿想要的一切,一切他认为她想要的东西,包括再给她一个母亲。戴安娜没有自己的孩子,嫁给乔治的时候她还年轻,可以生孩子,但乔治不想要孩子。他已经有一个孩子了,这个孩子很完美,简直无与伦比。戴安娜很可能努力要做一个合格的长辈,但乔治从来就没有一个当父亲的样儿。戴安娜在做母亲的同时,也试着做这个孩子的精神导师、榜样、老师,或者往坏里说,做她的大姐姐。但这些努力都没有奏效。安柏讨厌戴安娜。

"如果安柏怀孕这件事没有动摇乔治对她的爱,至少也动摇了他对她卑躬屈膝的赞美。不,可能没有动摇。在他看来,这一切都要怪那个丹尼尔·希尔兰德。他告诉自己,安柏的怀孕几乎是被人强奸的结果,安柏肯定受人引诱了。我并不认为生下布兰德给安柏造成了多大的精神创伤。在她那个圈子,十几岁生小孩被认为是很时髦的事。我敢说,他们觉得很酷,或者很了不起。"

"真是很了不起。"达蒙说。

"对,谢谢你,科尔曼警官。安柏甚至不需要辍学。她讨厌戴安娜,以前几乎不跟她说话,但她是个现成的阿姨,全职的保姆。戴安娜为什么不走?她为什么不一走了之呢,这不是很简单的事吗?她不再爱乔治了,她从来没爱过安柏。她有钱,即使不工作,她也有很多的钱。然而,她没有走。她留下来照顾布兰德。似乎安柏和布兰德会

---

① 与上文的"有车轮以来"意思相近,均为"有史以来"之意。

永远留在家里。应该这么说,布兰德会留在家里,安柏很可能要离开家上大学,上完大学还要工作。布兰德会留下来,而安柏可能去伦敦、美国,或欧洲大陆的某个地方,甚至可能会嫁给一个不希望她把孩子带在身边的男人。

"接下来,希尔兰德夫妇提出让她住进他们在伦敦郊区的那套公寓。提议本身并没有什么,而是接受这个提议最终导致她,就像巴里所说的那样,'在自己的死刑执行令上签了字'。如果当时她摇头拒绝,今天她肯定还活着,但她点头同意了。"

他看到眼前的一张张脸充满了困惑和不解,只有一个人的表情不茫然,那个人似乎悟出了其中的究竟。"哦,我的上帝。"汉娜吓得轻声说。

"罗斯·桑菲尔有外遇。他大肆吹嘘的幸福的家庭生活不过是个形象工程。我们看见罗斯开车离开米尔巷,接着,我们又看见莉迪亚·伯顿出现在他家门口。因为我们知道莉迪亚·伯顿,用老百姓的话说,'外面有人',我们假定,或者曾经假定,她就是罗斯的女朋友。但如果真是这样,这就意味着,八月十一号那天夜里十二点半罗斯去过米尔巷,他做梦也不会到那个地方去,因为再过一个多小时,他的弟弟瑞克就要去那儿杀人了。况且,莉迪亚是个单身女人,她有自己的房子,罗斯为什么要和她去科林·弗莱家约会呢?

"所以说,罗斯的女朋友住在米尔巷,但她不是莉迪亚·伯顿。她是一个富婆,一个已婚的女人,她不希望这段私情败露,更不希望因此离婚。戴安娜·马歇尔森想和罗斯继续交往下去,但她还有更想要的东西。这个东西足以让她想到杀人,买凶杀人。"

韦克斯福德停顿了一下,观察大家的反应,除了汉娜,其余的人个个目瞪口呆。他继续说:"在整个查案的过程中,我们都试图搞明白这一切到底是为什么。为了什么呢?杀害安柏的动机是什么?安柏要走了,她要带着布兰德一起走,对乔治和戴安娜来说,布兰德是个累赘,她要带他一起去伦敦,可能以后他们就没什么机会再见到他了。所以,为什么要迈出杀人这么可怕的一步呢?也许这不是戴安娜的主意。出谋划策的人是罗斯。但戴安娜把钱给了罗斯,让他转交给他可怜的厄运缠身的弟弟。

"为什么?戴安娜的演技真不赖,大家都觉得她很讨厌布兰德,认为她很烦这个小家伙。谁也没猜出她的真实想法,尽管她和第一任丈夫没有孩子,但她认为错在他。乔治不想要孩子。她的岁数越来越大,现在她已经老得不能生孩子了。安柏有孩子,碰巧这个孩子注定由她来照料,由她抚养成人。最初戴安娜可能觉得照顾布兰德是一件麻烦的琐事,但这个时间并不长,她很快就爱上了他。她很爱他,非常喜欢他,简直视如己出。怪不得她不想请保姆。而且,布兰德就是她的。他成了她生命中最重要的人。他的母亲并不是不关心他,她年纪太轻,加之又很粗心。如果没有戴安娜,他的生活会怎样?她宠爱他,就像她的丈夫宠爱安柏一样。

"然而,安柏要走了,她要去伦敦了,还要带走她心爱的孩子。当时的情况很奇怪,不是吗?乔治希望安柏和布兰德留下来,因为他想和安柏在一起;戴安娜也想让安柏和布兰德留下来,因为她想和布兰德在一起。安柏想走,因为在伦敦有一套公寓意味着自由、活力和刺激。

"因此,戴安娜给罗斯钱,让罗斯把钱交给瑞克,再让瑞克杀死安柏,这样她就可以留下心爱的布兰德。"韦克斯福德说。他在办公桌后面走来走去,接着,他坐下来,抵制把头埋在手心里的诱惑,他说出了解释案情的最后一段话。"爱不能宽恕一切。爱不能宽恕任何东西。在我所知道的谋杀案中,爱是最可怕,也是最邪恶的动机。我指的是古老的、真正意义上的邪恶,达蒙。这就是邪恶。不用再往远处看了。"

END IN TEARS by Ruth Rendell
Copyright © 2005 by Ruth Rendell
First published by Hutchinson 2005
This edition arranged through BIG APPLE TUTTLE-MORI AGENCY, LABUAN, MALAYSIA.
Simplified Chinese edition copyright: © 2012 NEW STAR PRESS
All rights reserved.

图书在版编目（CIP）数据

夏娃的苦果／（英）伦德尔著；赵文伟译．—北京：新星出版社，2012.12
ISBN 978-7-5133-1048-2

Ⅰ．①夏… Ⅱ．①伦… ②赵… Ⅲ．①侦探小说－英国－现代 Ⅳ．① I561.45

中国版本图书馆 CIP 数据核字（2012）第 306328 号

谢刚 主持

夏娃的苦果

（英）鲁斯·伦德尔 著；赵文伟 译

责任编辑：	王　欢
责任印制：	韦　舰
装帧设计：	wesign 未设计

出版发行：新星出版社
出 版 人：谢　刚
社　　址：北京市西城区车公庄大街丙3号楼　　100044
网　　址：www.newstarpress.com
电　　话：010-88310888
传　　真：010-65270449
法律顾问：北京市大成律师事务所

读者服务：010-88310800　　service@newstarpress.com
邮购地址：北京市西城区车公庄大街丙3号楼　　100044

印　　刷：三河兴达印务有限公司
开　　本：910mm×1230mm　　1/32
印　　张：10.75
字　　数：193千字
版　　次：2012年12月第一版　2012年12月第一次印刷
书　　号：ISBN 978-7-5133-1048-2
定　　价：32.00元

版权专有，侵权必究；如有质量问题，请与出版社联系调换。